고려 왕건(태조) 가계도

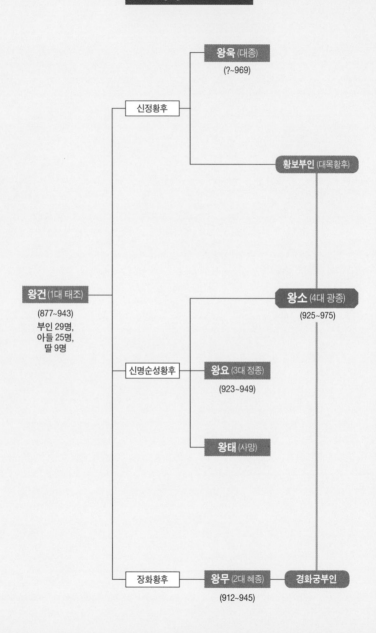

왕욱 (대종)
(?~969)

신정황후

황보부인 (대목황후)

왕건 (1대 태조)
(877~943)
부인 29명,
아들 25명,
딸 9명

왕소 (4대 광종)
(925~975)

신명순성황후

왕요 (3대 정종)
(923~949)

왕태 (사망)

장화황후

왕무 (2대 혜종)
(912~945)

경화궁부인

빛
나거나
미치거나

1

빛나거나 미치거나 1

현고운 장편소설

테라스북

　오래전의 역사를 배경으로 소설을 쓰는 일은 정말이지 어려운 작업이었습니다. 저처럼 짧은 지식의 소유자에게는 더더욱 힘든 일이었구요.

　그런데도 불구하고 '왜 하필 고려, 그것도 광종을 핑계로 사랑 이야기를 써야 했니?'라는 질문에 대한 답부터 시작해야겠습니다.

　저에게 광종이라는 황제는 처음부터 매력적인 인물이었습니다.

　그는 세상을 바꾸는 방법을 아는 군주였습니다. 후사에 '미친 황제'라고 혹독한 비난도 있었지만 꽤 오랜 시간을 참고 인내한 황제는 고개 숙였지만 지지 않았고, 기다렸지만 멈추지 않았습니다.

　고려 오백 년의 빛나는 역사에는 황제 광종이 있었습니다.

광종이라는 인물에 호기심이 생긴 이유는 또 있습니다.

광종에게는 부인이 두 명 있습니다. 황후로 불리는 정비 한 명과 부인으로 불리는 후비 한 명. 어려서 혼인한 것이 분명한 대목황후(황보부인)와의 사이에서는 꽤 오랫동안 자식이 없었습니다. 두 번째 부인인 경화궁부인에게는 황후의 호칭도 내려주지 않았고, 자식 또한 없었지요.

두 번의 혼인 모두 족내혼(같은 씨족·종족·계급 안에서만 배우자를 구하는 혼인 형식)입니다. 대목황후는 왕소(후에 광종)의 이복 누이였고 경화궁부인은 조카였습니다. 혈통의 순수성을 유지하려는 신라 왕실의 풍습을 이어받은 고려에서 족내혼은 그리 이상한 일이 아니었지만, 고려의 황제 중에서 족내혼은 왕소가 처음이었습니다. 아마도 위로 형님이 있는 왕소가 황제에 오르리란 생각을 하지 못했기 때문에 족내혼이 가능했을 것이라 여겨집니다. 광종은 황제가 되기 이전에도, 이후에도 그 흔한 공신이나 호족들과는 혼인의 인연을 맺은 적이 없습니다.

황제가 된 후 광종과 황보부인의 관계는 누가 봐도 정치적으로 상극을 달립니다. 광종과 대목황후 사이에서 태어난 고려의 제5대 황제인 경종이 아버지에게 죽임을 당할까 두려워할 정도였습니다. 게다가 경종은 두 사람이 혼인한 지 십여 년도 넘은 세월이 지난 후에 얻은 아들이었습니다.

여기서부터 작가의 상상력이 시작되었습니다.

야심만만한 젊은 황자가, 그것도 황실을 번성시킬 의무가 있는 황자가 황제가 되어서도 자식이 없다니. 그리고 정치적 색깔이 다른 부인이 웬 말인지. 경화궁부인에게는 왜 자식이 없었을까. 왜 황제가 되어서 다른 후궁을 얻지 않았을까……. 그러다 광종에게는 분명 좋아라 하는 여인이 따로 있었을 것이라고 저 혼자만의 결론을 내렸습니다. 그래서 그 여인을 머릿속에서 찾아냈습니다.

마지막으로 '내가 알고 있는 역사가 정말 모두 사실일까?'라는 의문이 들었습니다. 고려 광종까지 2대, 3대, 4대의 황제는 모두 태조 왕건의 아들입니다. 그런데 2대 혜종의 재위 기간은 2년, 3대 정종의 재위 기간도 4년밖에 되지 않았습니다. 황권이 강력하였다면 이렇게 재위 기간이 짧지 않았을 겁니다. 전장에서 훌륭한 장수였던 혜종이 34살의 젊은 나이로 병약하여 죽었다는 내용도, 패기만만했던 정종이 27세에 번개 소리에 놀라 시름시름 죽어 갔다는 내용도 사실 별반 믿기지 않았습니다.

이런 호기심으로 시작한 상상력을 마무리하는 일은 정말 쉽지 않았습니다. '역사라는 무게가 가벼운 게 아닌지라 차라리 가상 시대를 배경으로 할까도 생각했지만, 처음부터 '왕소'라는 인물에 필이 꽂혀 시작했는데 중간에 바꾸어 버리면 왠지 남자 주인공을 배신하는 것 같아서 그렇게 못 했습니다.

왕소 황자와 신율의 이야기는 작가가 꿈꾸는 행복한 로맨스입니다.

소설에서야 공주이고 황제이지만 이들 또한 제게는 그저 제 상상력 속에서 만난 소중한 아이들입니다. 제가 아끼는 그들이, 맹랑한 신율과 굳건한 왕소가 변치 않는 사랑으로 아마 그후로도 오랫동안 행복하게 잘 살았을 거라고 믿습니다.

정말이지 지독하게 고민했던, 그래서 그만큼 힘들었던 이 소설을 마무리할 수 있어서 너무 기쁘고, 너무 오랫동안 글 안에 가둬 둔 신율과 왕소에게 미안합니다. 함께 고생해 준 가딘미디어 기획팀, 테라스북 편집팀 여러분과 느닷없는 역사 이야기에 덩달아 애쓰신 최제희 일러스트 작가님께도 감사드립니다. 그리고…… 현고운, 너도 참 기특해. 그래도 다시 역사 이야기는 쓰지 말자꾸나.

부족한 글을 기다려 주시는 독자분들께 진심으로 감사드립니다. 시대의 혼란기에 서로의 운명을 만난 신율과 왕소가 함께 걸어가는 길을 저만큼이나 뿌듯한 마음으로 봐 주실 거라고 믿습니다.

현고운 드림.

P.S. 우리 왕소마마와 신율이 때문에 안 하던 공부를 열심히 해야 했습니다. 많이 도움받은 참고 문헌은 아래와 같습니다.

『역동적 고려사』, 이윤섭, 필맥 (2004년)

『광종의 제국』, 김창현, 푸른역사 (2003년)

『고려 500년 의문과 진실』, 김창현, 김영사 (2001년)

『새로 쓴 5백년 고려사』, 박종기, 푸른역사 (2008년)

『인물로 보는 고려사』, 송은명, 시아출판사 (2009년)

『고려 사람 고려 사회』, 박기현, 늘푸른소나무 (2006년)

『삶이 즐거웠던 고려 시대 사람들』, 고려시대사연구회, 신서원 (2006년)

차례

일러두기

1. 『빛나거나 미치거나』는 작가의 상상력으로 만들어진 소설입니다.

2. 실존하였던 등장인물의 행동과 성격, 생각과 이념들은 소설적 개연성을 위해 허구로 재창조하였습니다. 후손 여러분의 넓은 이해 부탁드립니다.

3. 시대적인 상황이나 역사적인 배경은 최대한 고려하였으나, 몇몇 사건에 대한 해석 역시 작가의 상상력으로 재구성하였습니다.

4. 당시의 문체, 고어(古語) 등은 거슬리지 않는 범위 내에서 현대에서 사용하는 단어나 대화체로 바꾸어서 사용하였습니다.

5. 부족한 지식을 채우기 위해 고려에 대한 꽤 많은 양의 책과 논문을 참고했습니다. 참고 문헌을 일일이 표시하지는 못하였지만 다양한 저술 자료와 생각을 나누어 주신 여러분께 고개 숙여 감사드립니다.

프롤로그

잘못 알고 계십니다

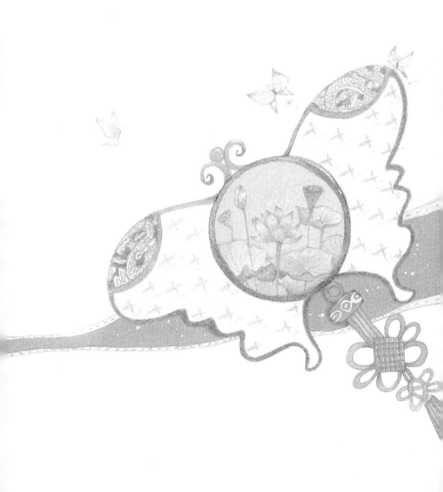

송악산 남쪽 언덕 위에 위치하여 밤에는 달빛이 찬찬히 쏟아지는 제국의 황궁은 높은 누각과 성곽으로 둘러싸여 있었다.

긴 계단을 지나 몇 개의 성문과 다리를 건너야 넓은 뜰이 나오고, 또 깊숙한 곳의 몇 개의 계단을 오른 후에야 황제가 계시는 궁에 도착할 수 있었다.

이제 겨우 세워진 제국에는 해야 할 일이 산처럼 많았다. 한 집안을 꾸려 나가는 일도 어려운데 나라 하나를 세우는 일이 어디 그리 쉽겠는가. 그 바쁜 와중에도 불구하고 황제인 왕건(王建 : 태조, 고려의 첫 번째 황제)은 벌써 오랜 시간 넷째 아들인 왕소(王昭)와 담소를 나누고 있었다.

아니, 정확히는 감히 눈빛을 마주하지도 못하는 주제에 황자라는 녀석이 바락바락 덤비는 중이라 함이 옳았다.

수많은 황자 중에서 황제이자 부친인 그의 말을 듣지 않는 유일한 황자가 바로 왕소였다. 도대체 누굴 닮아 이리 고집이

센 것인지.

"그러니까 왜 혼인을 안 하겠다는 것인지 이유를 대 보거라."

"아바마마는 그리 혼인을 많이 하시니 좋으셨습니까?"

"그거야……"

표정 없는 얼굴로 되묻는 왕소의 날카로운 지적에 29명이나 되는 부인을 두고 있는 황제는 '끙' 하고 낮은 신음을 삼켰다.

한시도 조용한 날 없이 시끄러운 황궁을 돌아보면 황제 또한 그리 할 말이 없는 질문이었기 때문이다.

삼한을 통일하기 위한 힘과 세력을 얻기 위해 왕건은 잘나가는 지역의 호족들의 딸들과 혼인하여 그 지지와 도움을 많이 받았다. 덕분에 새로운 제국에는 황후도 많았고, 황제의 장인이 되는 국구(國舅)도 많았으며, 황제의 자리를 호시탐탐 노리는 황자들도 수없이 많았다.

그러다 보니 계략과 암투는 기본이었고, 어제의 내 편이 오늘은 원수가 되는 일도 흔했으며, 다른 가문의 불행은 또 다른 이에게는 놓칠 수 없는 기회가 되기도 하였다. 한마디로 지금의 황실은 정신이 없었다.

"나는 어쩔 수 없는 이유가 있었다."

"그럼 저도 어쩔 수 없이 이유가 있는 혼인을 해야 하는 겁니까? 제가 다음 황위에 거론될 황자도 아니고, 그렇다고 또다시 호족의 힘이 필요한 것도 아닌데 무엇 때문에 그런 혼인을 해야 하는 것입니까?"

날카로운 왕소의 질문에 황제는 변명을 멈추고 그저 수염만 쓰다듬을 뿐이었다. 이 녀석은 참으로 말도 야무지게 잘한다. 게다가 틀린 말은 또 안 한다.

황태자 왕무(王武 : 혜종, 고려의 제2대 황제)는 물론이거니와 황위를 노리고 있는 황자들은 모두 대단한 호족들과 혼인 관계를 맺고 있었다. 하지만 넷째인 왕소까지 그런 셈을 두면서 혼인을 할 필요는 없었다. 최소한 겉으로 보기에는 말이다.

넷째 황자. 그것은 둘째 황자였던 왕태(王泰 : 태조 왕건의 둘째 아들, 요절)가 죽기 전에 부르던 호칭으로, 실질적으로 그는 같은 모후를 두고 있는 왕요(王堯 : 정종, 고려의 제3대 황제)에 이어 세 번째 황자였다. 하지만 아무도 그를 그렇게 칭하지 않는다. 그것은 왕소가 세 번째 황자가 됨으로써 그만큼 황제가 될 가능성에 가까워졌다는 것을 인정하고 싶지 않았기 때문이었다.

넷째 황자라 불리는 당사자인 왕소 역시 호칭 따위는 신경도 쓰지 않았다. 그는 처음부터 황제의 자리에는 아무 관심도, 욕심도 없었다. 게다가 다음 황제가 될 황태자는 오래전부터 이미 정해져 있지 않은가.

하지만 사람들의 생각은 다른 것이 분명했다. 그들에게는 셋째이든 넷째이든, 스물다섯째 아우이든, 조금 먼저 태어나든, 혹은 조금 늦게 태어나든 그것은 중요한 것이 아니었다. 타고난 재주와 능력, 세상을 바라보는 눈 따위가 중요치 않은 것처럼 말이다.

"그럼 넌 머리 깎고 출가라도 하겠다는 것이냐?"

아들 한 명쯤 대승(大僧)이 되는 것도 나쁘지 않았다. 하지만 그것이 왕소라면 조금 아깝기는 하였다.

이 녀석이 태어날 때부터 탄문대사(坦文大師)가 고려의 대운이 열렸다고 얼마나 기뻐하였는가. 덕분에 다른 황족과 호족들에게 더더욱 혹독한 경계의 대상이 되기는 하였으나 어쨌거나 왕소는 그의 아들 중에서 가장 똑똑한 인물 중 하나였다.

"설마요. 소자는 부처님의 제자가 될 만큼 자비가 넘치는 사람이 아닙니다."

왕소는 피식 서늘한 미소를 지으며 고개를 저어 보였다. 하기는 만인지상이라는 황제인 그에게도 눈 하나 깜빡하지 않는 이 건방진 녀석이 누군가에게 머리를 숙이는 일은 상상도 되지 않는다. 설사 그 상대가 대자대비한 부처님이라 할지라도.

"그런데 왜 혼인을 안 하겠다는 것이야. 이유나 좀 알자꾸나."

"별다른 이유 없습니다. 그저 반상(盤上) 위의 돌이 되기 싫어서 그렇습니다."

"뭐라?"

"이번 혼인은 또 누가 하라 하는 것입니까? 나주입니까? 아니면 충주 쪽입니까?"

아들 왕소의 직설적인 물음에 황제는 '끙' 하고 다시 한숨을 삼켰다.

언제나처럼 똑똑한 녀석이었다. 자신의 혼인이 왜 문제가 되는지 왕소는 정확한 이유를 제대로 알고 있었다.

"전 그 어느 쪽에도 이용당하고 싶지 않을 뿐입니다."

시선을 피하고 있는 황제를 바라보며 왕소가 비웃듯 중얼거렸다.

지금 황태자 왕무의 모후인 나주 가문에서는 아직까지 혼인하지 않은 왕소가 황실 내에서 부인을 얻기를 희망하고 있었다. 행여 왕소까지 잘난 호족을 만나게 되면 가뜩이나 미약한 배경을 가진 황태자의 자리가 위험해지기 때문이었다.

하지만 왕소의 외가인 충주 가문의 생각은 또 달랐다. 어떻게든 강력한 호족과 인연을 맺어 두기를 내심 희망하고 있었다. 그래야 충주 가문의 또 다른 황자인 왕소의 형, 왕요가 현재의 황태자를 누르고 차기 황제가 되려 할 때 도움이 될 것이라 믿고 있었기 때문이었다. 아무튼 다들 각각의 욕심을 품은 채 왕소를 이용하고 싶어 했다.

지금껏 그가 혼인을 하지 않아도 버틸 수 있었던 것은 이렇듯 각각의 욕심이 달랐기 때문이었다. 정작 당사자인 왕소의 의견은 싹 무시하고 말이다.

"그래서 앞으로도 계속 혼인을 못 하겠다는 것이냐?"

"네. 지금은 혼인 생각이 전혀 없습니다."

아마 앞으로도 내내 없을 것 같았다. 누군가의 욕심이나 야망에 디딤돌로 이용되고 싶은 생각은 조금도 없었다. 그는 누군가를 도와줄 생각도 없었고, 누군가에게 도움을 청할 마음도 없었다.

"안 된다."

"어째서 말입니까?"

"너한테는 미안한 말이지만 제국의 평화를 위해서 난 반상위의 돌이 필요하다."

황제의 단호한 선언에 황자의 표정이 잠시 굳어졌다.

아비가 아닌 황제의 뜻이다. 그리고 황제가 제국을 위해서라고 명한다면 더 이상 변명이나 핑계가 소용없는 일이다. 황제가 명하셨다면 신하인 그는 따라야 한다.

"당장은 아닐 것이다. 적당한 후보를 찾아볼 것이다."

적당한 후보. 황태자를 위협하지 않고, 다른 호족들의 야심의 대상이 되지 않는 상대.

그다지 표정 변화가 많지 않은 황자의 눈빛이 더 짙어지자 황제는 그래도 미안한 마음에 지금 당장은 아니라고 말끝을 흐렸다. 황제는 약해지는 마음을 다잡았다.

왕소는 그에게도 귀한 아들이었다. 더구나 타고난 재능 때문에 더 아까운 황자였다. 하지만 지금은 사사로운 감정은 접어 두고 제국을 먼저 생각해야 할 때였다.

"야속하다 생각하지 말거라. 황실에 태어난 짐이니라."

"알겠습니다."

생각보다 순순히 고개를 끄덕이는 황자를 바라보며 황제는 다시 속이 쓰렸다.

이 녀석이 맏이로, 장자로 태어났다면 좀 좋았을까. 타고난 기개와 위엄, 그리고 강력한 집안을 등에 업고 제국의 가장 위대한 황제가 될지도 몰랐을 텐데.

하지만 엄연히 황태자 왕무가 있는 이상 왕소는 절대 황제가 움직이는 반상 위의 돌 그 이상이 되어서는 아니 되었다.

"행여라도 마음에 둔 여인이 있느냐? 그렇다면……."

"행여라도 마음에 둔 여인이 있다면 절대로 이 황궁 근처에는 얼씬도 하지 못하게 할 것입니다. 그러니 꿈도 꾸지 마십……."

황제가 뭐라 더 말을 잇기도 전에 무엄하게도 제 성질을 못이기고 버럭거리던 왕소가 부황(父皇)의 눈썹이 치켜 올라가자 하고 싶은 말을 꾹 눌러 참았다. 하지만 그 와중에도 단호하게 고개를 흔드는 것은 잊지 않았다.

왕소는 진심이었다. 살면서 여인에게 마음을 줄 일이 생길지는 모르겠지만 혹시라도 그런 여인을 만나게 된다면 황궁에서 멀리 떨어진, 아주 깊은 곳에 감춰 둘 것이다. 반상 위의 돌은 그 혼자로서도 충분히 싫은 일이었다. 아끼는 여인까지 같은 길을 가게 할 생각은 전혀 없었다.

"일어나도 되겠습니까?"

"아니. 아직 안 된다."

몸을 일으키던 왕소가 다시 주저앉으며 무어라 투덜거리는 것도 같았지만 황제의 귀에 또렷이 들리지 않는 걸로 봐서는 다행히 입 밖으로 내뱉지는 않은 모양이었다.

황제는 물끄러미 자신의 아들을 바라보았다.

"너는 황제가 되고 싶은 생각이 없느냐?"

"되고 싶다고 하면 시켜 주실 것입니까?"

생각보다 훨씬 당돌한 황자의 물음에 왕건은 잠시 말이 막혔다. 그는 황제였다. 쉽게 입 밖으로 내어 약조할 수 있는 내용이 아니었다.

"해 주실 수도, 해서도 안 되는 일은 처음부터 기대 같은 것을 품게 해서는 안 됩니다. 그것이 아무리 아바마마라 하셔도, 또 제가 아무리 충실한 아들일지라도 말입니다."

꼿꼿이 허리를 편 채 자신을 똑바로 쳐다보는 왕소를 바라보며 황제는 저도 모르게 혀를 찼다.

이 어린 황자가 감히 황제인 그를 가르치려 하고 있었다.

"만약 내가 너에게 황제의 자리를 물려줄 생각이라면?"

황제의 질문에 왕소가 피식 하고 낮게 미소를 지어 보였다.

웃어? 이 녀석이 감히 황제의 말을 비웃는다.

"황궁에는 허담(虛談)이 없다 들었는데요?"

"그래서 만약이라는 단서를 붙이고 묻는 것이다."

"만약에 그런 일이 일어나게 된다면 황제 폐하께서는 분명 후회할 것입니다."

"어째서 말이냐?"

"또다시 제국이 전쟁에 휩싸일지 모르니까요."

역시나 왕소는 바보가 아니었다. 만에 하나라도 넷째인 왕
소에게 황제의 자리를 물려주면 나주, 평산, 황주뿐만 아니라
심지어는 그의 외가인 충주 가문에서도 어마어마한 반발이
일어날 것이 분명했다. 그리고 그 반발은 분명 권력을 향한 치
열한 전쟁의 시작이 될 것이다.

왕소는 정확히 상황을 이해하고 있었다. 정국을 읽어 낼 능
력이 있으니 황제의 결정도 이해할 수 있을 것이다. 안심하는
표정이 역력한 황제에 비해 왕소는 여전히 희미하게 인상을
긋고 있었다.

"잘못 알고 계십니다."

"뭐가 말이냐?"

"호족들 따위가 뭐라 난리를 치는 것은 두렵지 않습니다."

"그렇다면 왜 내가 후회한다 하는 것이지?"

"제가 만인지상의 자리에 오른다면, 저는 절대 공신들과도,
호족들과도 타협하지 않을 생각이니까요. 황제의 작은 권력도
양보하지 않을 것이고, 백성의 어떤 것도 빼앗아 가지 못하게
할 것입니다. 그러니 그들이 절 그냥 두겠습니까, 아니면 제가
그들을 그대로 두고 보겠습니까?"

스스로에게 다짐하듯, 혹은 보이지 않는 누군가를 비웃듯

중얼거리는 황자의 발언에 황제는 저도 모르게 숨을 삼켰다.

이 녀석은 도대체…….

제국의 모든 황자들은 하나같이 대단한 호족들과 인연을 맺어 그들의 권력을 통해 황제가 되려 하고 있었다. 하지만 왕소는 제국을 위해 호족과 공신을 없앨 것을 먼저 생각하고 있었다. 그는 처음부터 그릇이 다른 황자였다.

"그래서 소자는 별반 혼인에 관심이 없고, 또 그래서 아바마마의 만약이라는 말은 소용이 없습니다."

"하하. 네 말이 옳다. 만약은 소용이 없는 것이지. 내가 경솔했다. 대신 오늘 밤 내 희담(戱談)에 대한 보상을 하겠다."

보상이라는 이름으로 황제가 하사하는 옥새가 찍힌 붉은 비단이 매달려 있는 검은 패를 바라보는 황자의 표정이 금방 굳어졌다.

황제가 넘긴 검은 패.

그것은 조의선인(皁衣仙人)을 움직일 수 있는 수장에게 내려지는 황제의 뜻을 담은 신물이었다.

제국 최고의 무사들로만 구성된 조의선인은 황제의 그림자였으며 제국의 가장 강력한 군사들 중 하나였다.

"그런 귀찮은 것들은 안 주셔도 됩니다."

귀찮은 것들이라니. 황제가 하사하는 흑패가 무엇을 의미하는 신물인지 분명 알고 있는 녀석이었다. 그럼에도 귀찮다 고개를 흔들다니, 어쩌면 흑패는 제대로 주인을 찾은 것 같았다. 이 흑패야말로 욕심이 없는 자가 거두어야 할 것들이니.

"네게는 선택권이 없어."

무엄하게도 대놓고 싫은 표정이 역력한 황자에게 황제가 다시 한 번 위엄 있는 목소리로 명하였다.

황자는 할 수 없다는 듯 한숨까지 쉬어 가며 미적미적 예를 받들고 패를 받아 들었다.

반듯한 이마에 세로로 모아진 미간만으로도 그가 진심으로 질색함을 알 수 있었다.

"저주받은 황자에게 이런 걸 주셔도 되는 것입니까? 제가 무슨 짓을 할 줄 알구요?"

조금은 자포자기한 목소리로 그가 삐딱하게 중얼거렸다.

저주받은 황자. 웬일인지는 모르지만 왕소에게는 그런 별칭이 붙어 다녔다.

누가 처음 부르기 시작하였는지는 모른다. 그것은 태어날 때부터 남달랐던 그의 자질에 대한 시기일 수도 있고, 그럼에도 불구하고 동복(同腹)의 형이 있으니 아예 처음부터 황좌에 대한 욕심조차 품지 못하는 황자에 대한 비아냥일 수도 있었으며, 또한 어지간해서는 미소조차 짓지 않는 그의 잘난 얼굴을 바라보며 마음앓이 하는 황궁의 여인들에게서 나온 못된 푸념일 수도 있었다.

어찌 됐건 그에게는 저주받았다는 희한한 꼬리표가 쫓아다

넜다. 그 당치도 않은 호칭에 황제는 심하게 노여워하였으나 정작 당사자는 별 관심이 없는 듯했다.

"그러니까 주는 것이다. 어디 가서 객사는 하지 말거라. 그들이 널 지켜 줄 것이니."

"제 한 몸 정도는 제가 알아서 지킬 수 있습니다."

제 입으로 아무렇지도 않게 저주받았다 얘기하는 아들에게 황제가 눈썹을 꿈틀거렸지만 황자의 얼굴은 여전히 불퉁했다.

귀찮다 다시 사양하고 싶은 기색이 얼굴에 역력했지만 이번에도 황제는 단호해 보였다.

이런, 젠장. 혼인하는 것도 모자라 조의선인까지 거두라니. 해도 너무하시는구나.

왕소는 황제 앞에서 자신의 표정을 감출 생각도 없이 잔뜩 인상을 쓰고 있었다. 황제가 주는 짐도, 선물도 마다하는 아들을 바라보면서 왕건은 생각했다.

제국이 가야 할 길은 앞으로도 멀고 험할 것이다. 저 아이가 자식을 낳아 살아가는 고려는 지금보다 더 평화로운 세상이 되어야 할 것이다. 그러기 위해서는 결코 왕소가 황제가 되어서는 아니 되었다.

아비로서는 안타까운 결정이지만 고려의 평화를 위해서, 제국의 앞날을 위해서 아들 하나를 잃는 것이 황제에게는 차라리 나은 일이 될 것이다.

조의선인의 수장으로서의 신물. 황제가 왜 자신에게 그 중요한 신물을 물려주는지 왕소는 이해하고 있었다. 다른 마음 먹지 말고 황태자인 왕무를 보필하라는 보이지 않는 황제의 명이었다.

동복의 형인 왕요가 황태자를 위협하고 있음을 알고 있는 황제의 고육지책인 것이다. 그래서 그는 싫다 했고, 그럼에도 황제는 그에게 짐을 부여한 것이다.

이래서 저주받은 황자라고 하는 건가?

왕소는 황제의 신물인 흑패를 바라보며 쓰게 미소 지었다.

아바마마는 황태자 왕무 형님을 위해 죽으라 하고, 어마마마는 왕요 형님을 위해서 죽으라 명할 것이다. 잘하면 두 형님 사이에서 정말 죽게 될지도 모르겠다.

"제국을 위한 선택이다."

"그 역시 알고 있습니다."

"다른 황자들도 알고 있으면 좋으련만."

황제 왕건이 쓸쓸하게 웃어 보였다.

황자들이 문제가 아니라 서경에 계신 숙부가 알고 있어야 한다 말하고 싶었지만, 왕소는 애써 꾹 눌러 참았다. 아바마마가 그 사실을 모를 리가 없었다. 다만 황제인 아바마마 역시 어쩔 수 없는 일일 뿐이었다.

황제의 뒤에서 서경을 핑계로 군사력을 키워 가고 있는 숙부였다. 이제 황실의 병사는 물론이거니와 그 어떤 호족 세력도 숙부인 왕식렴(王式廉)의 군사에는 미치지 못하고 있었다.

"네 숙부를 내 손으로 없앨 수는 없어."

마치 왕소의 속마음을 읽어 내린 것처럼 황제가 말했다.

그 또한 핏줄이 아닌 황제로서의 선택이었다.

다른 황자들에 비해 정치적 기반이 한없이 미약한 황태자를 생각한다면 조금이라도 문제가 될 여지가 있는 왕식렴의 지위를 폐하는 것이 옳았다. 하지만 후백제가 멸하고 삼한이 통일된 지 벌써 여러 해, 제국에는 황제와 함께 전장을 누비던 왕식렴과 같은 장수가 없었다. 국경이 어지러운 지금, 함부로 장수를 벨 수는 없는 노릇이었다.

결과를 알면서도 어쩔 수 없는 선택을 할 수밖에 없는 늙은 황제의 씁쓸한 눈빛이 왕소에게 쏟아져 내리자 그는 눈을 질끈 감았다.

아바마마, 도대체 저한테 왜 이러시는 겁니까.

第1章

가짜 혼인

나도 너처럼 반려자가 필요해

　오래전 위나라 때부터 수도였던 개봉(開封)은 한겨울에도 그리 춥지 않은 날씨인지라 눈을 보기 어려웠다. 하지만 며칠 전 뜻하지 않게 눈이 내렸고, 사람들은 그것을 길조라고 여기고 기뻐하였다. 하지만 양씨 가문의 양딸인 신율의 사람들에게는 눈이고 뭐고 그저 심란하기 그지없는 시간이었다.

　신율은 기가 막힌 얼굴로 오라비 양규달을 바라보고 있었다. 중원에서도 이름난 상단을 가지고 있는 양씨 가문은 신율을 양딸로 받아들여 키워 준 고마운 집안이었고, 양규달은 비록 피는 섞이지 않았지만 정 많고 꽤 괜찮은 오라비였다. 물론 사고만 치지 않는다면 말이다.

　"율아, 율아. 응? 이 기회에 혼인하면 너도 좋고 나도 살잖니."

　"오라버니는 살지 모르겠지만 저는 하나도 안 좋습니다. 제가 죽는 꼴을 보고 싶으세요?"

　질색한 얼굴로 신율은 단호하게 고개를 흔들었다.

감히 왕야의 양딸을 건드리다니. 이 양반이 그 잘생긴 얼굴로 이번에는 사고를 쳐도 제대로 쳤다. 덕분에 잘못하면 양씨 가문이 멸하게 생겨 버렸다. 하지만 오라비가 저지른 짓의 불똥은 아주 묘한 곳으로 튀어 가고 있었다.

그도 그럴 것이 왕야가 오라비 양규달을 살려 주는 조건으로 다름 아닌 신율과 자신의 수하인 곽 장군의 혼인을 내세운 것이다. 차라리 재물을 달라 했으면 해결을 보겠지만 혼인이라니. 신율에게는 말도 안 되는 일이었지만 왕야의 요구는 어찌 보면 정당한 선택이었다. 자신의 양딸을 건드렸으니 자신의 손발인 직속 장군과 혼인하라는 것은 적절한 거래일지도 몰랐다. 곽 장군이 그녀와 혼인하기에 적당한 사내였다면 말이다.

곽 장군이 누구인가. 모르긴 몰라도 나이가 마흔은 넘었을 것이고 부인도 진작에 있을 뿐더러 무엇보다 그의 야망은 신율이 채워 줄 수 있는 그릇이 아니었다. 게다가 행여 그와 혼인하게 된다면 내내 이 중원 땅에 살아야 하는데, 그것은 그야말로 어림도 없는 일이었다.

스무 해를 넘길 수 있다면 그야말로 다행인 목숨이었다. 얼마 남지 않은 시간, 하루가 귀한 마당에 마음에 없는 혼인까지 하라는 것은 너무 심한 처사가 아닌가.

신율은 입술을 꽉 깨물고 몸을 일으켰다.

혼인을 피하기 위한 방법은 하나밖에 없었다. 다른 이와 먼저 혼인하는 것. 그것도 웬만하면 고려 사내로 해야 할 것이다.

하지만 이 중원 땅에서 왕야나 곽 장군 몰래 사내를 찾는 것은 쉬운 일이 아니었다. 고려인을 찾는 것은 더욱 어려운 일일 것이다. 더구나 그녀에게는 당장 혼인하자 부탁할 만한 사람도 없었고, 순순히 혼인하겠다고 나서는 사내를 찾을 수도 없었다.

잔뜩 미간을 모으고 고민하던 신율은 마침내 결정을 내렸다. 뭐, 없으면 만들어야지. 미모로 꼬시든 돈으로 사든, 혹은 납치를 하든 말이다.

상인들로 붐비는 저잣거리에는 하얗게 새어 버린 머리와 얼굴을 시꺼먼 두건으로 감춘 백묘라 불리는 늙은 노파가 눈에 핏발을 세운 채 누군가를 찾아 헤매고 있었다.

벌써 여러 날 백묘가 찾아 헤매고 있는 것은 그녀의 주인이자 상단의 아가씨인 신율의 신랑감이었다. 우선은 남자를 찾아야 했다. 물론 그 녀석이 혼인을 하는지 물어볼 필요도 없었다. 어쨌거나 그의 의사와 상관없이 무조건 혼인을 해야 할 터이니. 안 한다고 우길 수도 없을 것이다. 제 놈이 당장 죽게 생겼는데 어떻게 감히 거부를 하겠는가. 근데 문제는 그럴 만한 사내가 없다는 것이다.

백묘와 함께 나온 강명도 주인과 혼인할 남자를 찾겠다는 일념으로 눈을 번득이며 주변을 돌아보았다.

　무슨 일이 있어도 찾아야 한다. 그렇지 않으면 그녀의 주인이 세상과 연을 끊는 일이 생길지도 모를 일이었다. 아마 죽기전에 곽 장군과 원치 않는 혼인이라는 것을 먼저 하게 될 터이지만.

　신율 아가씨는 태어날 때부터 죽을 고비를 몇 번 넘겼었다. 그런데 이제는 마음에도 없는 혼인을 싫다 하여 죽게 생겼다. 아가씨의 고집으로 보건대, 죽으면 죽었지 절대 곽 장군과 혼인 따위를 할 양반이 아니었다.

　그나마 다행히 혼인을 약속한 정혼자가 있다며 고개를 흔드는 신율의 뜻을 곽 장군이 순순히 받아들였다. 아마도 진작부터 신율 아씨의 고집을 알고 있었던 탓이리라. 그때까지는 일이 그렇게 마무리될 줄 알았다. 하지만 느닷없이 곽 장군이 성대하게 혼인식까지 치러 주겠다고 나서는 바람에 청해 상단과 양씨 가문은 지금 거의 제정신들이 아니었다. 양씨 가문의 명한 아들내미가 사고를 쳐 준 덕분에 안 그래도 왕야가 눈을 번득이고 있는 마당에 아가씨의 혼약 사실이 거짓이라는 것을 알게 되면 절대 그냥 넘어가지 않을 것이라는 건 불을 보듯 뻔한 노릇이었다. 그러니 우선 무엇보다 시급한 건 혼인할 사내를 찾는 일이다.

　하지만 딱 들어 봐도 제 주인의 신랑감은 그리 쉽게 찾을 수있는 사람이 아니었다.

어느 녀석이 될는지는 모르겠지만 일단 중원에 이름을 날릴
만큼 지체가 높아서도 안 되었고 곽 장군이 짐작할 수 있을
만큼 명망이 있어도 안 되었다. 거기다 고려 남자라니.

아마도 혼인의 상대가 이곳 중원 남자라 한다면 곽 장군이
가짜 혼약의 진실을 알아낼까 두려워 고려 남자라 선수를 치
셨을 것이다. 그런데 문제는 그 고려 사내가 없다는 것이었다.
하긴, 아무리 넓고 넓은 중원 땅이라 하지만 입맛에 딱 맞는
사내가 있을 리 만무하지 않은가.

어쨌거나 다 필요 없다. 어느 놈인지 아무나 걸리기나 해라.
제발 한 놈만. 어디 보자. 저놈은 너무 늙었고, 저 녀석은 또
어리고, 쟤는 중원 사람이구나. 그 많던 사내 녀석들이 다 어
디 가고. 인물이 없어, 인물이.

시간이 가면 갈수록 백묘와 강명의 눈빛이 매서워지고 급해
지고 있었다.

"서경에서 보낸 사람들은 아직도 있는 것인가?"

"네. 오늘도 떼어 놓고 오느라 고생 좀 했습니다."

왕소는 은천(殷川)의 대답에 무표정한 얼굴로 고개를 끄덕였
다.

얼마 전 황태자 왕무를 암살하려는 자객들이 궁에 잠입하
였다. 왕소는 그날 밤의 흔적을 쫓아 그들을 서경에서 찾아내
었다.

하지만 왕소가 취조하기도 전에 그들은 이미 누군가의 손에 죽임을 당하였다.

"그래, 여기서 정체를 들켜서는 재미가 없지. 어차피 흔적은 남아 있으니 기다리거라."

왕소의 입술이 비틀어지듯 미소를 지어 보였다. 자객들과 마주할 때부터 그들의 검법에서 그 배후에 누가 있는지 쉽게 눈치챌 수 있었다.

숙부님, 저는 조의선인의 수장입니다. 아마 쉽게 도망가지는 못할 것입니다.

황제가 가지고 있는 또 하나의 힘인 조의선인을 뒤쫓는 자들은 참으로 많았다. 그중에서도 가장 위험한 사람은 다름 아닌 서경의 군권을 가지고 있는 숙부 왕식렴이었다.

황제께서 당신의 아우에게 너무 큰 권력을 남겨 주신 게 이제 조금씩 문제가 되어 가고 있었다. 지금이야 정체를 감추고 있지만 황제께 무슨 일이 생긴다면 분명 감추고 있던 이빨과 발톱을 드러내리라.

"조심해라. 숙부가 마음만 먹으면 더한 일도 할 것이다. 어쨌거나 나는 이제 개경으로 가야겠다."

"저는 서경을 거쳐 가겠습니다."

서경, 그리고 개경이라. 어라라? 이건 분명 고려의 말이었다. 백묘는 눈빛을 번득이며 확 하고 몸을 돌렸다. 오호, 그래, 그래. 이제는 얼굴이야 대충 생겨도 상관없었다.

객잔에 앉아 있는 사내는 두 명이었다. 낡아 빠진 장포를 두른 그들은 무사인 듯했다.

중원 한바닥에서 드디어 고려 사람을 찾아낸 백묘와 강명의 눈빛이 무섭게 번득였다. 하지만 급하게 고개를 돌려 첫 번째 눈에 뜨인 사내를 발견한 백묘의 표정이 일그러졌다. 어지간하면 그냥 넘어가려고 했는데 정말이지 너무 못생겼다.

땅이랑 붙은 키에 곰보 자국이라니. 그나마 당당한 표정과 튼실해 보이는 몸밖에는 건질 게 없구나.

아무리 그냥 혼례만 올리면 끝이라지만 저 사내의 얼굴은 우리 주인에게는 어째 심하게 가혹하다. 그래도 어쩌겠는가. 일단 점찍어 두고 나머지 한 명에게 백묘와 강명의 시선이 꽂혔다.

그는 실내에서도 두건을 덮어쓰고 있었지만 한눈에 봐도 키가 훤칠했다. 흘끔흘끔 바라보는 그들의 시선을 눈치챘는지 그가 고개를 들어 백묘와 강명을 무서운 눈빛으로 쏘아보았다. 덕분에 두건이 조금 뒤로 벗겨지면서 사내의 얼굴이 드러나자 백묘와 강명의 얼굴에 화색이 돌았다.

허허, 좋구나. 잘생겼다. 저 녀석으로 해야겠다.

백묘는 하얀 이를 드러내며 씩 하니 웃었다. 왠지 오싹한 웃음이었다.

"무탈하시기를. 기다리겠습니다."

"방심하지 말고 조심하거라."

은천의 인사에 황자가 작게 고개를 끄덕였다.

정예 무사들로 이루어진 조의선인의 훈련은 당연히 혹독했고, 그런 그들의 수장이 되는 일은 더더욱 고단했다. 그들의 임무는 위험했으며 죽지 않으려면 단련을 거듭할 수밖에 없었다. 조금의 실수라도 생기게 되면 그의 한목숨이 문제가 아니라 제국 전체가 위험에 빠지는 것이었다. 반역의 무리들과 크고 작은 전투를 벌이면서 그는 책임감에 더 철저해졌으며 훈련의 강도는 더 심해졌다.

그러기를 벌써 몇 해째. 그나마 다행인 건 아직도 황제께서 건재한 것이고, 또 하나 다행인 것은 아직 혼례 이야기가 없다는 것이다.

은천이 일어서자 왕소는 탁자 위에 있는 술을 한 번에 털어 넣었다. 개경으로 가면 또 많은 일이 그를 기다리고 있을 것이다. 왕소의 무심한 눈빛이 어둡게 빛나고 있었다.

혼례복으로 단장한 신율은 강명과 백묘가 힘들게 급히 데려온 남자의 넓은 어깨와 커다란 등을 빤히 바라보았다.

도대체 수면 향을 얼마나 넣은 것인가. 이대로 깨어나지 못하면 혼례식장에 새신랑이 안 나타나는 불상사가 생길지도 모를 일이었다. 하기는 이만한 덩치의 남자를 납치하려면 수면 향은 반드시 필요했을 것이다.

신율은 무거운 혼례복 소매에서 겨우 손을 들어 올려 침상 위에 누운 사내의 넓은 등을 손가락으로 콕콕 찍었다.

"저기요, 일어나세요."

"나 급하거든요."

"시간이 다 됐단 말이에요."

신율이 아무리 뭐라 해도 여전히 사내는 꼼짝도 하지 않은 채였다.

큰일 났구나.

신율은 한숨을 푹 내쉬고 잘래잘래 고개를 흔들었다.

"미안한데 이제 그만 깨어나면 안 될까요?"

나직한 여자의 목소리가 계속하여 사정하고 있었다.

졸지에 납치를 당해 이곳까지 끌려오게 된 왕소는 진작부터 깨어 있었다. 사실 처음부터 의식을 잃은 적도 없었다. 왕소는 눈을 뜨지 않고 호흡을 그대로 유지한 채 주변의 상황을 살폈다. 몸을 감추기 위해 잠시 머문 객잔에서 내온 술에 수면 향이 섞여 있었다는 것은 진작에 눈치챘었다.

그럼에도 불구하고 순순히 납치를 당해 이곳까지 온 이유는 그를 납치한 상대에게서 살의를 느낄 수 없었다는 점 때문이었다. 그리고 또 한 가지 이유는 감히 이런 짓을 저지른 자의 정체가 궁금해서였다.

이곳에서 고려의 말을 쓰는 여인이라니. 누구일까. 숙부의 사람들일까? 아니, 아니다. 그것은 아니었다. 그의 목숨이 탐났다면 그가 수면 향에 취한 척했을 때 목숨부터 취했을 것이다. 하지만 왕소를 납치해 온 자들은 의식을 잃은 척 눈을 감고 있는 왕소의 옷을 서둘러 갈아입히는 것이 전부였다. 도대체 뭐 하는 자들일까.

온몸의 운기가 제대로 돌아가고 있었다. 어딘가 묶이지도 않았다. 사방이 조용했다. 흠, 이것도 나쁘지 않군.

덕분에 숙부가 보낸 무리들이 더 이상 그를 추적하지 못할 것이다. 천하의 왕소가 납치까지 당했는데 제깟 것들이 그의 흔적을 찾아낼 리가 없지 않은가.

"혹시 깨어났어요?"

"그런 거 같은데."

"와, 다행이다. 그럼 얼른 일어나 봐요."

조금은 메마르게 갈라진 여자의 목소리가 제법 당당하게 들려왔다.

아니, 뭘 잘했다고 이렇게 씩씩한 것일까.

왕소는 슬쩍 미간을 모으고 몸을 일으켰다. 눈앞에는 붉은 너울을 쓴 여인, 아니, 어쩌면 여인이 될지도 모를 작은 꼬마가 곱게 수놓아진 비단 신부복을 입고 탁자 위에 가지런히 손을 올린 채 그를 향해 서 있었다.

혼례복이라.

그러고 보니 방 안은 붉은 비단과 화려한 꽃들로 치장되어 있었다. 슬쩍 시선을 내려 자신의 옷차림을 바라보니 그가 의식을 잃은 척 눈을 감고 있을 때 갈아입힌 옷도 혼례복이었다.

신방에 혼례복이라니, 이건 도대체 뭘까?

왕소는 점점 더 상황을 이해할 수 없었다.

"넌 누구지?"

"어쩌면 그쪽 신부가 될지도 모르는 사람이요."

한 치의 머뭇거림도 없이 그녀가 빠르게 대꾸했다.

어림없는 소리. 신부라니.

너울을 걷어 보지 않아도 눈앞의 신부는 아직 여인이 되려면 한참이나 기다려야 할 꼬마였다.

얼추 그의 허리춤에나 닿는 몸을 꼿꼿이 한 채 당돌하고 터무니없는 주장을 하는 어린 소녀는 맹세컨대 처음 보는 아이였다.

내가 이 어린 꼬맹이에게 납치를 당했다고?

왕소는 어이없는 실소를 꾹 눌러 참았다. 이 아이가 데리고 있는 수하는 분명 대단한 자임에 틀림없었다.

"다시 묻는다. 넌 누구지?"

"그게…… 그러니까 당신 신부……."

아직 말을 다 끝내지도 못했는데, 아니 시작도 못했는데 남자의 눈썹이 불만스럽게 치켜 올라가자 신율은 서둘러 입을 다물어야 했다. 자신이 생각해도 '내가 바로 당신 신부가 될 사람'이라는 말이 쉽게 나오지를 않는다. 뭐라 얘기를 해야 이 사람이 한 번에 이해할 수 있을까. 신율은 저도 모르게 입술을 질근 깨물었다.

"그러니까…… 난 그쪽 도움이 아주 절실하게 필요한 사람이에요. 당신과 혼인하고 싶어요. 좀 도와줘요."

"내가 왜?"

여전히 그의 물음에 제대로 답하지 않는 여인에게 살짝 짜증을 느끼며 황자가 무뚝뚝한 어조로 대답했다.

정말이지 제멋대로인 꼬마로구나. 자초지종도 모르는 채 무조건 도와 달라 하면 누구나 다 도와줄 거라고 믿는 건가. 제국의 황제가 권해도 싫다고 고개를 흔든 혼인인데 누가 사정한다고 순순히 혼인을 할 이유가 없었다.

"그거야……."

신율이 선뜻 대답하지 못하고 웅얼거렸다.

사실 남자의 물음에 딱히 대답할 말이 없었다. 하기는 이 남자 입장에서 보면 참으로 뚱딴지같은 일이겠지. 이 남자에게 이 말도 안 되는 혼인을 요구하는 것이 얼마나 이기적인가.

그래도 지금은 이 사람 아니면 정말 원치 않는 혼인을 해야 할지 모르니 매달릴 수밖에 없다.

"은자를 드릴게요. 아주 넉넉하게. 얼마나 필요해요?"

"필요 없다."

그가 단박에 말을 자르자 신율은 입술을 깨물었다.

일이 참으로 어려워지는구나.

거래는 장사치가 할 수 있는 가장 쉬운 일이었다. 게다가 처음 그의 허름한 옷차림을 봤을 때 넉넉한 재물은 가장 쉽게 타협할 수 있는 방법이라 생각했는데 그에게는 아니었나 보다.

"그쪽이 도와주지 않으면 난 중원 남자랑 원치 않는 혼인을 해야 한단 말이에요."

"나 역시 너와의 혼인을 원치 않는다는 건 잊었나 보구나."

"우리랑은 달라요. 이건 가짜 혼인이니까. 사례는 넉넉하게 할게요. 그쪽이 손해 보는 일은 없을 거예요."

"그거야 네 생각이고. 난 혼인까지 강제로, 가짜로 하고 싶지 않다."

사내는 뭘 해도 타협할 생각이 없어 보였다. 그럼 작전을 바꿔야겠구나.

"내가 불쌍하지도 않아요?"

"별로. 난세에 안 불쌍한 사람도 있나?"

매정하기는. 하기야 딱히 틀린 말도 아니었다. 생각보다 강적이었다. 그리고 딱 봐도 측은지심은 없게 생겼다. 너울 속에서도 분명하게 보이는 남자의 얼굴은 이런 상황이 아니라면 정말 감탄이 나올 정도로 잘생겼다.

반듯한 이마와 우뚝 솟은 콧날, 깊은 눈매와 갸름한 턱선이 잘도 한곳에 모여 있구나. 그런데 저리 훌륭하게 잘난 얼굴을 가진 그의 표정에서는 따뜻한 미소나 온화한 눈빛은 찾아볼 수가 없었다. 처음부터 눈매는 날카롭고 입술은 딱 굳어 있는 그런 사내였다.

"저기요, 그냥 혼례식만 해 주면 돼요. 정말, 진짜가 아니거든요."

"진짜든 가짜든 난 애랑은 혼인하지 않는다."

물론 애든 어른이든 별반 혼인에 마음이 없었다. 그렇지만 한참 키워야 하는 어린 신부는 더더욱 사양하고 싶었다.

"애 아니거든요."

"어쨌거나 싫어."

발끈해서 주장했지만 남자는 코웃음만 칠 뿐이었다.

우씨, 하지만 어쨌거나 지금은 성질 누르고 사정을 해야 할 때였다.

"우리, 같은 고려 사람이잖아요. 별로 어려운 일도 아닌데 서로 도우면서 살면 좋잖아요."

너울 속에서 어린 소녀의 목소리가 새되게 튀어나온다. 너울 때문에 얼굴은 보이지 않았지만 꽉 잡은 양손에서는 절실함이 한눈에 느껴졌다. 긴 소매 속에서 삐죽이 나와 있는 작은 제 손을 얼마나 오랫동안 힘을 주어 잡고 있는지 핏기가 사라져 흰 손등에 푸른 혈관이 도드라져 보일 정도였다.

왕소의 얼굴이 더 딱딱하게 굳어졌다.

저렇게 긴장하면서 혼인이 별로 어려운 일이 아니라니. 애는 정말 애구나. 그러니 저렇게 무모한 제안을 하는 것이겠지.

"필요한 걸 말해요. 뭐든지 다 해 줄게요. 네?"

"뭐든지 다라. 정말 내가 원하는 걸 줄 수 있나?"

겁 없는 제안에 왕소의 눈썹이 치켜 올라갔지만 신율은 쾌재를 불렀다.

오, 됐다. 원하는 게 있으면 당연히 거래도 가능하다. 거래가 시작되면 절대로 실패하지 않는 것이 그녀였다.

내심 안도한 신율이 너울 속에서 활짝 웃었다.

"당연하지요. 뭐든지요. 뭐가 필요해요?"

"고려의 황제."

"응? 뭐라구요?"

"제국의 황제가 되고 싶다 했다."

잘못 들은 줄 알았다. 그런데 제대로 들은 모양이었다. 마치 너울 따위는 아무 상관없다는 듯 그녀를 똑바로 바라보고 있는 남자의 눈빛은 진지했다.

뭐야, 그럼 잘못 들은 게 아니라 잘못 주워 온 건가. 막무가내로 혼인하자는 그녀도 그다지 정상은 아니었지만, 이 남자도 제정신은 아니었구나. 내가 너무 급해서 큰 실수를 했나 보다.

"그건 좀 곤란한데요."

"그러니까 쉽게 약조를 하는 것이 아니다."

예상하고 기대했던 답변에 황자가 고개를 끄덕였다.

당연하였다. 처음부터 그런 대답을 기대한 요구 조건이었다.

세상에서 그 누구도 할 수 없는 일.

그의 힘으로도 어쩔 수 없는 일은 바로 제국의 황제가 되는 일이었다. 그러니 정체를 모르는 그녀에게도 당연히 불가능한 일이었다. 만에 하나라도 된다 하였으면 그게 더 큰일이었다. 진짜 미친 여인인 게 분명할 테니까. 무작정 혼인하자는 이 어린 신부가 다행스럽게도 아주 정신을 놓지는 않았나 보다.

"그게 아니라 셈이 되지를 않아서 그렇습니다. 내가 너무 손해를 많이 보는 장사잖아요."

"뭐?"

"아무리 급해도 그렇지 딱 하룻밤 혼인에 천하를 달라는 건 도둑놈 심보거든요. 그거 말고 좀 싼 거 없어요?"

뭐지, 이 여자?

아니 이 꼬마가 지금 무슨 이야기를 한단 말인가.

제국의 황제가 되는 일은 안 되는 일이라고, 절대로 할 수 없는 일이라고 대답할 줄 알았다. 아니, 그렇게 대답해야 옳았다. 하지만 그녀는 손해를 보는 장사라 못 한다 말하고 있다. 이걸 어찌 받아들여야 하는 것일까.

날카로운 황자의 눈빛이 신율을 향하고 있었다.

전혀 예상치 못한 대꾸에 왕소는 심각하게 미간을 모았지만 신율은 아니었다. 그녀가 누구인가. 까탈스러운 중원의 후궁 마마, 아니 그보다 더 어려운 분께도 이문을 남기고 물건을 팔 줄 아는 재주가 있는 장사치였다.

절대 손해 보지 않는 장사.

그것은 신율이 감추고 있는 패였다. 또한 그것이 곽 장군이 신율을 신부로 원하는 이유이기도 하였다. 하지만 눈앞의 남자에게는 그저 정신 나간 여자의 말도 안 되는 거래인 듯했다.

도대체 이런 남자는 뭘로 움직여야 하는 것일까. 제국의 황제 자리를 요구하는 그는 어지간한 사례 따위에는 눈도 꿈쩍하지 않을 것이 분명했다.

물론 여인도 아닐 테고. 그렇다고 정말 그의 소원대로 천하를 손에 쥐어 줄 수는 없지 않은가.

"잘 생각해 봐요. 분명히 뭔가 다른 게 있을 거예요."

"없거든."

그가 딱 잘라 고개를 흔들었다. 참으로 단호하기도 하다. 정말로 답이 없구나.

"원하는 게 없는 사람이 어디 있어요? 부처님도 아니고."

"넌 뭘 원하는데."

"많죠. 내가 없어도 상단이 멀쩡했으면 좋겠고, 무병장수했으면 좋겠고, 어머…… 가족을 찾았으면 좋겠고…… 아니, 그것보다 우선 옆에 신랑이 있었으면 좋겠어요."

가족이라. 이 어린 꼬마도 외로운 사람일지 모르겠다.

그에게 필요한 것은 가족. 믿을 수 있는 사람. 둘이 같은 곳을 바라볼 수 있는 벗. 아무 걱정 없이 함께 달빛을 즐길 수 있는…….

조그만 소녀는 혼례복이 귀찮은지 초조한 손짓으로 긴소매를 걷어 올리며 발을 동동거리고 있었다.

하기는 아직은 혼례복이 어울리는 나이가 아니리라. 나중에 여인으로 성장하여 그에 어울리는 신랑을 만나는 게 어쩌면 저 꼬마의 진짜 바람일지도 모르겠다.

"정말 하나만 생각해 봐요. 내가 꼭 들어줄게요."

"하나가 생각나긴 하는데…… 아마 이것도 네가 해 줄 수는 없을걸."

"뭔데요?"

기대와 희망에 가득 찬 그녀의 눈빛이 너울 너머에서도 느껴질 정도였다.

왕소는 그 모습에 왠지 웃음도 나고 또 한편으로는 측은하기도 하였다. 얼굴은 못 봤지만 알 수 있었다. 소녀가 혼례를 감당하기에는 너무 어리다는 것을.

"나도 너처럼 반려자가 필요해. 대신 너 같은 가짜 말고."

원하던 대답이었음에도 신율은 황자의 요구에 기겁을 했다. 이게 무슨 소리란 말인가. 그건 그녀의 소원이어야지, 그의 바람이어서는 안 되는 것이다.

뭔가 그녀와 그의 소원이 묘하게 엇갈리고 있었다.

같지만, 다르다.

그녀는 가짜 신랑감을 원하는데, 이 사람은 진짜 부인을 원하는 모양이다. 그럼 안 되는데. 그것은 그녀가 해 줄 수 있는 일이 아니지 않은가.

그때 방문 밖으로 사람의 기척이 들리자 신율은 입술을 깨물고 한 걸음 남자의 앞으로 다가갔다.

"이런, 젠장. 당신이 이겼어요."

"뭐?"

감히 그의 앞에서 욕을 하다니.

하지만 분개할 틈도 없이 왕소의 코앞에까지 다가선 꼬마가 순식간에 그의 혼례복 앞섶을 움켜잡아 당겼다. 그러고는 얼결에 고개를 숙인 그의 목에 팔을 감고 발끝을 올려 왕소의 입술에 대고 속삭였다.

"계약이 성사됐다구요."

너울도 올리지 않은 어린 신부는 그대로 그의 입술에 입술을 마주했다.

뭐라 말할 틈도 주지 않은 뜻하지 않은 기습에 왕소는 그저 자신에게 다가오는 어린 소녀를 바라볼 뿐이었다.

말캉한 몸이 부딪히며 따뜻한 숨결이 와 닿고 너울을 사이에 두고 부드러운 느낌이 가득했다.

어느새 방문이 열렸다. 누군가 다가오고 있다는 것을 알고 있었지만 왕소는 느긋하게 여인의 허리에 팔을 감고 끌어당겼다.

두 사람의 입술을 가로막는 얇은 비단 천 때문에 더 깊은 입맞춤은 되지 않았지만 허리를 휘감는 강한 힘과 집요한 호흡을 느끼면서 처음으로 신율은 자신이 무모했다는 것을 깨달았다.

붉은 비단 천이 타액으로 젖어 가면서 숨결은 더 급해지고 온몸으로 전해지는 그의 체온에 심장이 미친 듯이 뛰고 있었다. 아마 이 남자도 내 심장 소리를 느끼겠구나.

"흠, 흠."

낮은 헛기침 소리에 왕소는 천천히 입술을 떼고 고개를 들었고, 신율은 그의 가슴팍에 얼굴을 묻었다.

너울이라도 있는 것이 다행이었다. 분명 얼굴은 붉은 너울보다 훨씬 더 불타오르고 있으리라.

"아, 내가 방해를 한 모양이구나."

그들을 방해한 자는 중원의 말을 사용하고 있었다.

왕소는 여전히 자신의 가슴팍에 얼굴을 묻고 있는 여인의 몸을 돌려 천천히 등 뒤로 감추면서 한 발짝 앞으로 움직여 상대를 마주 보았다.

호화로운 옷을 차려입은 중년의 사내가 그들을 지켜보고 있었다.

날카로운 눈빛의 그는 건장한 체격이었고 나이를 짐작할 수 없는 얼굴을 가지고 있었다. 그리고 쉽게 범접할 수 없을 만큼의 권위와 위엄 또한 가지고 있었다.

그가 성큼성큼 다가와 그들 앞에 섰다. 덩치에 맞지 않게 조용한 걸음걸이였다.

사내의 날카로운 시선에, 왕소에게 작정하고 몸을 부딪칠 만큼 무모한 여인이 웬일로 잔뜩 긴장한 듯한 기색이 느껴진다.

아마도 그녀가 집요하게 자신과 혼인을 원하는 이유가 이 사내에게 있으리라.

"당신인가? 그녀의 정혼자가."

적의를 감춘 사내의 매서운 눈빛이 왕소에게 머물렀다. 왕소 또한 그의 눈빛을 피하지 않고 받아들였다.

"그렇긴 한데, 난 신부가 있는 신방에 다른 남자가 들락거리는 것을 허락한 적이 없는데."

삐딱한 왕소의 말에 곽 장군의 얼굴에 잠시 메마른 미소가 스쳐 지나갔다.

그리고 그의 등 뒤에서 너울 속 여인의 작은 안도의 한숨이 조그맣게 새어 나왔다. 혼인에 대한 허락임을 눈치챈 것이다.

"이런, 이런. 내가 큰 실례를 했군."

마치 무안한 듯 웃어 보이기는 하였지만 왕소를 훑어보는 그 눈매는 날카로웠고 호탕한 목소리에는 힘과 권위가 가득 실려 있었다.

위엄. 단순한 권력을 가진 자의 호기가 아닌 범접할 수 없는 어떤 분위기가 그에게는 있었다. 그것은 왕소가 황궁에서 보았던 황제의 권위와 다르지 않았다.

중년 사내의 시선 또한 왕소에게서 벗어나지 않고 있었다. 두 사내의 팽팽한 기 싸움이 계속되었다.

"그녀는 나와 가족 같은 사이인지라 내가 직접 만나 축하해 주고 싶었네."

"그 역시 곤란하오. 난 내 신부에게 가족 같은 사이의 사내 또한 허락할 생각이 없으니까. 내 아내에게 남자는 무조건 나하나요."

곽 장군의 날카로운 시선에도 불구하고 왕소는 단호했고, 졸지에 불청객이 되어 버린 곽 장군은 낮게 웃음을 터뜨렸다.

"인정하오. 나 역시 그랬을 터이니. 그래도 이왕 여기까지 왔으니 마지막 인사나 하고 싶은데. 허락해 주겠소?"

어느새 곽 장군의 기세가 달라져 있었다. 이번에는 왕소가 뭐라 하기 전에 너울을 쓴 신부가 한 걸음 먼저 나섰다. 왕소의 눈썹이 불만스럽게 휘어 올라갔다.

이 꼬마는 꽤나 성미 급한 신부로구나. 남편이 될 사람의 허락도 받지 않고 저렇게 먼저 나서는 것을 보면. 하기는 겁도 없이 입맞춤도 먼저 하지 않았는가.

황자는 마음속으로 혀를 찼다. 다시 보지 않을 여인이니 망정이지, 정말 그의 신부가 될 여인이었다면 다른 사내에게 이렇게 나서는 꼴을 절대 참지 않았을 것이다.

"정말 사내가 있었구나?"

"그럼 제가 없는 말을 하겠습니까."

분명 긴장을 하였음에도 그녀의 목소리는 흔들리지 않았다.

저 기세에 눌리지 않는 것을 보니 제법 배짱이 있는 소녀였다. 하기는 그러니까 그를 납치까지 해서 혼인하자 우기는 것이겠지.

그나저나 중원 사람의 취향은 별나기도 하구나. 아직 여인이 되려면 한참이나 먼 아이와 혼인을 하고 싶어 안달을 하다니.

"목소리가 많이 잠겨 있는 걸 보니 아직 몸이 회복되지 않은 모양이다."

"장군님께서 이리 서두르지 않았다면 제 정인에게 훨씬 더 좋은 모습을 보일 수 있었을 것입니다."

새침한 목소리로 그녀가 너울 속에서 중얼거렸고, 곽 장군은 나직하게 웃음을 터뜨렸다.

"하하, 미안하게 되었다. 너는 좋은 신부가 될 것이다. 저자가 자신이 얼마나 행운아인지 알았으면 좋겠구나."

"아마 앞으로 알게 되겠지요. 당연히요."

말도 안 되는 신부의 자신만만한 대답에 왕소는 한쪽 눈썹을 치켜 올렸으나, 곽 장군의 얼굴에는 아쉬움이 가득했다.

뭐지, 도대체. 무엇이 저 위엄으로 가득한 사내를 아쉽게 한단 말인가.

왕소의 눈빛이 곽 장군의 시선을 따라 붉은 혼례복을 차려입은 꼬마 신부에게 머물렀다.

"네가 놓친 것이 무엇인지 알고 있었으면 좋겠구나."

"전 제가 놓친 것을 진작에 알고 있답니다. 또한 제가 대신얻은 것도 알고 있어요. 그래서 후회하지 않습니다."

"후회하지 않는다? 나와 함께 천하를 얻을 수 있었는데도?"

"물론입니다. 전 천하보다 제가 훨씬 더 중요하거든요."

너울로 감싸인 작은 얼굴이 타협의 여지없이 단호하게 고개를 끄덕이고 있었다.

천하라.

저 장군이라는 자에게 천하는 이곳 중원 대륙일 것이다. 그런데 이 어린 꼬맹이와 천하를 논하다니. 그는 다시 한 번 자신의 신부를 바라보았다. 둘 중에, 아니 셋 중에 누가 모자란 것일까.

第2章

잊어라

계약 종료다

　그들의 혼례식은 정말이지 성대하게 치러졌다. 아마도 진나
라 사람들의 절반은 다 구경을 나온 듯했지만 혼인에 있어야
할 몇 가지 절차는 이미 다 건너뛴 지 오래였다.

　그래도 여기 사람들한테는 아무 상관이 없는 듯했다.

　아니, 생각해 보면 중요한 것들은 이미 다 치렀는지도 모른
다. 구혼이야 저 여인이 그를 대신하여 해 주었고 어쩔 수 없
이 이 자리에 그가 앉아 있으니 이미 혼인은 허락한 일이었다.
예물은 그와 그녀의 목숨 값이고, 좋은 날은 곽 장군이라는
자가 진작에 택일했을 것이다.

　하늘과 땅에 절을 끝낸 후 자신의 옆에 앉아 있는 붉은 너
울의 신부를 바라보며 왕소는 저도 모르게 허망한 미소를 지
었다. 도대체 일이 어쩌다 이렇게 되었단 말인가.

　이거야 원. 혼인이라니. 고려의 황자가 황제의 허락도 없이
혼인을 하다니.

이곳이 중원이니 망정이지 고려였으면 그도 그녀도 불경한 죄로 참형을 당했을지도 모를 일이었다. 또한 호시탐탐 그를 죽이려고 기회를 엿보고 있는 자들도 이 사실을 알게 되면 쾌재를 부를 것이다.

끙. 어쩌겠는가. 이미 선택하고 결정하고 벌어진 일이었다. 이제 와서 후회해도 소용없는 일이었다.

어차피 벌어진 일. 시작한 일은 마무리 짓는다.

그녀 덕에 숙부가 보낸 자객들로부터 몸을 숨길 수 있었으니 가벼운 빚을 크게 갚는다 생각하기로 했다. 게다가 이 어린 고려의 꼬마가 그런 중원의 중늙은이와 혼인하는 꼴을 그대로 두고 볼 수만은 없는 노릇이잖은가.

음악 소리가 요란해지고 사람들의 웃음소리가 커지면서 어쨌거나 왕소와 신율의 혼례식은 끝이 났다. 이제 남은 것은 신랑과 신부의 초야뿐이었다.

하지만 신방에 먼저 도착한 왕소는 짓궂은 사람들의 설레는 기대와는 상관없이 재빠르게 자신의 낡아 빠진 장포로 갈아입고 방을 빠져나왔다.

해 질 녘 시작됐던 혼례식이 끝나고 나니 어느새 밖은 어둠이 짙게 내려앉아 있었다.

은천과 조의선인들은 지금쯤 왕소의 행적을 궁금해하고 있으리라. 은천과 합류하기 위해서는 오늘 밤 서둘러야 할 것이다.

"저기요."

　새된 목소리에 고개를 돌리니 여인이 여전히 신부 옷을 입은 채로 혼례복을 펄럭이며 '양가(楊家)'라고 쓰인 커다란 나무 문을 지나 샛길로 이어진 긴 계단을 뛰어 내려오고 있었다.

　긴 옷차림에 걸려 넘어지기 딱 십상인데 치마를 잔뜩 위로 움켜쥔 그녀는 용케도 아슬아슬 달려와 몇 계단 위에서 그와 눈높이를 마주하고 섰다.

"고마워요."

　헥헥거리는 가쁜 숨소리와 함께 그녀가 고개를 들고 그를 바라보았다. 캄캄한 어둠 속에서 달빛에 비추어진 그와 그녀의 그림자가 길었다.

"고마울 일 없어. 내가 잠시 미친 듯했으니."

　그래, 나 오늘 미쳤다. 그렇게 생각할 수밖에 없는 일이었다.

　황자는 쓰게 웃으며 중얼거렸다.

"그래도 어쨌거나 고마워요. 당신이 만약 혼인을 안 해 줬다면……."

"잠깐."

　딱딱한 목소리로 황자가 그녀의 말을 중간에 끊어 버렸다.

"잊어라."

"뭘요?"

"절대 어디 가서 너와 내가 혼인했다는 소리를 입 밖에 내어서는 안 될 것이야. 이 시간부터 꿈에서도 너와 내가 혼인했다는 사실을 잊는 것이 좋을 것이다."

그가 제법 단단히 이르고 있었다.

뭘까. 진짜 부인을 원했던 사람이 이제는 잊으란다. 그것도 더할 나위 없이 아주 단호하게.

하기는 어느 누가 이런 말도 안 되는 일에 끼어드는 것을 좋아하겠는가. 억지로 핍박당하여 이곳까지 와서 신랑 노릇하는 것을 기뻐할 사내는 없을 것이다. 그래도 거래는 거래인데, 이제 와서 물릴 수는 없었다.

"내 말, 알아들었나?"

"알아는 들었는데 그럼 그쪽이 좀 아깝지 않겠어요?"

나 같은 색시를 만나는 일이 어디 그리 흔한 일이란 말인가. 신율이 잠시 입을 비죽였다.

"아깝기는. 분명히 잊으라 했다."

"좋아요. 그럼 잊어 드릴게요. 사실 나한테는 그깟 혼인 따위가 중요한 게 아니니까."

그깟 혼인 따위라니. 이런 건방진 아가씨를 봤나.

당연히 잊어야 할 혼인이지만 아직 혼례복도 벗지 못한 그녀의 입에서 튀어나온 '그깟 혼인 따위'라는 말이 은근히 괘씸하게 들린다.

"은혜를 모르는구나."

"왜요. 알지요. 오늘 은혜는 언제가 되더라도 꼭 갚을게요."

그에게 정말 큰 빚을 지게 되었다. 장사치에게 빚은 이자가 생기는 무거운 짐이었다. 얼른얼른 갚는 게 최선이었다.

"되었다. 내가 잠시 정신이 나간 것이라 생각해라."

"좋은 사람이군요, 당신은."

"글쎄다."

뜻밖의 평가에 왕소는 어깨를 으쓱였다. 지금껏 살면서 들은 얘기라고는 저주받았다는 소리뿐이었다. 좋은 사람이라는 이야기는 태어나서 처음 듣는 듯했다.

머리만 나쁜 게 아니라 사람 볼 줄도 모르는 아이로구나. 아마도 아직 어려서 그런 것이겠지.

그새 캄캄해진 세상이 어제 내린 눈에 비친 달빛으로 길을 밝히고 있었다. 서늘한 겨울바람에 소녀의 손끝은 새빨개져 있었고 머리카락을 올린 혼례복 사이로 보이는 가느다란 목은 오소소 소름이 돋아 있었다. 황자는 묵묵히 그녀의 얼굴을 바라보다 자신의 목에 두른 털목도리를 풀어 그녀의 목에 둘러 주었다.

"춥다. 조심히 들어가거라."

"저기요."

뒤돌아서는 사내의 옷자락을 그녀가 단단히 붙잡았다. 무슨 일이냐고 묻는 듯한 그의 눈빛은 담백하기 이를 데 없었다. 이 사람은 아무런 보상도 없이 정말 이대로 돌아갈 생각이었나 보다.

신율은 손에 쥐고 있던 작은 비단 주머니를 그에게 내밀었다. 사실 이것의 주인이 눈앞의 이 남자가 될 것이란 생각은 단 한 번도 한 적이 없었다. 하지만 신율은 오늘 약속을 했고, 그 약속이 옳은 선택이라고 믿었다.

"그냥 오늘 인연의 표시라고 생각해요. 당신의 측은지심에 대한 내 인사니까. 행운을 부르는 부적이에요. 당신을 지켜 줄 거예요."

부적 같은 것은 안 믿는다고 말하고 싶었지만 달빛 아래 제대로 보이지도 않는 그녀에게서 진심이 느껴진다.

"그리고 오늘 혼례에서 빠진 예물이기도 하구요."

"보통 이런 건 남자가 준비하는 거 아닌가?"

"뭐 어때요. 어차피 청혼도 내가 했는데."

그녀의 말에 왕소는 순순히 수긍했다.

그건 또 그렇다. 원래대로라면 남자인 그가 청혼을 하고 허락을 받고 예물을 준비해 길일을 잡는 것이 옳았다. 하지만 무엇이 어찌 되었건 혼례가 다 끝난 후에 이런 예물을 받을 이유는 없었다. 더구나 잊어야 할 오늘의 일 때문이라면.

하지만 그는 그녀가 주는 작은 비단 주머니를 손에 받아 들고 있었다.

"오늘은 정말이지 제대로 된 게 하나도 없군."

"그래도 제대로 끝났어요."

"끝나기는 무슨. 시작도 안 한 거야."

"어쩌면요."

질색하듯 말하는 그가 재미있는지 낭랑한 음색이 가득한 그녀의 너울이 아래위로 흔들린다. 아마도 너울 속의 입가는 웃음을 담고 있으리라.

"당신한테 내내 좋은 길만이 기다리고 있기를."

나직한 목소리로 행운을 빌어 준 그녀가 왕소에게 꾸벅 허리를 숙이고 몸을 돌리자 붉은색 혼례복이 펄럭였다.

황자는 문득 그녀의 머리카락을 묶어 올린 붉은 머리띠를 바라보았다. 원래대로였다면 초야에 새신랑이 풀어 주어야 할 머리띠였다. 왕소는 돌아서는 그녀의 손목을 홱 낚아챘다. 뜻밖의 행동에 비틀거리는 신율의 허리를 왕소가 얼른 부여잡았다. 그리고 천천히 그녀의 너울을 들어 올렸다.

희미한 달빛에 그녀의 얼굴이 하얗게 드러났다. 새까맣고 동그란 눈동자가 놀란 듯 왕소를 주시하고 있었다. 이름도 성도 모른 채 혼인까지 해 버린 꼬맹이의 까만 눈빛이 그를 향해 달빛만큼 곱게 빛나고 있었다.

"경국지색은 아니구나."

"나도 알고 있거든요."

아무렴. 진작에 알고 있었지. 그제야 정신을 차린 그녀가 몸을 바로 하고는 입을 비죽이며 중얼거렸다.

참으로 황당한 사내였다. 신부에게 빈말이라도 칭찬은 못해 줄망정, 이 미묘한 표정은 도대체 무슨 뜻이란 말인가.

"잘 먹고 얼른 크거라. 그리고 진짜 혼인은 정말 어른이 돼서 하거라."

"난 지금도 어른이거든요."

발끈하여 입을 비죽이는 그녀의 대꾸에 왕소는 나직하게 코웃음을 쳤다.

"정말 그렇다면 그건 아주 큰일이거든. 넌 아직 한참 커야 할 나이니까."

"설마 그 말 하려고 이런 거예요?"

"아니."

왕소는 신율의 머리에 묶인 비단 끈을 조심스럽게 풀어 내렸다. 곱게 묶인 길고 탐스러운 머리카락이 흘러내려 어깨를 덮는다. 상상하지 못했던 뜻밖의 행동에 왕소를 바라보는 신율의 눈동자가 커졌다.

혼례도 미친 짓. 얼굴을 보고자 하는 호기심도 미친 짓. 그리고…… 이것이 마지막 미친 짓이었다.

그가 그녀의 입술에 살짝 입술을 가져갔다. 차갑고 메마른 입술이지만, 한없이 부드러운 느낌의 입맞춤이었다.

"계약 종료다."

짧고 가볍게 입술을 떼어 낸 남자가 나직하게 중얼거렸다.

계약? 아, 그 계약이 있었구나.

미친 듯 뛰는 가슴을 진정시키며 신율은 남자를 바라보았다.

달빛 아래의 그는 여전히 잘생겼지만 그녀를 바라보는 눈빛에서는 잠시 동안 따뜻했던 기색이 순식간에 사라지고 없었다.

참으로 재주도 좋구나.

미련 없이 돌아서는 남자를 바라보며 신율은 왠지 자신이 손해 본 듯한 느낌에 살짝 미간을 모았다.

천하의 장사치 신율이 손해를 보다니. 뭐냐, 이 남자.

신율은 왕소의 뒷모습이 사라질 때까지 바라보다 한 걸음씩 다시 계단을 올라갔다. 볼을 스치는 살랑거리는 바람이 그가 풀어 놓은 머리카락을 흔들리게 하고 있었다. 왠지 마음까지도 같이 흔들리는 느낌이었다. 다른 날보다 포근한 날씨라고는 하나 밤의 공기가, 몸속의 한기가 뼈를 시리게 한다.

"그분은 가셨습니까?"

"응."

백묘가 조심스럽게 물어 왔다. 신방에서는 어느새 그녀의 가족들과 식솔들이 기다리고 있었다.

"보통 사람은 아닌 듯하였습니다."

비단 머리끈이 사라진 채 곱게 흘러내린 아가씨의 머리카락에 미간을 모으며 강명이 중얼거렸다. 아무 생각 없이 하루하루 즐겁게 세상을 살아가는 양규달의 눈에는 그저 그런 사내로 보일지 모르겠지만 강명에게는 아니었다. 원래 사내들이란 종족은 태어날 때부터 본능적으로 서로의 서열을 한눈에 알아보곤 했다. 오늘 그들이 구해 온 신랑은 곽 장군조차 경계할 만큼 누구보다 강한 힘을 감추고 있는 사내였다.

"곽 장군한테도 안 밀리더라구."

그녀가 만족한 듯 웃어 보였다. 쉽사리 곽 장군의 기세에 말려들었다면 오늘 혼인의 진실은 순식간에 들통 났을 것이다.

"이제는 어떻게 하실 겁니까?"

"개경으로 가려고."

신율의 대답에 백묘와 강명의 눈이 커다래졌다.

"개경이요? 고려로 가자는 말씀입니까?"

"정말 그분을 찾으실 생각이십니까?"

"응. 만나고 싶어. 어떤 분인지. 그리고 신랑이 고려 사람이니 신랑을 따라 개경으로 가야 하는 게 법도잖아."

진지하게 중얼거리던 신율이 마지막에는 농담처럼 씩 하고 웃어 보였다.

틀린 말은 아니었다. 그것이 혼례의 당연한 마무리였다. 초야를 치른 신부는 신랑과 함께 그의 집으로 가게 된다. 이번만큼은 밤새 도망간 신랑을 찾아가는 것이지만 누가 그 사실을 알겠는가. 그리고 무엇보다 이곳에서 더 오래 지체한다면 곽 장군은 끊임없이 그녀를 요구하게 될 것이다. 신랑도 없는 혼인 따위에 신경 쓸 장군이 아니었다.

"참 뭐 이런 혼인이 다 있답니까?"

"이제 할멈 소원이 이루어졌으니 정말 다행이지 않아? 내가 신부가 되었잖아."

신율이 아직 갈아입지 않은 혼례복을 펼쳐 보이며 백묘에게 웃어 보였다.

"이건 제 소원이 아닙니다. 이런 가짜가 아니라 진짜 혼인을 하셔야지요."

"오늘도 진짜였어. 어쨌거나 천지신명 모두에게 절을 했는데."

"흥. 누가 뭐래도 초야에 신랑이 도망가는 혼인은 진짜가 아닙니다."

투덜거리는 백묘에게 신율이 생글 웃어 보였다. 뽀얀 볼에 걸린 미소가 더없이 예뻤다.

궁녀의 손에서 남의 집 양딸로 성장한 어린 그녀가 이제는 대륙과 고려까지 넘나드는 상단의 일원이 되었다. 오늘의 혼인이 진짜 혼인이라면 좀 좋았을까. 자신의 주인 아가씨가 정말 사랑하는 사내와 평생을 약속하는 날이었다면 백묘는 오늘 죽어도 여한이 없었을 것이다.

"백주의 대공에게 연락을 하실 것입니까."

"아니. 발해는 망했고, 이미 망한 나라는 누구라도 어쩔 수 없어. 그건 돈이 되는 장사가 아니야."

대공이라 함은 대광현을 말한다. 신율이 얼굴도 기억하지 못하는 발해의 태자인 오라비는 고려의 황제 왕건의 도움으로 황족과 혼인하여 백주에서 잘 지내고 있었다. 이제 개경으로 들어가면 서로 인연을 이어 갈지도 모르지만 신율은 단호하게 고개를 흔들었다. 행여 발해의 황자였던 오라버니와 인연을 맺게 되면 어떤 오해를 받을지도 모를 일이었다. 이미 발해는 망했고, 고려는 제국이 되었다. 망한 나라는 항상 새로운 제국의 걸림돌이 되기 마련이었다. 신율은 그 소용돌이 안에 자신을 밀어 넣을 생각이 전혀 없었다.

"그러려면 양씨 어른 입부터 막아야겠는데요."

"오라버니는 내가 발해의 공주라는 걸 모르니까 상관없어. 다행히 양어머니가 오라버니에 대해서 잘 알고 있거든."

중원에서 그녀를 거두어 준 양씨 가문의 어머니는 발해의 궁녀였고, 어린 그녀를 지금껏 보살펴 준 은인이기도 하였다.

"정말이지 그나마 다행입니다."

카랑카랑한 목소리로 중얼거리는 백묘의 모습에 신율이 다시 미소를 머금었다. 이제 개경으로 갈 것이다. 아마 이름도 모르는 그 남자도 개경에서 만나게 될 것이다. 그리고 그녀가 찾아야 하는 그분도.

第3章

믿지 않는 인연

다시 만날 겁니다

시간은 빠르게 지나가고 있었다. 그리고 제국도 흐르는 시간만큼이나 급하게 요동치고 있었다.

태조 왕건의 뒤를 이었던 2대 황제 혜종이 34살의 젊은 나이로 세상을 뜨고, 치열한 권력 싸움 끝에 드디어 새로운 3대 황제의 자리에 오른 왕요는 삐딱한 시선으로 좌우로 길게 배열한 황자들과 신하들을 훑어보았다.

"넷째와 여섯째가 참석하지 않았군. 넷째는 또 기루에 있을 테고……."

"소 황자님께서는 도대체 무슨 생각을 하시는 것인지 모르겠습니다."

황제의 중얼거림에 대신들이 얼른 참석하지 않은 황자들을 타박하기 시작했다. 사실 정확히는 황제의 아우들이었으나 태조께서 붕어하신 후에도 태조마마의 수많은 아들들은 여전히 황자로 불리고 있었다.

"그러게 말입니다. 황자마마께서 기루가 다 무엇입니까?"

"도박판은 다 어떻구요. 그리 철이 없으니 참으로 큰일입니다. 큰일이에요."

"하하하."

제국 군부의 핵심인 순군부령(徇軍部令)과 병부령(兵部令)의 이야기에 황제는 뜬금없이 호탕한 웃음을 터뜨렸다. 그리고 그 웃음은 쉬이 끝나지 않았다.

"재미있는 얘기로구만. 안 그런가, 지몽(知夢)?"

한참을 미친 듯 웃어 대는 황제를 바라보던 대신들이 우리 황제께서 미쳤나 싶은 얼굴로 서로의 눈을 마주쳤지만 정작 황제의 시선을 받은 지몽은 빙긋이 미소만 지을 따름이었다. 병부령이 그런 지몽을 향해 입을 열었다.

"무엇이 그렇게 재미있는 건지 우리도 좀 압시다."

"소 황자께서는 황제 서열 두 번째이십니다. 그런 분이 너무 정치와 가까우시면 오해를 받기 딱 좋으시지요. 그저 아무 생각 없이 사시는 게 황제 폐하를 돕는 길입니다."

지몽의 대답에 대신들을 바라보는 황제의 얼굴이 서늘해졌다. 멍청한 것들은 바로 너희들이라는 듯이.

그렇다. 황자들의 순서로 따지면 왕소는 지금 황제 바로 다음의 아우였다. 그리고 말이 서열 두 번째이지 지금이라도 황제에게 무슨 일이 생긴다면 아직 한참 어린 황제의 아들보다 황제 자리에 더 가까운 인물이었다.

태조께서도 그리 말씀하시지 않았던가. 황제의 자리는 장자(長子)가 우선한다고. 그런 이유로 해서 태조마마의 첫 번째 장자인 혜종이 붕어하신 후 아우인 지금의 황제가 황위를 이어받지 않았는가.

"여섯째는 서경에를 갔다지? 숙부님이 어떤 언질이라도 준 것인가?"

"황제 폐하, 오해이십니다. 서경이 아니라 외조부를 뵈러 황주(黃州)에 갔습니다. 곧 개경에 도착할 것입니다."

"뭐든 상관없네. 그렇다고 지금 와서 바뀔 것도 없으니."

몸을 비스듬히 기댄 황제가 무심하게 중얼거렸다. 숙부가 서경에 있는 한, 누가 황제가 되더라도 그저 허수아비에 불과할 뿐이었다. 황제보다 높은 곳에 숙부인 왕식렴이 있었다.

"그래도 다음 달에 열리는 황자 경연에는 둘 다 참석하라고 하게."

"당연히 여섯째 마마도 참석하실 요량으로 서둘러 개경으로 오고 계십니다."

황주 가문의 황보광겸이 얼른 고개를 숙여 명을 받들었다.

혹시라도 괜한 황제의 노여움을 살 필요는 없는 노릇이었다.

겨우 어색하였던 편전의 분위기가 나아진 듯싶자 시중 권직이 허리를 굽히며 몸을 일으켰다. 그러자 황제의 눈썹이 불편하게 꿈틀거렸다. 저자가 오늘도 입을 열려나 보군.

그는 숙부 왕식렴의 사람이었다. 또 숙부가 무엇인가 요구

할 것이 있는가 보다. 황제의 예상대로 숙부는 서경 천도를 위한 군량미와 황성을 쌓을 사람을 필요로 하고 있었다.

서경 천도는 돌아가신 선황이 아닌 숙부가 원하는 일이었다. 하지만 천도는 그리 쉬운 일이 아니었다. 개경의 사람들이 서경에 성을 쌓느라 죽어 나가고 있었으며, 서경의 병사를 위한 군량미는 황실의 곳간을 거덜 내고 있었다. 개경 사람들의 불만은 점점 폭주하고 있었고, 그들이 일으키는 반란과 민심의 동요를 막을 힘이 황제에게는 없었다. 그렇다고 더 이상의 지원은 안 된다 고개를 흔들 용기도 없었다.

황제의 얼굴이 급격하게 어두워졌으나 숙부의 명을 받은 신하들은 아랑곳하지 않고 제 하고 싶은 말들만 쏟아 내고 있었다.

"또한 집정(고려 시대 행정 및 군사의 최고 관직)께서는 조의선인을 발본색원하여 나라의 기강을 세우기를 바라십니다."

조의선인이 누구인가. 고구려 때부터 있었던 용감무쌍한 장수들이었고 책략에 익숙한 학자들이었다. 그들이 이제 다시 나타나고 있었다.

요즘 여기저기에서 호족들이 들고 일어나는 민란들을 소리 소문 없이 진압하는 자들이 있었으니, 그들이 바로 조의선인이었다. 그런데 그들을 찾아내서 없애라니. 그 말은 숙부에게 몰려 있는 병권의 누수를 조금도 용서치 않겠다는 뜻이었다.

"조의선인은 지금 황실을 위해 일하고 있으니 역도라 할 수 없네."

"지금은 비록 황실을 위해 일하고 있을지 모르지만, 후에는 어찌 될지 모르는 무리들입니다. 더구나 지금 엄연히 병권과 군권의 체계가 있는 마당에 조의선인 따위가 나라를 어지럽혀서는 아니 되는 일입니다."

"체계가 바로 서 있다라……. 오늘 재미있는 얘기를 많이 듣는군."

제국의 황제이면서 아무것도 할 수 없는 황제의 눈이 갸름하게 삐딱해졌다. 숙부의 명을 이행하지 않으면 분명 서경의 군대는 거란이 아닌 개경을 향하게 될 것이다. 형님이신 혜종 마마를 그렇게 한 것처럼.

황제의 표정은 두려움으로 더욱더 어두워지고 있었다.

황제와 같은 모후를 둔 황제의 아우이자, 서경의 왕식렴이 두려워하는 힘을 가진 조의선인의 수장은 바로 왕소였다. 그는 오늘도 개경에서도 이름난 미인만 모여 있다는 월향루에 머물고 있었다. 기루는 묘한 곳이었다. 여인들은 고왔지만 무심했고 그러면서 예민했다. 세상 이야기는 다 흘러나왔고 또 희한하게 세상 모든 이야기가 다 감춰지는 곳이기도 했다.

지난밤부터 머무르기 시작한 황자는 아직 해가 멀쩡한데도 기녀의 품에서 술잔을 비우느라 바빴다. 생각에 잠긴 황자를 바라보는 기녀의 눈빛이 더욱 그윽해진다.

어찌 이리 사내다울까. 비록 지금은 눈을 감고 있지만 그의 눈빛이 얼마나 깊은지. 여인을 고이 안아 주는 그의 힘이 얼마나 강건한지. 단 하룻밤을 함께했지만 그녀는 이미 잘 알고 있었다. 누가 이런 사내를 탐내지 않을 수 있을까. 조심스럽게 옷깃을 헤치고 황자의 가슴에 손을 밀어 넣으려 할 때 누군가 손목을 잡아 제지한다.

황자와 함께 술잔을 나누던 유신성의 손길이 우악스럽다.

"황자의 몸에 함부로 손을 대면 손목이 잘린다. 그것을 모르느냐."

"나으리께서 뭘 몰라서 하시는 말씀인데요, 이제 와서 그런 말씀을 하시기에는 너무 늦었습니다."

어린 기녀가 입을 비죽이며 신성의 손을 뿌리치고 다시 그의 가슴팍에 얼굴을 파묻으려 하자 이번에는 왕소가 그녀를 제지시켰다.

"황자의 몸에 함부로 손을 대면 손목이 잘린다는구나?"

"밤새 품어 놓으시고 너무합니다."

어느새 단정하게 앉아 냉정해진 얼굴로 경고하는 황자 때문에 무안해진 기녀가 살짝 입을 비죽거렸다.

"그런가. 그래도 법도는 법도이니라."

황자의 몸에 손댈 수 있는 사람은 온전히 황자의 여자뿐이었다. 아무리 하룻밤에 만리장성을 쌓은 사이라 할지라도 황자의 허락이 떨어지지 않는 이상 함부로 황족에게 가까이 갈 수 없는 것이 법도였다.

"마마, 황제 폐하께서 이번 경연에 꼭 참석하라 명하셨습니다."

"알고 있다."

황제의 명이라는 이야기에 술잔을 입에 가져가던 왕소가 잠시 짙은 눈썹으로 눈빛을 감춘 채 고개를 끄덕였다.

신성은 여인의 분내에 몇 번인가 재채기를 하고 달라붙는 기녀 때문에 식은땀을 흘리면서도 집요하게 자리를 지키고 앉아 있었다. 가문의 명을 받았으니 그 또한 어쩔 수 없는 일일 것이다. 황자가 자신을 쫓아다니는 신성을 참아 주는 것도 같은 이유에서였다.

"마마, 다른 곳으로 장소를 옮기심이 어떠십니까? 그럼 제가 술을 올리겠습니다."

"술은 여기도 있어. 고운 여인도 말이지."

"그럼요. 나으리, 제가 술 한 잔 따라도 되겠습니까?"

"안 된다. 아니, 되었다."

술을 따르던 기녀가 신성에게로 안기자 그가 얼른 기겁을 하고 떨어졌다.

그 모습에 왕소가 피식 하고 미소 지었다. 저 미욱한 자가 여자 손목이나 제대로 잡아 봤을지 모르겠다. 하기는 이곳 기루가 꽉 막힌 신성과 어울리는 장소가 아닌 것만은 분명했다.

호탕한 은천과는 달리 신성은 이런 자리를 불편해했다.

"저기, 마마. 제가 아주 괜찮은 객잔을 알고 있습니다. 차 맛이 아주 좋습니다."

"제대로 차를 우려 내는 객잔은 본 적이 없다. 차라리 미인이 따라 주는 술이 낫지."

"청해 객잔은 술도 팝니다."

"청해 객잔? 나으리도 청해 상단에 관심이 있으십니까?"

신성의 나직한 중얼거림에 무언가 알고 있다는 얼굴로 기녀의 눈빛이 반짝인다. 하기는 모를 리가 없다. 이런저런 얘기가 가장 많이 나오는 곳이 바로 이곳 아닌가. 아무도 모를 황궁의 비밀 같은 이야기도, 어느 호족 사내의 깊은 연정도 이곳에서는 아무렇지도 않게 새어 나오곤 했다.

"마마도 알고 계십니까?"

"너는 내가 고려 사람이 아니라고 생각하느냐?"

황자가 가볍게 코웃음 치며 대꾸하자 신성은 얼른 고개를 숙였다.

신성은 모후의 고향인 충주에서 보낸 간자였다. 왕소 황자 역시 충주 가문의 사람임에도 불구하고 형님인 왕요가 황제가 된 후로는 가문의 집요한 감시를 받고 있었다. 본인의 의지와 상관없이 황제 다음으로 가장 합법적으로 차기 황제가 될 수 있는 사람이기 때문이었다.

"청해 상단 단주께서 그리 훤칠하시다 소문이 자자합니다.

한 번쯤 모셔 보고 싶은데."

"밤새 내 품에 있었으면서 야박도 하구나."

"호호, 어떤 사내가 마마에 비하겠습니까. 하지만 저도 호기심은 생깁니다. 인물도 훤하고 혼인도 안 한 홀몸이라는데. 게다가 한번 오시면 아주 넉넉하게 전대를 풀어 놓으셔서 목매는 기녀들이 한둘이 아니랍니다."

재미있는 일이었다. 황족부터 기녀까지 오매불망 기다리는 사람이라니. 그것은 아마도 청해 상단이란 곳의 많은 재산 때문일 것이다. 재물은 권력을 가지려면 절대적으로 필요한 것 중에 하나였다. 그러니 사람이 꼬일 수밖에 없으리라. 상단의 주인이 누구인지, 얼마나 대단한 인물인지 그 역시 슬슬 호기심이 생겨나고 있었다.

"그나저나, 집에도 들르셔야 하지 않습니까? 황보마마님께서 기다리십니다."

조심스러운 신성의 언사에 왕소가 피식 미소 지으며 잔을 내려놓았다.

황보부인(태조 왕건의 셋째 딸, 어머니는 황주의 유력 호족 세력 출신. 어머니의 성을 따라 황보부인으로 통칭)이 날 기다리는 일은 결코 없을 것이다.

어찌 된 것이 혼인을 두 번, 아니 세 번이나 하였음에도 그에게는 온전한 가족이 없었다. 단 한 번도 자신의 의지대로 혼인한 적이 없어서 그런 것인가. 황자는 습관처럼 가슴 가까이에서 달랑거리는 옥패에 손을 가져갔다.

시작은 얼굴도 기억나지 않는 어린 신부에게 납치당한 채 얼결에 한 가짜 혼인부터였다. 그리고 개경에 오자마자 부황의 명에 따라 이복 누이인 황보공주와 국혼을 치러야 했지만, 그녀의 마음에는 이미 다른 사내가 있었다. 그리고 형님이자 선황이신 혜종마마가 명하신 국혼으로 조카인 경화공주까지. 경화공주는 그와 혼인한 덕에 목숨을 구했고, 별궁에 홀로 머물며 불교에 귀의한 지 오래였다. 오히려 그를 기다리는 사람들은 이곳 월향루의 기녀들이었다. 만나 봐야 눈 마주칠 일도, 해야 할 말도 없는 사람들보다는 차라리 이곳이 그에게도 편했다.

호족들의 움직임이 심상치 않은 정주 지방으로 떠나기 전 마지막 날, 밤늦도록 왕소는 월향루를 떠나지 않았다.

무릇 장사란 다 그런 것이다. 싸게 물건을 사고 제때 물건을 팔아 많은 이윤을 남기는 것이 중요한 법. 요즘 고려에서 제국의 모든 재물이 모인다 소문난 곳이 있었으니, 그곳이 바로 청해 상단이었다.

그 신통방통한 재주와 넉넉한 재물 때문에 황실뿐만 아니라 황자들과 호족들까지도 청해 상단과 은밀히 접촉하려고 노력하고 있었으며, 심지어는 기루의 기녀까지 욕심내고 있었다. 그 상단의 중심에는 신율이 있었다.

고려에 온 지 벌써 5년째. 그녀는 제법 개경 생활에 익숙해졌다. 송악산에서 내려오는 맑은 공기가 서늘했지만 어차피 냉기는 평생 함께해야 할 몫이었다.

상단 또한 더욱 탄탄해졌다. 넉넉한 재물과 더불어 서역까지 연결되어 있는 인맥과 중원을 오가는 상선을 중심으로 개경 바닥에서도 어느새 자리를 잡아가고 있었다. 그렇게 되기까지 그동안 꽤나 바쁘게 설치고 다녀야만 했다.

오늘도 황실 사람들이 자주 드나드는 개국사에 도착한 신율의 눈이 진지하게 반짝거렸다. 최상급의 물건들은 그만큼 이문도 많이 남는 법이다. 그런 점에서 최고의 물건들을 거리낌 없이 구입할 수 있는 황실과의 거래가 최고였다.

마지막 거래가 다 끝났음에도 불구하고 황실 사람들과 조금이라도 친분을 남기고자 여전히 법당 안에서 나오지 못하고 있는 오라비 양규달을 기다리며 신율은 조금은 여유 있는 걸음으로 곱게 조각된 꽃담을 따라 사찰 뒤편으로 향했다. 하지만 먼저 온 사람들의 그림자를 발견하고는 이내 걸음을 멈출 수밖에 없었다. 건장한 사내와 그를 바라보는 여인이었다.

신율은 상대를 한눈에 알아봤다. 고려에서 저렇게 아름다운 여인은 황보부인뿐이리라. 고려 최고의 미인이라는 명성대로 여인인 신율이 보기에도 황보부인은 놀라울 정도로 화려한 자색을 겸비하고 있었다. 예쁘구나.

머리를 위로 올린 황보부인과 함께 있는 저 사내가 넷째 황자인가?

찬찬히 그를 살펴보던 신율은 고개를 갸웃거렸다.

아니다. 한눈에 보기에도 그는 황자가 아닌 무사였다. 서로의 눈빛을 바라보는 그들은 딱 봐도 연인인 듯한데, 그 상대가 황자가 아니라니. 왠지 보지 말아야 할 것을 본 느낌이라 신율은 조용히 뒤를 돌았다.

"오늘 내가 제법 잘하지 않았느냐?"

"잘하셨습니다."

법당에서 나온 양규달은 마치 자신이 오늘의 거래를 성공적으로 끝내기라도 한 듯 만족감에 희희낙락하고 있었다.

고려에 온 양규달은 겉으로는 재물 많은 상단의 더할 나위 없는 단주가 되어 있었다.

사실 그것은 그리 어려운 일이 아니었다. 다행스럽게도 겉으로는 멀쩡하게 훤한 얼굴을 하고 있는 그는 그저 영민하고 똑똑한 아우인 신율이 미리 알려 준 대로만 대답하면 되는 것이었다. 신율은 상대가 누구이건 간에 그날 할 이야기와 질문, 그리고 답까지 훤히 꿰차고 있는지라 일러 준 것만 잘 외워 가면 양규달이 중원 최고의 단주가 되는 것은 그야말로 식은 죽 먹기였다. 아우가 일러 준 답은 신통방통하게 그 어떤 상황에서도 어긋남이 없었다.

"오라버니, 보름 있으면 상선이 벽란도에 들어옵니다. 이번에는 오라버니가 직접 가 보시는 게 어떠십니까?"

"되었다, 되었어. 시꺼먼 뱃사람들만 있을 터인데 무슨 재미로 거길 가느냐. 그나저나 황족들은 뭐가 달라도 다르구나. 빛이 나."

질색을 하며 얼른 말을 돌리는 양규달을 보며 신율은 짧은 한숨을 내쉬었다. 사실 그녀가 보기에도 황실의 사람들은 뭔가 달라도 달랐다. 타고난 기품이나 물건을 골라 내는 안목이나, 무얼 봐도 쉬이 여길 사람들이 아니었다. 하지만 그래 봤자 황족 아닌가. 지나치게 가까이해서 도움이 될 사람들이 아니었다. 그리고 무엇보다 상단 일을 맡아 하려면 제대로 물건을 고르는 안목부터 키우는 것이 우선인데 오라버니는 그런 데는 영 관심이 없어 보였다.

"황보공주님은 언제 오실래나. 고려 최고의 미인이라는데. 율아, 넌 혹시 봤니?"

"아뇨. 보지는 못했어도 듣기는 했습니다. 그런데 넷째 황자마마와 진작에 혼인하셨는데요."

신율은 금방 황보부인을 만났지만 모른 척하며 고개를 흔들었다. 고려에 오자마자 느닷없이 황실에서 이루어진 국혼 탓에 청해 상단은 꽤나 짭짤한 수익을 올릴 수 있었다. 국혼에 필요한 서역의 비취와 향료, 중원의 질 좋은 명주를 단번에 준비할 수 있는 상단은 고려에 그리 많지 않았다.

"허허, 저 양반이 여섯째 마마로구나. 소문대로 황보 가문의 사람들은 인물들이 전부 빼어나구나. 사내인 황자가 저리 고우니 황보공주님은 얼마나 아름다우실까?"

"황보공주님은 이미 혼인을 하셨다니까요. 그리고 또 남자가 고와 봤자거든요."

양규달의 감탄에 신율이 새침하게 중얼거리며 오라비가 눈을 떼지 못하는 별채 안으로 시선을 돌렸다.

황실 사람들이 쉬어 가는 별채 안에는 다관과 다호가 올려진 나무 소반을 앞에 두고 여섯째 황자라고 짐작되는 이가 등을 보이고 앉아 있었다. 뒤통수밖에 보이지 않는데 오라비는 도대체 무얼 보고 잘생겼다 감탄했단 말인가 하는 생각에 신율이 고개를 돌릴 때 마침 황자도 몸을 돌렸다. 반쯤 열린 격자 나무 창살 사이로 햇살이 쏟아지고 있었고, 여섯째 황자는 그야말로 후광을 안은 채 미소 짓고 있었다.

세상에. 정갈해 보이는 하얀 비단 옷에 푸른 두건을 하고 찻잔을 들어 올리는 황자는 여자라고 해도 믿을 정도로 선이 고운 아름다운 남자였다.

"어떠냐? 정말 훤하게 생기지 않으셨냐? 저리 고우신 분이 여태 혼인을 안 하시니 도성 여인들이 죄다 가슴만 설레고 있지. 그것도 황자마마가."

"혼인을…… 안 하셨대요?"

"그렇단다. 황보공주는 왜 그리 빨리 하셨는지. 아주 내가 아까워 죽겠구나."

오호, 혼인을 안 하셨다고? 황족이나 호족들의 혼인은 아주 어렸을 때 행해지기 마련이었으며 여러 명의 부인을 두는 것이 당연한 일이었음에도 아직까지 혼인을 하지 않았다는 것은 꽤나 의외였다.

신율은 저도 모르게 다시 황자가 앉아 있는 곳으로 시선을 돌렸다. 나른한 오후의 햇살 속에서 웃고 있는 황자의 모습에 저절로 입이 벌어졌다. 태어나서 저리 고운 사내는 처음 보았다. 정말이지 훌륭한 외모로구나.

감탄을 금치 못하는 신율의 모습을 물끄러미 바라보던 양규달의 눈썹이 팔자(八字)로 휘어졌다.

"율아."

"네?"

양규달의 부름에 신율이 얼른 정신을 차리고 오라비를 향해 고개를 돌렸다.

"너도 이제는 새로운 신랑감을 찾아보는 게 어떻겠니? 그 녀석은 코빼기도 안 보이는 걸 보면 새로 혼인을 하여도……."

"혼인은 무슨. 전 이미 신랑이 있습니다. 그이와는 분명 다시 만날 터이니 그런 말씀은 하지 마세요."

신율이 기겁해서 고개를 흔들었다. 오라버니는 그날 개봉에서의 혼인이 진짜였다고 철석같이 믿고 있었다. 때문에 그들이 개경에 도착했는데도 신랑이 나타나지 않자 마음이 변해서 신율을 소박 났다고 생각하고 혼자 분개하고 있는 눈치였다.

"내가 괜찮은 녀석으로 알아보마. 하루하루 이렇게 늙어 가서야 되겠냐?"

"아직 그 정도는 아니거든요."

안쓰럽고 걱정스러운 표정이 역력한 오라비에게 신율은 슬쩍 눈을 흘기며 웃어 보였다.

하긴 이제 나이를 먹긴 먹은 것 같았다. 그러고 보니 혼인한 지도 벌써 다섯 해가 지났구나. 그 고려 신랑은 어디 가서 죽지 않고 잘 살고 있겠지. 아무리 찾아봐도 그 흔적을 찾을 수가 없었다. 하늘로 솟았는지 땅으로 꺼졌는지 고려 바닥을 다 뒤져도 나오지 않는 인물이라니. 분명 할멈 말로는 개경으로 간다 하였는데 개경에서 그와 같은 풍채를 가지고 있는 사병은 찾을 수가 없었다.

혹시나 지방의 다른 호족을 쫓아간 것일까. 약속을 지켜야 하는데. 내게는 시간이 많지 않은데 말이다.

여전히 후광을 품은 채 정갈한 모습으로 앉아 있는 황자에게서 시선을 거둔 신율은 발걸음을 옮겼다. 해가 지기 전에 객잔에 도착해야 했다.

황보공주님이 도착했다는 소식에 어쩌면 그녀를 만날 수 있을 거라는 기대를 품고 죽어라 기다리고 있겠다는 오라비 곁에 강명을 붙여 두고 신율은 경과 함께 도성으로 향하고 있었다.

"잠시 쉬었다 가. 손이라도 닦고 가야겠어."

경은 계곡의 풀들을 베어 내며 조심스럽게 신율을 물가로 안내했다. 후다닥, 사람의 기척에 새들이 퍼덕이며 날아갔다. 햇살은 따가웠고, 계속되는 가뭄으로 산길에는 먼지가 흩날리고 있었다.

자신의 주인이 계곡가에 안전하게 자리 잡은 것을 확인한 경은 말에게도 물을 먹이기 위해 한걸음에 있던 자리로 되돌아갔다. 성큼 겨울이 다가오는 날씨에 신율은 몸에 한기를 느끼며 잠시 미간을 모았다.

세상도 춥고 나도 여전히 춥구나. 그리고 그 한기를 느끼는 시간이 점점 오래되고 있었다. 얼마나 더 견딜 수 있을까. 그분을 찾아낼 때까지 버틸 수 있으려나.

깊은 생각에 잠겨 손을 씻어 내리던 신율이 문득 언덕 끝에 만발하게 피어난 용담화를 발견하고 몸을 일으켰다.

때늦은 개화(開花)였다. 원래 가을이 오는 계절에 피어나는 용담화를 지금 이 시기에 보는 것은 쉽지 않았다.

돌다리를 건너 조심조심 손을 뻗어 몇 개의 꽃송이를 취한 신율은 조금 높은 곳의 용담화에 다시 손을 뻗기 위해 몸을 움직였지만 나지막한 언덕 위의 바윗돌은 꽤나 미끄러웠다. 아차 싶은 순간에 아래가 흔들거리며 몸이 휘청거렸다.

아이고, 큰일이었다. 물에서 헤엄질도 못 하는데 이대로 얼음 같은 계곡물에 빠졌다가는 그야말로 큰일이었지만 이미 일은 벌어진 상태였다. 계곡물 소리가 귓가에 요란하게 들려온다. 이놈의 물이 웬수다. 태어날 때부터 물에 던져지더니만 결국 물에 빠져 죽는구나 싶은 순간, 차가운 물이 발끝에 닿기도 전에 누군가 그녀를 감싸 안았다.

어, 경인가? 그새 도착한 건가?

다행이다 싶어서 눈을 뜨자, 경과는 전혀 다른 얼굴을 마주해야 했다. 신율은 눈을 깜박였다. 자신을 바라보며 환히 웃고 있는 남자는 분명 여섯째 황자였다.

"괜찮으신지?"

"아, 네. 그런 거 같네요. 덕분에 괜찮은 듯합니다."

남자가 천천히 물었고, 신율이 급하게 대답했다.

왜 이 사람이 여기 있는 것일까. 뭐지, 이게? 혹시 죽어서 벌써 부처님과 만난 건가? 눈앞이 하얘지는 것은 이 사람의 후광 탓인가, 아니면 정말 죽음이 코앞에 다가오고 있는 것일까.

왕욱은 괜찮다 이야기하는 여자가 사실은 괜찮지 않다는 사실을 금방 깨달았다. 그의 품에서 그대로 혼절한 것을 보니 꽤나 놀란 모양이었다.

조심조심 편한 곳으로 몸을 움직인 왕욱은 혼절한 채 자신의 품에 안겨 있는 여인의 얼굴을 찬찬히 바라보았다. 바깥 햇살을 한 번도 받아 보지 않은 듯 하얀 피부에 긴 속눈썹이 깊은 그림자를 드리운 그녀는 처음 보았지만 꽤나 낯이 익었다.

무슨 연유로 이 깊은 산중에 여인 혼자 돌아다니는 것일까. 뜻밖의 만남에 혹시 여우인가 귀신일까 하는 실없는 생각까지 언뜻 스쳤다.

후두둑, 때마침 급한 인기척이 들려왔다. 여우 혹은 귀신의 동행인 듯했다.

역시 혼자가 아니었구나. 왕욱은 어쩐지 얼핏 아쉬워지는 자신에게 쓴 미소를 삼켰다. 이제 처음 본 여인에게 당치도 않는 마음을 품는 것은 또 무슨 욕심이란 말인가.

"아가씨, 괜찮으십니까?"

"네 주인은 괜찮으시다."

왕욱이 나직하게 말하고 조심스럽게 신율을 바닥에 눕히자 어느새 다가온 경이 얼른 나서서 자신의 주인을 다시 안아 들려 했다. 왕욱은 부채를 들어 그의 손길을 천천히 가로막았다.

힘이 실린 강력한 내공에 멈칫한 경이 왕욱을 바라보았다. 마주 싸우게 된다면 지지는 않을 것 같았지만 그렇다고 만만히 볼 실력 같아 보이지도 않았다.

그런데 다행스럽게도 상대에게는 살기가 느껴지지 않았다. 아니, 오히려 주인을 바라보는 눈은 따뜻하기만 하다. 그것이 더 불안하지만 지금은 그가 어쩔 수 없는 상황이었다.

"괜찮다 했지 멀쩡하다 이르지는 않았다."

"무탈하십니까?"

"무탈하다. 다만 충격을 받아 혼절하셨다. 지금 함부로 움직이는 것보다 잠시 누워 있는 게 낫겠다."

혼절했다는 이야기에 경의 안색이 하얗게 변했고, 왕욱은 다시 품에 안은 여자를 바라보았다. 저 무사의 표정에 드러난 지나친 염려가 주인의 안전에 대한 걱정인지 연인에 대한 애정인지 궁금해진다.

"이게 어찌 된 일입니까?"

"꽃에 반한 모양이구나."

왕욱은 계곡가에 흩어진 용담화를 바라보며 중얼거렸다. 이런 날에 용담화라니 신기하기는 하였다. 때마침 신율이 눈을 깜빡이며 몸을 움직이자 두 사내의 시선이 얼른 그녀에게로 모아졌다.

"정신이 드오?"

"아……."

신율이 나직한 신음을 삼키고 주변을 돌아봤다. 경의 걱정스러운 얼굴과 여전히 후광이 비치고 있는 남자의 눈빛이 호기심을 가지고 그녀를 지켜보고 있었다. 신율은 다시 눈을 깜빡였다. 잘못 본 것이 아니었구나.

"아가씨, 괜찮으십니까?"

"어떻게 된 거지?"

"잠시 발을 헛디디신 거 같소."

왕욱의 설명에 대충 기억이 되돌아온다.

아, 그 용담화. 그것만 아니었으면 이 꼴을 당하지 않았을 텐데. 괜한 욕심으로 죽을 뻔했다. 그것도 또 물에 빠져서.

"음, 그게…… 구해 주셔서 감사합니다."

"그대는 구했는데 신발은 온전히 구하지 못했소."

남자의 말에 신율은 시선을 발로 향했다. 한쪽의 혜(鞋)가 벗겨진 상태로 하얀 버선이 그대로 내보인다. 신율이 상관없다는 얼굴로 웃어 보였다.

신발 하나쯤이야 상관없다. 아직은 더 살아야 할 목숨을 건지지 않았는가. 그리고 저 남자. 햇살 속에서 그녀를 바라보는 황자의 미소가 고왔다.

신율은 나무 기둥에 어지러운 머리와 놀란 몸을 기댔다. 크게 다치지는 않았지만 발목이 욱신거리는 꼴이 쉬엄쉬엄 가야 할 것 같았다. 왕욱은 보따리 짐에서 작은 약물을 꺼내 신율에게 내밀었다.

"누이가 만든 것이오. 잠시 통증을 잊게 할 수 있을 거요."

"감사합니다."

하얀 발목에 붉은 열매의 액이 발라졌다. 그리고 보랏빛 용담화가 한 아름 안겨졌다. 그는 고운 얼굴만큼이나 섬세한 마음을 가지고 있는 황자였다.

"이 계절에 용담화가 놀랍기는 하지요. 그래도 큰일 날 뻔했습니다."

"그러게요. 왜 제때 피지 않고 지금 만발해서는…… 그래도 곱기는 합니다."

조심스레 용담화의 꽃잎을 어루만지는 신율의 입가에 희미한 웃음이 담기자 그녀를 바라보는 왕욱의 눈빛이 깊어진다.

"내 누이도 화원을 꾸미는 것이 취미지요."

"황실에서는 그리 재미있는 일이 없을 테니까요."

왕욱은 멈칫하고 신율을 향했다.

황실. 여인의 말대로 그와 그의 누이는 황실의 사람들이다. 눈앞의 이 여인은 그 사실을 어찌 알았을까.

"어찌 알아채셨소?"

"이런 난세에 그런 복장을 하고 세월을 즐길 수 있는 신분은 그리 많지 않습니다."

"그것만으로 내가 황실 사람인 걸 알아챘다?"

믿을 수 없다는 듯 왕욱의 눈썹이 치켜 올라갔다. 그는 자신의 복장을 둘러보았다. 조금 호화롭기는 해도 황실의 흔적은 보이지 않는 옷차림이다.

"몇 가지 더 있기는 합니다. 그냥 호족의 가족이시라면 이리 유유자적하실 수는 없을 테고. 말 등자 위의 봉황 무늬는 감히 호족들이 쓸 수 있는 것이 아니지요. 그리고 저를 잡아 주신 손에는 못이 박혀 있었습니다. 검을 잡는 손을 갖고 있고, 또……."

"또?"

"실은 아까 개국사에서 황자마마라는 이야기를 진작에 들었습니다."

한참 기대하고 있던 왕욱은 신율의 솔직한 고백에 더욱더 유쾌하게 웃음을 터뜨렸다. 잘생긴 얼굴에 저리 웃음까지 품어 담으니 더더욱 용태가 훤해졌다.

우와, 황보가에는 미인과 미남만 있다는 말이 거짓이 아니었구나.

황보 가문은 황주에서 손꼽히는 호족 중 하나로, 왕욱과 황보부인은 태조 황제의 네 번째 황후이신 명복궁대부인의 동복의 핏줄이었다. 여섯째 황자 왕욱은 태조마마의 성을 물려받았고 황보부인은 외가의 성으로 불리고 있었다.

"도성으로 가는 모양인데 얼마 남지 않았지만 같이 갑시다. 내가 모시겠소."

"아닙니다. 저희 아가씨는 제가 모실 것이옵니다."

황자가 신율에게 손을 내밀자 경이 한 걸음 다가가 경계를 하고 나섰다.

"그런데 제대로 주인을 모신 것 같지 않구나. 내 품에 굴러 떨어지신 걸 보면."

조금은 정색을 한 황자의 대꾸에 경의 얼굴이 어두워지며 멈칫거렸다. 어쩌겠는가. 그가 한 말이 사실인데.

신율이 그런 경을 보면서 괜찮다는 듯 고개를 끄덕이자 황자는 그녀를 번쩍 안아 들어 말 위에 태웠다. 그리고 그도 자신의 말 위에 올랐다.

파란 하늘이 높고 눈부셨지만 얼마 안 있으면 금세 해가 지고 밤이 오리라. 하지만 왕욱은 서두르지 않았고 한 걸음 한 걸음 개경으로 향하는 그들의 인연도 그리 걸어 나가고 있었다.

다행히 해가 지기 전에 개경의 저잣거리에 들어섰지만 왕욱은 제 갈 길을 가지 않은 채 신율의 곁에서 떠나지 않았다.

"이제 그만 가셔도 됩니다."

"모셔다 드릴 것이오. 그래야 다시 만날 것 아니겠소."

왕욱은 이대로 헤어질 생각이 전혀 없었다. 함께한 시간은 달랑 반나절도 안 되었지만 그는 신율이라는 여자에게 호기심과 호감을 함께 느끼고 있었다. 그리고 황자는 그녀가 누구와 닮았는지 기억해 냈다.

자신을 신율이라고 소개한 그녀는 다녕과 참으로 닮았다.

다녕. 벌써 오래전에 보낸 연인이지만 지금까지도 숨결 한 올까지 고스란히 기억하고 있는 여인이었다. 아버지의 부인이 된 사람. 자신이 아닌 다른 황자만을 바라보던 그녀. 하지만 그녀는 황자보다는 황제를 선택하였다. 붉은 너울을 쓰고 애써 그를 보지 않은 채 한 걸음 한 걸음 걸어가는 그녀를 보면서 왕욱은 깨달았다. 아바마마의 자리. 그것이 만인지상의 자리라고.

그때부터 황좌가 욕심났다. 원하는 것, 갖고 싶은 사람을 다시는 빼앗기지 않도록. 다시는 보내지 않아도 되도록.

"인연이 되면 다시 만날 겁니다."

"미안하지만, 나는 인연 같은 걸 신뢰하지 않습니다."

느글느글했지만 단호한 어조에 신율이 난처한 듯 웃어 보였다. 빛나는 저녁노을에 황자의 후광이 더 번쩍이고 있었다.

왕욱은 자신의 품 안에 있는 여인의 집에 도착한 후 잠시 알 수 없는 눈빛으로 그녀를 바라보았다.

그들이 도착한 곳은 객잔이었다.

청해 객잔. 객잔이라. 그럼 그냥 하룻밤 머무르고 또 다른 곳으로 떠난다는 뜻일까.

"이곳입니까?"

"네. 지금은 이곳이 제가 살고 있는 집이에요."

"흠…… 설마……."

새삼스러운 눈빛이 신율에게로 쏟아진다. 하룻밤 머무르는 곳이 아니라 분명 집이라 했다. 청해 객잔이 어디인가. 개성에서 가장 크고 호화로운 객잔일 뿐만 아니라 청해 상단의 본원이었다. 그런데 이곳이 집이라니.

왕욱은 이 여인의 정체가 새삼 궁금했다. 하지만 지금 중요한 것은 그것이 아니었다. 자주 만나게 되면 어차피 자연스럽게 알게 될 일이니 서두르면 안 될 것이다. 모락모락 생기는 호기심을 눌러 참고 왕욱은 말 위에서 신율을 번쩍 들어 올렸다.

뜻밖의 행동에 놀란 경의 눈빛이 마땅치 않게 흔들렸지만 더더욱 놀란 것은 신율이었다.

"내려 주셔도 됩니다."

"내가 신발을 구하지 못했잖소. 고운 발을 흙바닥에 그냥 내려놓을 수 있나."

왕욱이 능청스럽게 웃어 보이며 신율을 안은 채 성큼성큼 객잔으로 향했다. 커다란 남자의 품에 신율의 몸이 가려졌다. 벌써 두 번째 이 남자의 품에 안겨 걸어가게 된다. 그녀를 고이 안은 황자의 가슴은 넓었지만 아무리 거리를 두려 해도 그의 품 안이었다. 조심스럽게 몸을 웅크리자 대신 호흡이 조금 가늘어진다.

"어쨌거나 오늘은 참으로 감사합니다."

"더 많이 감사하셔야 합니다. 그래야 제가 또 당당히 이곳을 드나들 수 있지 않겠습니까."

황자의 요구에 신율은 할 수 없다는 듯 고개를 끄덕였고, 원하는 대답을 얻은 왕욱은 눈부신 미소를 지어 보였다.

낮과 밤이 바뀌는 시간, 노을이 세상을 붉게 만들고 신율의 얼굴도 붉어졌다. 황자의 미소 또한 저녁 햇살만큼이나 깊어지고 있었다.

차마 서로를 마주하지 못한 채 상기된 두 사람이 객잔으로 향하던 그때 겨우 월향루를 벗어나 도성의 십자로를 걸어가던 왕소는 때마침 왕욱을 발견하고 걸음을 멈추었다.

"무슨 일이십니까?"

"글쎄다. 저게 무슨 일인지 내가 더 궁금하군."

함께하던 은천의 질문에 황자가 잠시 고개를 갸웃거리며 중얼거렸다.

"뭐가 말씀입니까?"

졸래졸래 쫓아온 시종 길복이 눈이 커져서 주변을 둘레둘레 돌아보았지만 이미 그들은 객잔 안으로 사라진 지 오래였다.

분명 여섯째 아우였다. 그런데 이 시간에 여인을 저리 소중하게 품에 안고 이 번잡한 거리를 걸어갈 생각을 했다는 것이 믿어지지 않았다.

도대체 저 여인은 누구지?

왕소는 걸음을 멈추고 왕욱이 향한 객잔을 바라보았다. '청해 객잔'이라는 현판이 커다랗게 붙어 있었다.

청해 상단.

왕소의 미간이 아까와는 다른 의미로 굳어졌다. 왜 또 하필이면 청해 상단이란 말인가. 계속하여 마음에 걸리는 장소였다. 개경에 다시 돌아오면 청해 상단부터 놓치지 않고 알아봐야 할 것 같았다.

다음 날 늦은 시각, 상단 사람들은 자기들끼리 모여 앉아 여섯째 황자의 희한한 선물을 두고 고개를 갸웃거렸다.

"아니 무슨 선물이 보석으로 만든 노리개도 아니고 장식품도 아니고 다짜고짜 신발이라니."

"그래도 곱습니다. 이렇게 예쁜 신은 처음 봅니다."

백묘와 시비들의 중얼거림에 경의 얼굴이 살짝 굳어졌다. 그것을 놓칠 할멈도 강명도 아니었다. 두 사람의 시선이 경에게 쏟아져 내렸다.

"왜, 너는 뭘 알고 있는 게야?"

"알고 있으면 말을 해 봐. 벙어리도 아니고."

백묘가 경을 쫓아다니며 캐물었지만 경은 입은 꾹 다문 채 아무 말도 하지 않았다.

영 마음에 안 드는 녀석. 제깟 놈이 아무리 얼굴을 굳히고 말을 안 해 봤자다. 제 놈의 눈빛이 한 번 흔들릴 때마다 속내가 드러나는지도 모르고. 그나저나 경이 저놈이 저렇게 화가 난 이유는 도대체 무엇 때문이란 말인가.

백묘의 눈빛을 쫓아 따라가던 강명 또한 경을 쫓아가며 혀를 끌끌거렸다.

"야, 이놈아. 말 좀 하고 다녀라. 그러다 입 붙겠다."

"경이 저 녀석이 중요한 게 아니라……"

'그럼 뭐가 중요한데?'라고 물으려 했을 때 백묘의 지팡이가 무섭게 날아왔다. 재빠르게 안 피했다면 제대로 맞아 죽을 뻔했다. 뭔 놈의 노인네가 갈수록 성질이 더러워진다.

"아이쿠, 왜 이러십니까. 말 안 하는 놈은 저 녀석인데."

"몰라 물어? 저놈은 원래 저런 녀석이라고 치고, 아가씨가 다음 보름에는 또 정주로 가신다는데 넌 그냥 이대로 보고만 있을 거야?"

"아니 아가씨가 하시는 일을 제가 어찌 막습니까. 그럼 할멈이 막아 보시던지."

말도 안 되는 억지에 강명이 앵돌아져서 투덜거렸다. 아가씨의 머릿속에 있는 일을 어찌 그가 막을 수 있단 말인가.

말이야 바른말이지 신율 아가씨는 위로는 천문을 읽고 아래로는 지리에 능통한, 제갈공명도 울고 갈 재주 있는 책사였다. 상단이 이렇게까지 번성할 수 있었던 것은 매물과 매점에 대한 아가씨의 지혜로운 판단 때문이었다. 그런 아가씨가 선택하고 결정하는 일에 무어라 토를 달 수 있는 사람은 아무도 없었다. 신율의 깊은 뜻을 어찌 그들이 알 수 있겠는가.

"저러다 큰일이라도 날까 걱정이 태산이다. 차라리 이 고운 신 신으시고 혼인이라도 하시면 좋을 텐데."

백묘는 가죽 위에 색실로 곱게 꽃수가 놓아진 신을 바라보며 혼잣말처럼 중얼거렸다.

그들의 주인은 여기저기 몸을 움직일 만큼 강건한 몸이 아니었다. 아니, 언제 죽을지 모를 목숨이었다.

미약한 신분에서 단 한 번의 은애로 후궁이 되었던 신율의 모친은 황자를 원했다. 발해의 황제가 될 황자만이 그녀의 회

망이었다. 하지만 그녀가 다시 아이를 낳을 수 없을 만큼 지독한 산통을 겪은 후에 태어난 아이는 공주였다. 미쳐 버린 후궁은 칼처럼 바람이 부는 동짓날 아이를 얼어붙은 강물에 내쳐 버리고 자신도 몸을 던졌다. 다들 죽은 목숨이라 여겼던 버림받은 공주는 자신의 공력을 아낌없이 쏟아부은 백묘의 도움으로 겨우 진기를 되찾고 목숨을 부지하였지만 내장 깊은 곳에 박혀 버린 차가운 냉기는 녹아 버리지 않고 시시각각으로 그녀의 목숨을 위협하고 있었다.

신율은 지금까지 살아온 것만으로도 기적이었다. 그런 그들의 주인이 목숨을 걸고 다시 가족을 찾아 헤매고 있었다.

백묘와 강명의 한숨이 깊어지고 이마에는 깊은 골이 지나가고 있었다.

第4章

두 번째 만남

얼마면 되겠느냐?

개국사에서 객잔까지 잘난 황자의 후광에 눈이 먼 것도 잠시, 정주에 도착한 신율의 어깨가 축 늘어져 있었다. 아무리 씩씩하려고 해도 기운이 빠지는 것은 어쩔 수가 없었다. 상선이 도착하는 벽란도로 가기 전 급히 시간을 짜내서 중간에 들른 것인데 사람을 찾는 일은 예상보다 쉽지 않았다. 상단의 사람들이 처음 목격했다는 정주까지 직접 왔지만 찾고자 하는 사람은 다시 개경의 사찰로 옮겼다고 하니 이제 처음으로 되돌아간 것이다.

좋게 생각해야지. 개경이라면 좀 더 가까워졌으니까. 어쩌면 정말 가까이에 계실지도 모를 일이었다.

좀 더 커진 희망을 품고 호위 무사 경과 함께 정주의 저잣거리에 들어선 신율은 귀가 찢어질 듯 들려오는 어린 젖먹이의 울음소리에 잠시 미간을 찌푸렸다. 아이를 품에 안은 여인이 사람들의 시선에 오들거리며 떨고 있었다.

노비 시장. 이곳에서도 사람을 팔고 사는구나. 삼한은 통일되고 전쟁은 끝났지만 아직도 황실의 힘은 각지에 미치지 못하였고, 호족들의 기세는 여전히 꺾이지 않고 있었다. 아이의 울음소리에 여인의 흐느낌도 섞여 들어온다.

저들은 또 얼마의 은자에 팔려 갈 것인가.

아무리 이득이 남는다 해도 신율은 도무지 사람의 가격을 따질 수가 없었다. 그래서 청해 상단에서는 사람을 거래하지 않는 것이 원칙이었다.

"아이구, 저기 잘 차려입은 공자님. 하나 사 가지 않으시렵니까?"

복잡한 생각에 잠긴 신율의 시선을 오해한 장사꾼이 얼른 수작을 걸어온다. 잘 차려입은 신율은 그들 눈에는 돈깨나 있어 보이는 어린 도령으로 보이는 것이다. 여인의 차림으로 허술하게 다녔다가는 만만히 보이기가 일쑤인지라 신율은 먼 길을 떠날 때마다 있는 집안의 도령 행색을 하곤 했다. 그런 이유로 벌써 개경에 온 지 몇 년이 지났음에도 저잣거리의 사람 중에는 청해 상단의 단주에게 똑똑한 여동생과 싹싹한 남동생이 있어 나란히 상단을 움직이고 있다고 믿는 자들도 있었다.

"되었네."

"아이구, 도련님. 딱 잘라 은자 삼십 냥! 요 젖먹이까지 끼워 드리니 공짜나 다름없다니까요."

신율의 얼굴이 더더욱 굳어졌다. 사람의 값이 은자 삼십 냥이라니. 비참하기 이를 데 없었다.

신율은 눈앞의 참담함을 애써 모른 척하다 자신을 똑바로 바라보고 있는 남자를 발견하고 눈이 커다래졌다. 그리고 자기도 모르게 얼른 경의 뒤로 몸을 감추었다.

아니지, 그렇게 찾던 사람인데 내가 왜 몸을 감추는 것일까. 그렇게 찾을 때는 없더니 개경이 아니라 이곳 정주에 있었던 것일까.

신율은 조심스레 고개를 들어 사내를 찬찬히 바라보았다.

표정 하나 없이 딱딱하게 잘생긴 굳은 얼굴. 개봉에서 그녀가 납치한 사내가 그곳에 서 있었다.

겨우 찾았구나.

드디어 만나고 싶었던 사람을 발견한 신율의 얼굴에 작은 미소가 지나갔다. 그러자 신율의 마음이 동했다 착각한 상인의 표정이 은근하게 변해 갔다.

조의선인의 수장을 두고 종친과 호족들의 궁금증이 커 가고 있을 무렵, 넷째 황자 왕소는 동주를 거쳐 정주를 지나고 있었다. 조의선인의 옷을 벗고 함께 지내던 사람들의 옷을 대충 얻어 입은 왕소의 모습은 당연히 누구도 그를 황자로 생각하지 못할 지경이었다. 훈련과 실전이 오가는 시간이었고, 그럴 때의 왕소의 모습은 딱 봐도 거지꼴이었다. 그것은 어쩌면 당연한 일이었다. 보는 눈이 많은 곳에서 굳이 황자의 품새를 하면서 그의 존재를 알릴 필요가 없었기 때문이었다. 그러나 그를 기다리고 있던 시종 길복의 눈은 벌써부터 가로로 찢어져 있었다.

왜 안 그렇겠는가. 그는 황자의 시종이었고, 눈앞에 모시고 있는 그의 주인은 황자였다. 그런데 우리 주인은 왜 만날 이렇게 거지꼴을 하고 있어야 한단 말인가. 그것도 지나가는 여인도 숨을 멈출 만큼 번듯하게 잘생긴 얼굴로 말이다.

"아니, 남의 집 담을 넘는 것도 아니실 텐데 왜 만날 이렇게 거지꼴로……."

"왜 아니라고 생각하지?"

"네?"

느긋한 왕소의 대꾸에 길복의 눈이 마냥 커다래졌다.

설마, 설마…… 에잇, 아닐 것이다. 아무리 세상이 흉흉해도 그렇지 어찌 우리 황자마마가 밤도적이 된단 말인가. 그렇다고 황자가 쉬이 농담을 하는 사람도 아니었다.

"마마!"

"다시 또 마마라 부르면 혼자 안동으로 가야 할 것이다."

안동은 길복의 고향이었다. 무정함이 뚝뚝 떨어지는 경고의 마지막은 완전히 협박이나 다름없었다. 아니, 그동안 쌓아 온 정이 얼만데 그깟 '마마' 소리에 그를 쫓아낸단 말인가. 그리고 그게 어디 틀린 말인가. 황자를 황자라 부르지도 못하다니. 길복은 또 복장이 터지려 하고 있었다.

"제가 아무리 마마님을 목 놓아 외쳐 불러도, 아무도 마마님으로 보지 않을 것입니다요."

누가 저 낡아 빠진 장포를 걸치고 덜렁 검 하나만 메고 있는 사내를 황자로 볼 것인가. 많은 황자 중에서 왜 하필 이렇게 시커멓게 괴상하고 희한하게 어두운 넷째 마마의 시종이 되었는지, 길한 복만 잔뜩 가지라는 길복이라는 이름과는 상관없이 참으로 박복한 팔자인가 보다.

"그래서 안동으로 가고 싶다고?"

"아닙니다. 아니요. 다음 일정은 벽란도라 이르지 않으셨습니까?"

"나 혼자 가도 되고."

"되었습니다. 마마님과 함께가 아니면 개경으로 혼자는 못 갑니다."

길복이 불퉁해진 얼굴로 고개를 흔든다. 무슨 역마살이 끼었기에 이리 동네방네 훑고 다니시는지. 황자마마가 무슨 중요한 일을 하고 계시는 듯한 낌새는 분명하였지만, 길복은 애써 모른 척하였다. 높으신 어른을 모시는 철칙 중 하나는 무조건 보고도 못 본 척, 듣고도 모른 척하며 살아야 한다는 것이다. 그저 가늘고 길게 사는 것이 장땡이었다.

"개경에 급히 가야 할 일도 없으니 천천히 놀다 가자꾸나."

"왜 없습니까? 유신성 나으리가 개경에서 기다리신다 하는데. 미안하지도 않으세요? 신성 나으리 혼자 허구한 날 찾아다니게 하고 기다리게 하고."

"그럼 내가 찾아다니고 기다릴까."

황자의 질문에 길복이 불만스럽게 입을 다물자 왕소는 씩하고 웃어 보였다.

신성은 생각보다 집요하고 신중한 존재여서 그를 피해 다니는 것은 꽤나 귀찮은 일이었다. 그 몰래 눈을 흘기는 길복은 아랑곳하지 않고 성큼성큼 시끄러운 저잣거리를 걸어가던 왕소가 걸음을 멈추었다. 덩달아 길복도 냉큼 걸음을 멈추고 까치발을 하고는 시장 한복판에 빼꼼 시선을 주었다.

"그럼 어미만 따로 사 가시는 건 어떻습니까? 보기엔 비리비리해도 제법 밤일도……."

"제 새끼 못 잊어 시름거리는 여자를 거두어 봤자 일이나 제대로 하겠어."

파란색 두건을 쓰고 한껏 멋을 내서 차려입은 소동이 눈앞의 물건을 꼼꼼히 살피고는 아니라는 듯 고개를 저었다. 은근한 장사꾼의 흥정에도 불구하고 소동이 매정하게 몸을 돌리자 아이를 꼭 끌어안고 있던 여리여리해 보이는 여인이 울음을 터뜨렸다.

"아이구, 말끔한 도령님이 꽤나 독합니다요."

길복의 중얼거림에 왕소 또한 나직이 고개를 끄덕일 수밖에 없었다. 황제의 힘은 아직도 미약하여 불쌍한 고려의 백성을 구하지 못하고 있었다. 왕소의 얼굴이 딱딱하게 굳어지고 있던 그때 매정하게 몸을 돌린 신율 또한 마음이 편치 않았다.

후, 참 힘들구나. 신율은 지그시 입술을 깨물었다. 하지만 그보다 더 급한 일이 있었다.

우선 저 남자. 만나야 할 사람, 찾고 있던 사내를 드디어 마주했으니 모른 척하고 숨을 것이 아니라 씩씩하게 그의 앞에 나서야 할 것이다. 내가 오래전 개봉에서 당신과 혼인한 그 여인이라고, 이제야 약속을 지키겠노라고 말이다. 그리고 물어야 한다. 조금이라도 날 생각하였는지. 그동안 어디 아프지 않고 잘 있었는지. 혹시라도 나처럼 내내 찾아다녔는지. 그가 다시 사라지기 전에 말이다.

마음을 굳힌 신율은 경에게 거래를 끝내라고 속삭인 후 단호한 표정으로 몸을 돌렸다. 여전히 잘생긴 그 남자가 멀쩡하게 서 있다. 역시나 그녀가 잘못 본 것이 아니었구나. 혼인날보다 얼굴은 훨씬 더 그을리고 인상은 훨씬 더 굳어졌지만 분명 그 사내였다. 이름도 모르는 그녀의 남편을 바라보며 신율은 그제야 배시시 미소를 지어 보였다.

제멋대로 계약을 종료시킨 사내가 개경으로 향한다 하였기에 개경 바닥을 참 열심히도 뒤졌지만, 찾을 수 없었다. 그런데 뜻하지 않게 이곳에서 그를 보게 된 것은 그냥 단순한 우연일까? 뭐, 물어보면 되겠지. 이제는 직접 물어볼 때도 되었으니. 턱없이 사내에게 은혜를 받았고, 그런 이유로 그녀에게 그날 밤의 계약은 여전히 유효하였다.

그의 앞으로 한 발 한 발 씩씩하게 내딛는 신율을 사내는 빤히 바라보고만 있었다.

행여 그녀를 알아본 것일까? 하지만 그녀를 바라보는 시선에는 어떤 감정도 담겨 있지 않았다. 그래도 내심 가지고 있던 기대가 한순간에 거품처럼 사라진다.

하기는 알아볼 리가 없지 않은가. 그의 앞에서 내내 너울을 쓰고 있었다. 너울 없는 얼굴은 본 것은…… 스쳐 지나간 것 같은 입맞춤을 기억한 신율의 얼굴이 자기도 모르게 붉어졌다. 어쨌거나 그건 그냥 실수였다. 그 사람이 잠시 정신이 나갔던가, 아니면 내가 정신이 없었던가.

휘이, 휘이. 신율은 얼른 머리를 흔들었다. 쓸데없이 기억력이 너무 좋구나. 이런 건 잊어도 된단 말이다.

겨우 마음을 진정시킨 신율은 고개를 들어 다시 그를 바라보았다. 그나저나 옷차림을 보아하니 그때나 지금이나 여전히 사정이 안 좋은 모양이었다. 저 멀쩡한 얼굴에도 불구하고 재물 운은 그다지 없는 모양이군. 하기는 아무나 부자가 되는 것은 아니지.

뜻밖의 만남에 놀란 신율과는 달리 시장 바닥의 흥정을 가만히 바라보고 있던 왕소는 자신의 앞으로 똑바로 다가오는 어린 소동을 바라보며 고개를 갸웃거렸다. 저 독한 장사치는 분명 그에게 볼일이 있나 보다.

당연하게도 왕소에게 신율은 전혀 모르는 사람이었다. 아무리 천하의 왕소라 할지라도 그날 밤 어둠 속에서 잠시 너울을 걷어 눈을 마주치고 입술을 스치던 이름도 모르는 신부와 지금 사내 옷을 입은 채 똘망똘망한 눈빛으로 무정한 말을 아무렇지도 않게 내뱉으며 노예를 고르는 상대가 같은 사람일 거라고는 꿈에도 생각지 못할 것이다.

어쨌거나 왕소의 입장에서는 처음 본 사내가 작은 키를 꼿꼿이 세운 채 묘한 눈빛으로 자신을 바라보니 걸음을 멈추고 마주할 수밖에 없었다.

으흠, 이 사람은 역시나 날 알아보지 못하는구나. 하기는 그때보다 키가 얼마나 컸는가. 얼굴은 갸름해졌고, 어느 날부터인가는 얇은 쌍꺼풀도 생겼다. 그래도 난 한눈에 저를 알아봤는데 이 사람은 전혀 눈치조차 못 채다니. 하여튼 이 사람과는 만날 때마다 묘하게 조금씩 손해를 보는 느낌이었다.

"무슨 일이지?"

"그게……."

무뚝뚝한, 쌀쌀맞기 그지없는 질문에 당황한 신율은 할 말을 찾았다.

이런 표정의 사내에게 내가 바로 당신의 부인이라고 한다면 미친 사람 취급을 당하기 딱 십상이었다. 지난번 혼례 일처럼 말이다. 그리고 은혜는 은혜고 손해는 손해였다. 서로서로 갚을 일도, 받아야 할 일도 깔끔하게 끝내는 것이 좋겠지. 지금은 빚을 받는 일부터 시작하자.

"무슨 일이냐고 물었다."

덤덤해 보이지만 조금은 짜증이 섞인 그의 표정을 살펴보며 빙긋 웃음을 삼킨 신율은 입을 꾹 다문 채 그의 가슴팍을 작은 손가락으로 꾹꾹 눌러 보고는 만족한 듯 고개를 끄덕였다. 느닷없는 기습에 왕소는 눈만 꿈뻑거렸다.

"너는 나이가 몇이냐?"

"아니…… 이분이 누군지 알고 감히…….'

신율의 질문에 기겁을 한 쪽은 길복이었다.

"조용히."

왕소는 나직하지만 단호하게 길복의 입을 틀어막았다. 아차 싶은 얼굴로 길복이 얼른 제 입을 틀어막고 한 걸음 물러서자 이제 황자가 신율을 제대로 마주하였다. 그리고 그 시선을 조금도 피하지 않고 신율이 그를 바라보았다.

독특한 녀석이었다. 무공은 전혀 하지 않는 듯한데 내 시선을 피하지 않는다.

하얀 피부와 깨끗한 이마, 짙은 눈망울이 그를 찬찬하게 살피고 있었다. 겉모습은 계집처럼 고운데 하는 양은 누구도 부인할 수 없는 사내의 모습이었다. 아니, 사내라고 하기에는 아직 풋내가 나지만 반듯한 이목구비를 가진 이 소동이 어른이 되면 여인네들의 가슴을 설레게 하는 정인(情人)이 될 것이 분명했다.

"내 나이가 왜 궁금하지?"

"그래, 나이가 중요한 게 아니지. 검술은 좀 하는가?"

"조금은."

"몸은 멀쩡하니 검술이야 열심히 훈련하면 될 일이고. 한 번 돌아보아라."

있는 대로 인상을 쓰고 있는 길복을 무시한 채 소동이 왕소의 몸을 팽이 돌리듯이 돌렸다. 어쩔 틈도 없이 왕소는 소동이 시키는 대로 한 바퀴 몸을 돌려서 소동을 마주했다. 무언가 상황이 희한하게 돌아가고 있었다.

"어디 보자. 가슴은 두껍고 팔다리는 길고, 머리카락이랑 피부 색깔이 좀 거칠긴 해도 워낙 난세니까 이 정도면 아주 나쁘지는 않아."

미간을 모으는 왕소는 아랑곳하지 않은 채 신율은 고개를 갸웃거리며 다시 한 번 그를 아래위로 훑어 내렸다.

그날 밤은 그저 어렴풋이 덩치 큰 사내라고 생각했는데 이렇게 마주한 그는 정말이지 가슴도 넓고 키도 컸다.

그녀 또한 그동안 두 뼘은 자란 듯한데도 아직도 머리통이 겨우 사내의 가슴팍에 가닿을 정도였다. 일단 그건 그거고, 하던 희롱은 얼른 끝내야겠다.

"입도 좀 벌려 보거라. 치아는 어떤가. 엉덩이도 탄탄하니 괜찮고."

신율이 손에 들고 있는 부채로 '툭툭' 하고 그의 엉덩이를 쳐 대자 왕소는 피식 미소를 삼켰다. 어이없는 이 시간들이 왠지 재미있어진다. 어린 사내가 지금 무슨 짓을 하고 있는지 알 것 도 같았다.

신율은 허리를 한껏 젖히고 그보다 한 척 반은 커 보이는 왕 소를 꼼꼼하게 챙겨 보고 있었다. 황자의 잘난 얼굴에는 감탄 도 없이 요리조리 살펴보기 바쁜 소동을 왕소는 흥미롭게 바 라보고 있었다.

"흠, 아주 괜찮구나. 내가 널 사고 싶은데, 얼마면 되겠느 냐?"

그의 몸값을 묻는 신율의 질문에 왕소가 거만한 표정으로 코웃음을 쳤다. 허허, 이 맹랑한 도련님 같으니. 게다가 어리기 까지 하다. 하기는 그러니 여자를 놔두고 그를 사고 싶다고 하 는 거겠지. 그나저나 자신의 존재를 온전히 원하는 사람도 있 구나.

"날 사고 싶다?"

"응. 이만하면 아주 요긴하게 사용하겠어. 경아, 안 그러 니?"

주인의 질문에 경이라고 불린 사내의 시선이 왕소에게로 가 머물렀다. 그리고 주인을 향해 살짝 고개를 흔들어 보인다.

제 주인보다 못한 놈이 분명했다. 감히 아니라고 고개를 젓 다니, 사람 보는 눈이 형편없는 녀석이었다.

왕소와 경의 눈빛이 잠깐이지만 허공에서 부딪혔다. 눈빛과 몸짓에서 고수의 내공이 전해져 온다. 한눈에 봐도 장난이 아닌 녀석이었다.

"마음에 안 들어? 난 괜찮은데."

"미안하지만, 내가 괜찮지 않다."

신율의 질문을 왕소가 낚아채며 고개를 흔들었다. 그러자 어린 소동의 눈썹이 살짝 휘어 올라갔다.

"왜? 난 아주 괜찮은 주인이 될 것이야."

"난 진작에 주인이 있는 몸이니까."

황제 폐하는 천하의 주인이니 틀린 말도 아니었다.

"정말?"

"정말. 진작부터 있었지."

왕소가 고개를 흔들어 거절의 의사를 분명히 하자 신율은 팔짱을 낀 채 한 걸음 뒤로 물러서 아깝다는 눈빛으로 다시 그를 향했다. 마치 그럼에도 불구하고 왕소를 손에 넣을 가치가 있는지를 고민하고 있는 표정이었다.

제법 끈질긴 사내로군. 어리고 작고 독하기는 하지만 소동은 상품의 가치를 정확히 셈할 줄 아는 장사치였다.

그렇게 생각한 것도 잠시, 때마침 길 한가운데 서 있는 소동을 향해 마차가 달려오자 왕소는 저도 모르게 확 하고 소동을 잡아끌었다.

순식간에 벌어진 일이었지만 왕소의 움직임은 신율의 호위 무사보다 한걸음 빨랐다. 조그만 몸이 푹 하고 가슴에 안겨 온다. 무언가 따뜻함보다 서늘함이 먼저 전해진다.

"으악, 조심하거라."

"이럴 때는 고맙다고 해야지."

멈칫멈칫, 그의 품에서 멀어지며 어린 사내가 인상을 쓰자 왕소가 그의 투덜거림을 바로잡았다.

"아, 그런가."

"그런 거지."

왕소가 다시 한 번 강조했다. 날뛰는 말에 치일 뻔했으니 감 사 인사 정도는 받을 자격이 있다고 생각했지만 소동은 별반 고마운 얼굴이 아니었다. 사실 황자가 아니었어도 마차 정도 는 피할 수 있었는데 우격다짐으로 잡아당기는 탓에 경이 더 놀란 표정이었다. 하지만 이렇게 딱딱한 표정으로 주위 사람 을 겁박해도 이 사람은 본래부터 좋은 사람이라는 것을 그녀 는 알고 있었다.

"아무튼 고맙다 치자."

"아무튼?"

성의 없는 인사에 왕소의 눈썹이 치켜 올라갔지만 소동은 눈 하나 깜짝하지 않았다. 그리고 그 괘씸한 인사가 불쾌하게 들리지 않는 것 또한 희한한 일이었다.

"괜찮으십니까?"

"괜찮아."

황자의 불만스러운 표정은 무시한 채 어린 공자는 금세 자신의 호위 무사에게 웃어 보이며 고개를 끄덕여 안심시킨다. 그리고 다시금 천천히 왕소를 향해 몸을 돌렸다.

"넌 참 운이 좋구나."

"무슨 말이지?"

 알 수 없는 말을 중얼거린 어린 소동은 품 안에서 무언가를 꺼내 그에게 건네주었다.

"옛다. 넣어 두거라."

"뭐지?"

 뭐긴. 조금이라도 빚을 갚는 것이지. 순순히 내 사람이 되겠다고 했으면 상단에 거둔 후에 찬찬히 얘기하였을 것이다.

 우리는 진작에 개봉에서 혼인하였고, 그날의 거래를 지키겠노라고. 하지만 그녀를 전혀 기억하지 못하는 사내에게 초반에 쉬이 할 수 있는 말은 아니었다. 게다가 이미 주인이 있다니, 설마 그 주인이 여인은 아니겠지? 그 생각에 금방 또 억울해진다. 난 그 약속을 지키느라 열심히도 찾아다녔구만, 이 사내는 나도 모르는 주인이 있다니.

"금방 날 구하지 않았나? 내가 워낙 귀한 몸인지라…… 성의를 표시하는 것이니 시장할 때 국밥이나 사 먹게."

 그야말로 느닷없는 뜻밖의 보상이었다. 독해 빠진 장사치가 이깟 일로 은자를 준다고?

 이해할 수 없는 얼굴로 자신을 바라보는 남자에게 신율은 제법 넉넉한 표정으로 웃어 보였다.

"굶지는 말고 다니게. 다치지도 말고."

납치 같은 걸 당해서 다시 혼인하지도 말구요.

신율은 마지막 말은 차마 하지 못하고 인사를 전하고는 어이없어 하는 남자를 그대로 둔 채 미련 없이 몸을 돌렸다. 뒤돌아 걸어가는 신율의 조그만 얼굴에 헤죽거리는 웃음이 걸린 것은 왕소도 미처 보지 못했다. 그저 새로운 살거리를 찾아 나서는 모양이라고 생각할 뿐이었다. 그의 뒤로 새까맣게 옷을 차려입은 무사가 경계하듯 따라나섰다.

그들이 휘적휘적 장터를 빠져나가자 왕소는 호탕하게 웃음을 터뜨렸다. 마치 한순간에 작은 폭풍을 만난 것 같았다. 정말이지 오랜만에 만난 재미있는 녀석이었다. 사람 냄새라고는 전혀 느낄 수 없는 이곳에서 저 독한 꼬마가 묘하게 그에게 웃음을 던져 주고 있었다.

"이게 지금 웃을 일입니까."

느닷없이 웃음을 터뜨리는 황자를 길복이 어이없다는 듯 바라보았다. 꽤나 즐거운 눈치였다. 아니 이렇게 별난 황자라니. 처음부터 수상하긴 하였다. 다른 때 같았으면 저 성정에 지랄을 해도 몇 번은 했을 것인데 왜 순순히 참고 계셨나 했더니 재미있어 그랬던 듯하다. 참으로 희한한 황자였다.

"그럼 울어야 하나? 나는 괜찮은데."

"마마. 아니, 나으리. 저런 무엄한 짓을 하는 자는 당장 잡아다 극형에 처해야 마땅한 일입니다."

"뭐가 그리 무엄하지?"

왕소가 벌려진 입을 다물지 못하고 계속 무엄하다는 말을 되뇌고 있는 길복에게 되물었지만 이번만큼은 허튼 말을 잘도 내뱉는 길복 또한 차마 말을 잇지 못했다.

"모르시겠습니까? 저 도령이 마마를, 나으리를……."

"왜, 나를 마(馬) 시장에서 말 고르듯 골라내더냐."

"알고 계셨습니까?"

길복이 눈이 커져서 되물었다.

그렇다. 그를 이리 살펴보고 저리 찔러 대던 소동의 행동거지는 마 시장에서 필마를 고르는 방법이었다. 그런데 지엄하신 황자마마는 그걸 또 어찌 알았을까. 하긴, 지금 그것이 중요한 게 아니었다. 지금 중요한 건 조금 전 그의 주인이 말이 되어 버렸다는 것이다.

"그런데 저 고약한 녀석에게 화가 안 나십니까?"

"별로. 뭐, 그럴 수도 있지."

황자는 소동의 뒷모습이 보이는, 황토 먼지가 풀풀 나는 시장의 골목길로 시선을 보냈다. 고약한 성품까지는 모르겠지만, 사람을 고르는 능력만큼은 비범한 자였다. 수많은 사람 중에서 소동은 정확히 그를 골라냈다. 사람을 제대로 고르는 법을 알고 있는 장사치였다.

"그래도 어찌 황자마마를 말에 비유합니까."

"저자가 찾는 건 사람이 아니라 그저 주인을 위해 목숨을 바칠 사병이다. 그렇다면, 말을 고르는 방법도 나쁘지 않아. 지금 여기 사람이 어디 있는가."

지금 이곳에는 인간이 없다. 그리고 고려에도 제대로 된 사람으로 살아가는 이가 없다.

고려의 백성들이 어찌 살아가는지 황실에서 알고 있는 이가 몇이나 있을까. 관심 갖는 사람은 몇이나 될까. 그들의 목표는 오직 하나뿐이었다. 새로운 황제. 황제를 배출하는 가문이 되는 것뿐이었다. 그 목적을 이루기 위하여 황실과 종친들은 지금 사병을 긁어모아 자기 세력을 만드는 일에만 열중하고 있었다.

"아니, 황자마마를 건드려 놓고 덜렁 몇 푼 쥐여 주고 가다니. 장난하는 것도 아니고."

"으흠, 장난이 아니구나."

길복의 이야기에 소동이 쥐여 주고 간 비단 주머니를 열어 보고 왕소가 나직하게 중얼거렸다.

꽤 많은 은자였다. 이 정도면 귀한 말 두어 필은 넉넉하게 구입할 수 있으리라. 그런데 이걸 그냥 베풀 듯 주고 갔다고? 그 지독하던 장사치가? 도대체, 뭐지? 빚이라 했겠다. 황자의 눈이 가늘어졌다. 그리고 그런 황자의 손에서 무엄하게도 전대 주머니를 뺏어 든 길복의 눈이 휘둥그레졌다.

"나으리, 도대체 이게 웬일입니까?"

"운이 좋다더니, 횡재했구나. 이 사람 말대로 국밥이나 한 그릇 먹으러 가자."

아직도 떡 벌어진 입을 다물지 못하고 있는 길복을 재촉하며 걸음을 옮기는 황자의 눈빛이 생각으로 깊어졌다. 누구인가, 저 녀석. 짧은 시간 보았지만 절대 인정머리가 넘치는 녀석은 아니었다. 아무튼 고맙다고 인사한 맹랑함의 소유자가 이렇게 많은 은자를 선뜻 건네주다니. 도대체 무슨 꿍꿍이란 말인가.

황자와 길복이 겨우 객잔에 도착했을 때는 어느새 해가 넘어가고 있었다. 하루 종일 날이 좋았던 것과는 달리 하늘은 그새 산 너머에서 몰려온 먹구름으로 캄캄해지고 있었다.

다른 것보다 우선하여 말 못하는 짐승부터 챙기느라 여물과 물이 넉넉한 마구간에 말을 집어넣은 길복은 이제야 곤한 몸을 쉴 수 있다는 생각에 방을 구하러 급하게 뛰어갔다.

하지만 일찌감치 자리를 차지한 상단 일행으로 인해 빈 방이 없다는 얘기를 듣고 길복은 금방 울상을 지으며 되돌아왔다.

해가 떨어지기 전에 다른 마을로 움직였어야 했는데 이미 해는 산 너머로 자취를 감추고 검은 구름이 몰려오고 있었다.

금세 비라도 쏟아부을 기세였다. 더 이상의 행보는 사람에게도 말에게도 힘든 여정이었다. 잠잘 곳이 없으니 곤란하게도 되었다.

"자네 방이라도 내어놓게."

"그건 진작에 다른 손님께 드렸습니다. 저도 오늘은 마구간 신세를 져야 합니다."

없는 방을 내놓으라고 윽박지르는 길복의 어거지에 객잔 주인은 한숨을 내쉬며 고개를 흔들었다.

그러자 눈치 하면 어디 빠지지 않는 길복이 슬쩍 은자 하나를 꺼내 얼른 주인의 손 안에 찔러 주었다. 엉거주춤 은자를 홀라당 주머니에 집어넣은 주인은 주위를 둘러보며 조그맣게 속삭였다.

"방법이 아주 없는 건 아닌데……."

길복의 눈빛이 번득였다. 그럼 그렇지. 제 녀석이 은자를 싫다 할까. 주인의 말에 의하면, 사람이 가득한 객잔에서 방 값의 세 배를 주고 몇 개의 방을 차지하고 있는 인물이 있다고 했다.

"주인과 밑에 사람이 방을 각자 잡았으니 그분들에게 부탁해서 방 하나를 양보 받으십시오. 그게 안 된다면 합방이라도……."

"예끼, 이 사람아. 우리 주인이 누군지 알고 합방을 해. 그들이 당연히 방을 내놓아야지. 이렇게 번잡한데 방을 몇 개씩 차지하고 있다니 도둑놈 심보가 따로 없구나."

합방이라는 얘기에 발끈한 길복이 객잔 주인을 노려보고는 제법 의기양양한 표정으로 왕소에게 다가왔다.

"나으리, 조금 불편하시겠지만 그래도 마구간보다는 나으실 듯합니다."

"밤이슬만 피하면 된다."

비단 이불에 호랑이 가죽 깔개가 아니더라도 험한 산자락에서 모닥불의 불기만을 의지한 채 밤이슬 속에서 지내지 않는 것만으로도 충분한 호사였다. 이곳까지 쉬지 않고 달려왔다. 말은 지쳤고 사람은 고단하니 조금 쉬어 가도 될 것이다.

객잔 주인이 일러 준 대로 길복은 제법 점잖은 흉내를 내며 닫힌 방문으로 향했지만 어두운 그림자가 그들의 앞길을 가로막았다. 상대는 아무 말도 하지 않았는데 눈앞을 가로막은 시커먼 정체의 기세에 눌린 길복이 기겁을 하며 말을 더듬거렸다.

"그게…… 방…… 방을 내주시면……."

"불가하오."

"어려울 때는 서로 돕고 살아야 하는 게 인지상정 아니오. 삼국도 통일된 마당에……."

길복이 횡설수설하는 꼴을 보며 왕소는 옅은 한숨을 내쉬었다. 저 녀석의 가벼운 혀는 저보다 강한 상대만 만나면 도망가 버리는 듯했다. 게다가 어둠에 가려 얼굴은 보이지 않았지만 지금 길복이 상대하는 저 사내는 안면이 있는 자였다. 비록 내공을 감추고 있어도 그 기세조차 감출 수는 없는 노릇이다.

왕소가 나서야 할 것인가를 고민할 때 방문 너머로 소리가 들려왔다.

"누구냐?"

"별일 아니옵니다."

"아니, 이게 왜 별일이 아니오. 우리 주인이 마구간에서 주무시게 생겼구만."

길복이 앞을 가로막는 남자의 제지에도 불구하고 이때다 싶어 목소리를 높이자 방문이 벌컥 하고 열렸다. 황 촛대의 불빛이 문밖까지 환하게 비쳐 온다.

역시나 그 소동이다. 안 그래도 그렇게 헤어지고 나서 궁금했었다. 아까 헤어질 때도 어쩌면 다시 만나게 될 거란 예감이 있었기에 순순히 뒤돌아설 수 있었다.

이 만남은 의도된 일일까, 아니면 그저 우연일까.

소동에게로 향하는 왕소의 눈길이 가늘어졌다.

"무슨 일이지?"

"나으리, 넓은 아량을 베푸셔서 방을 좀 내주시면 소인이 은혜를 잊지 않겠습니다."

"아하, 댁들이신가?"

신율 또한 황자가 그러하듯이 한 번에 왕소와 길복을 알아보았다. 그녀의 시선이 왕소와 마주쳤다. 빛을 뒤로한 신율의 얼굴에서 눈빛만이 맑게 번득인다.

사실 생각해 보면 그다지 놀랄 일도 아니었다. 작은 동네에 객잔은 그리 많지 않았고, 날이 저물어 가니 갈 수 있는 곳도 한정되어 있었다. 그러니 다시 만날 수밖에. 어찌하면 다시 볼 수 있을지를 생각했었다. 그런데 이렇게 다시 만나게 된 것이다.

"나으리, 또 뵙습니다."

길복이 얼른 허리를 조아리며 웃어 보인다. 지체 높은 제 주인을 마 시장의 말 취급한 것을 생각하면 지금도 발끈하고 싶은 상대였지만 급하기에 어쩔 수 없는 일이다.

"그래, 또 보는구나. 하지만 방은 내줄 수 없다. 보다시피 방은 딱 필요한 숫자만큼 잡았다. 나와 내 아랫것이 같은 방을 쓸 수는 없구나."

"그럼요. 어디 귀하신 분이 아랫것과 방을 같이 쓰시겠습니까. 그것도 저 시꺼먼 녀석과. 그럼 저희 아랫것들끼리 한방을 쓸 터이니 나으리께서는 제 주인님과 합방을 하는 게 어떠십니까?"

"합방?"

"난 합방이라도 상관없네만."

"난 싫소. 계집을 끼고 자는 것도 아니고 사내랑 한방에서 잠을 자라니."

단번에 거절이었다. 처음 거리에서 봤을 때부터 입 매무새가 사납더니 인정머리도 매섭기가 보통이 넘었다. 이렇게 되니 오히려 왕소는 이 어린 사내가 더더욱 궁금해졌다.

뭐 하는 녀석인지 이 밤을 꼭 함께 지내 봐야 할 것 같았다.

"하룻밤이니 참아 보게. 자네가 준 은자 덕에 사정해서 얻은 방이니 오늘 밤 신세 좀 지겠네."

주변의 분위기와 상관없이 왕소가 길복과 경을 밀치고 성큼성큼 방으로 들어섰다. 신율은 그 모습에 가볍게 혀를 찼다.

개봉에서의 그날도 느꼈지만 이 사내는 두려운 것도 거리낄 것도 없어 보였다.

"도련님, 제 방을 이자들에게 건네겠습니다."

"그럼 넌 이 비 오는 밤에 어디서 잘 생각인데?"

"저야 어디서든 상관없습니다."

"내가 상관있어. 그러니 넌 네 방에서 자거라. 명령이다."

철없는 어린애라고 생각했던 젊은 주인은 제법 어른스럽게 자신의 종복을 챙기고 있었다. 그 끈끈한 무언가에 왕소의 눈썹이 올라갔다.

이 어린 녀석은 사람의 가치를 볼 줄 알 뿐만 아니라 사람을 부리는 방법도 알고 있었다. 저 어린 나이에 어디서 저런 권위를 배운 것일까. 오늘 밤 그것을 알아내는 것도 좋을 일이었다.

오다가다 만난 뜻하지 않은 인연에 모처럼 황자의 궁금증과 호기심이 더해지고 있었다.

第5章

네 말이 옳다

두 번째로 잘생기셨소

경이 말릴 틈도 없이, 신율이 안 된다고 밀어내기도 전에 사내는 어느새 편하게 방 안으로 들어와 휘적휘적 주위를 둘러보고 있었다.

얇은 대나무로 엮이듯 만들어진 객실의 창가는 벌써부터 굵은 빗줄기가 요란하게 두드리고 있었다. 탁상 위에 소박하게 차려진 술상으로 인해 객실 안은 술 향기로 알싸했다.

굵은 황 촛대의 불빛이 바람에 흔들리고 있었다. 객잔에서 흔히 볼 수 있는 초롱불도 아니었고 싸구려 초도 아니었다. 이런 난세에 이렇게 호화로운 물건이라니, 어떤 자인지는 몰라도 수상한 자임에 분명했다.

신율을 바라보는 황자의 눈빛이 가늘어졌다.

"오늘 밤, 신세를 좀 져야겠네."

"어차피 밀고 들어온 거, 우선 앉으시오. 올려다보기 어려우니까."

신율이 고개를 까닥거리며 중얼거렸다.

좁지 않은 방임에도 큰 남자가 서 있으니 방이 꽉 찬 것 같아 부담스럽기 그지없었다.

"흠, 그럴까? 같이 마셔도 되는 건가?"

사내는 턱하니 신율과 마주 앉아 그녀가 홀짝거리는 술잔에 시선을 주며 물었다.

"뭐, 방도 함께 쓰는 마당에 안 된다 해서 들을 양반도 아닌 거 같고."

"머리가 좋군."

신율이 탁상 한쪽에 따로 준비된 찻잔을 비워 내고 술병을 들어 가득 채우자 사내는 사양도 하지 않고 단숨에 술잔을 비워 냈다.

무언가 은근한 압력이 느껴지는 그의 태도에 신율은 저도 모르게 혀를 찼다. 이런 막무가내의 사내를 납치하여 혼인할 생각을 하다니, 지금 생각하면 그것이 얼마나 위험한 일이었는지 내심 기가 막혔다.

"뭐, 나도 그런 줄 알았는데, 오늘처럼 모르는 사내와 한방을 쓰게 되는 걸 보면 아닌 것 같기도 하고."

"걱정할 거 없다. 생각보다 나쁜 놈은 아니니."

"허락도 없이 내 방을 차지하고 앉아 있는 걸 보면 썩 그런 거 같지도 않은 듯하오만."

왕소의 빈 술잔에 다시 술을 따라 주는 소동의 중얼거림에 황자는 픽 하고 웃음을 터뜨렸다.

왠지 재미있는 녀석이었다. 구시렁거리면서도 그의 부탁을 거절하지 않았고, 그럼에도 곱상한 얼굴로 하고 싶은 말은 다 하고 있었다. 게다가 틀린 말도 아니었다.

장사치인 것은 분명한데 어디서 온 누구일까.

황자는 마주 앉은 상대를 찬찬히 훑어봤다.

계집처럼 깨끗한 피부와 붉은 입술. 검이라고는 쥐어 본 적도 없을 것 같은 하얗고 작은 손. 하지만 세상에는 그가 알 수 없는 여러 종류의 기인들이 존재했다. 어쩌면 이 소동도 그와 같을지 모른다. 가장 약해 보이는 노인과 아이가 가장 무서운 존재들일 수도 있다.

좋은 향기가 코끝에 맴돌며 알싸한 온기가 가슴을 뜨겁게 채워 온다.

"네 말이 옳다."

"그쪽 말도 옳은 구석이 있소."

순순한 인정에 왕소의 눈썹이 살짝 올라갔지만, 신율은 모른 척하고 술잔을 입으로 가져갔다. 다른 사람은 몰라도 그녀는 그를 알고 있었다. 이 사람은 이렇게 딱딱하게 얼굴을 굳히고 있어도 납치까지 감내하며 도움을 청하는 사람에게 손을 내밀어 줄 수 있는 아량이 있는 사내였다. 어쩌면 그녀는 정말 좋은 사람을 골라낸 것일지도 몰랐다. 이 사람, 어디서 무엇을 하는 사내일까.

밤은 아직도 한참 남았고, 조금씩 알아 가면 될 것이다.

"왜 그런 거지?"

"뭐가 말이오?"

단번에 술잔을 비우는 신율에게 왕소의 시선이 한참 동안 머물렀다. 소동은 타고난 술꾼이었다. 몇 잔의 술이 오갔지만 안색 하나 변하지 않고 술잔을 비워 대고 있었다.

빗소리가 요란해지고 있었다.

"왜 나한테 은자를 주고 갔냐고. 무작정 적선하기에는 양이 많았어."

"적선은 그쪽같이 멀쩡한 사람한테 하는 게 아니지. 난 적선이 아니라 그냥 은혜를 갚은 것뿐인데."

신율이 단호하게, 그리고 씩씩하게 고개를 흔들었다.

눈앞의 남자는 적선을 해 줄 만큼 동정심을 불러일으키는 상대가 아니었다. 지금 생각하면 그가 납치 따위를 당해 그녀와 혼인을 했다는 사실이 놀라울 정도였다.

"은혜? 잠깐 마차를 피한 것뿐인데 이자가 꽤 넉넉하구나."

"내가 목숨 값이 좀 비싼 사람이라서 이자가 좀 세다오."

뭔가 대답이 분명치 않지만 더 물어도 그 이상의 답은 나오지 않을 듯했다. 하지만 눈앞의 상대에 대한 궁금증은 참을 수가 없었다.

"차라리 그 여인을 사지 그랬느냐?"

"그 젖먹이를 데리고 있는 여자 말이오? 키우려면 시간이 너무 들어서."

왕소가 말하는 상대가 누구인지를 기억해 낸 소동이 덤덤하게 중얼거렸다.

"그래도 나한테 은혜를 베푸는 것보다는 도움이 되었을 텐데. 그 모자가 불쌍하지 않았나?"

"사방에 널린 게 난민인데 불쌍하다고 다 거둘 수는 없는 노릇이니. 그 여인을 산다고 해서 세상이 바뀌는 것도 아니고. 그리고 난 돈 되는 일에 관심이 있지 세상을 바꾸는 일에는 별로 관심이 없소. 그건 내가 할 일이 아니오."

그의 말이 옳았다. 이곳뿐만 아니라 곳곳에 난민들은 넘쳐나고 있었지만 아무도 이들을 도와줄 사람이 없었다. 황실은 미약하고, 호족은 강했으며, 난민은 많았다.

왕소가 뭐라 하건 전혀 개의치 않는 표정으로 술잔을 홀짝거리던 신율이 문득 황자를 말끄러미 바라보았다.

솜털이 보송보송한 뽀얀 볼을 발갛게 물들인 채 자신의 코앞까지 까만 눈빛을 들이미는 신율로 인해 놀란 황자는 허리를 젖혀 뒤로 물러섰다. 한순간 입술 끝에 와 닿는 달짝지근한 숨결 때문에 왕소는 잠시 숨을 멈춰야 했다.

"뭐지?"

"아까 밝은 낮에도 생각했지만, 지금 보니 참 잘나셨소."

뜻밖의 칭찬에 황자의 눈매가 어이없다는 듯 일그러졌지만 그녀는 개의치 않고 다시 그를 뚫어질 듯 빤히 바라보고 있었다. 사내든 계집이든 이렇게 대놓고 조목조목 자신을 살피는 자는 그리 흔치 않았다.

"이렇게 생겼구나."

외까풀의 깊은 눈빛도 그렇고 잘 뻗은 콧날도 그렇고 두툼해 보이는 붉은 입술, 술잔을 들고 있는 긴 손가락까지 어디 하나 흠잡을 데가 없어 보인다.

"진짜 잘생겼네."

"뭐냐, 너는."

여전히 감탄이 가득한 목소리에 황자는 저도 모르게 '풋' 하고 새어 나오려는 웃음을 삼킨 채 애써 뚝뚝한 어조로 인상을 썼다. 웃음을 참으려니 얼굴이 더 일그러진다. 싱겁기도 하다. 참으로 보기 드물게 특이한 녀석이었다. 무슨 생각을 하는지 도무지 짐작을 할 수가 없었다. 전혀 예측이 안 되는 언동에 왕소는 웬일인지 자꾸만 유쾌해지고 있었다.

"칭찬을 했으면 고맙다 해야지, '뭐냐, 너는.'이냐고 묻는 건 인사가 아닌데."

"칭찬인가?"

"속고만 살았나. 본인도 알 텐데요. 누가 봐도 잘생겼는데."

"뭐, 내 얼굴 볼 일이 별로 없으니."

조금은 쑥스러워진 황자가 나직한 헛기침을 하면서 덤덤하게 중얼거렸다. 이렇게 대놓고 잘난 얼굴이라 칭찬하는 사람은 처음이었다. 그것도 그 상대가 사내라니, 꽤 난감한 일이 아닐 수 없다.

"장담하는데, 잘생겼소. 내가 본 사람 중에서 첫 번째, 아니 두 번째로 잘생기셨소."

첫 번째로 잘생긴 사람은 당연히 여섯째 황자 왕욱이었다. 생김새로 따지면 눈앞의 이 사내가 더 짙은 이목구비를 가지고 있을지 모르지만 선한 인상과 후광을 생각하면 여섯째 황자만큼 잘생긴 사람은 본 적이 없었다.

자신에게 잘생겼다 말하는 어린 소동의 장담에 왕소의 눈썹이 살짝 올라갔다. 그것도 그냥 잘생긴 것이 아니라 두 번째로 잘생겼단다. 다른 때 같았으면 그러거나 말거나 제 얼굴이 어찌 생겼는지 궁금해하지도 않았겠지만 왠지 지금만큼은 이 어린 소동의 공치사가 유쾌해진다.

"넌 뭘 하는 사람이지? 너도 어느 동네의 호족인가."

"아니. 난 장사치라오."

"사람을 사고파는?"

"사기는 해도 내 사람을 내다 팔지는 않지요."

비웃듯 묻는 왕소의 질문에 신율은 정색을 하고 고개를 흔들었다.

내 사람이라. 왕소는 다시 소동을 마주 봤다. 그렇지. 이 녀석은 문밖의 자기 사람도 지나치게 챙겼었다.

"그럼 뭘 팔지?"

"원하는 것은 뭐든지. 팔 수 있는 것은 다. 비단도 팔고, 패물도 팔고, 향료도 팔고, 어쩌면…… 천하까지도."

'천하'라는 이야기에 술잔을 입으로 가져가던 왕소의 눈썹이 살짝 움직였다.

천하라. 그러고 보니 천하를 얘기한 사람이 또 있었다. 문득 황자는 아직도 기억하고 있는 미친 듯한 가짜 혼례를 떠올렸다. 그때 그 장군이라는 사내와 그를 납치한 간 큰 신부가 나누던 대화도 '천하'와 관련된 내용이었다. 왜 오래전 일이 지금 기억나는 것일까. 생각에 잠긴 왕소를 신율이 술잔을 내려놓은 채 빤히 지켜보고 있었다.

신율은 자신의 예상대로 그가 그날을 기억하고 있음을 깨달았다. 이제 그녀도 기억해 줄 것인가. 그의 대답을 기다리는 신율의 가슴이 저도 모르게 두근거리고 있었다.

"천하를 사고팔 수 있다는 얘기인가?"

"궁금한가 보오. 하긴 난세에 사내로 태어났으면 당연히 궁금하겠지. 알려 줄까요? 어찌하면 천하를 얻을 수 있는지."

그의 질문에 신율이 무심히 대꾸하였지만 내심은 편치만은 않았다. 그는 가짜 신부보다는 천하에 훨씬 더 관심이 많은 듯하였다.

"그건 별로 궁금하지 않은데. 나도 네게 한 가지 중요한 것을 알려 줄 것이 있구나."

"으흠? 천하보다 더 중요한 것이 뭐가 있을까. 그건 사고팔 가치가 있는 것인가?"

"물론. 네 목숨 값이니까."

덤덤한 황자의 말 속에 은근히 담겨 있는 협박에도 아랑곳하지 않고 소동은 턱을 받친 채 눈을 반짝였다. 황자의 위엄이 전혀 먹히지 않는 상대였다.

"호오라, 그럼 어마어마하게 비싼 건데. 그게 뭐지?"

"네가 방금 입에 담은 이야기만으로도 삼족을 멸할 수 있다. 황제 폐하께서 엄연히 황실에 계신데 천하를 사고팔다니. 그게 아주 대역무도한 발언이라는 것을 알고는 있느냐."

"난 또 뭐라고. 별것도 아니구만."

황자의 서늘한 협박에도, '삼족을 멸한다'는 이야기와 '대역무도'라는 단어에도 불구하고 소동은 별반 겁먹은 눈치가 아니었다. 오히려 허탈해하는 빛이 역력했다. 하기는 이 녀석의 배짱은 진작부터 눈치챘었다. 그래서 여전히 수상했다.

"삼족을 멸하는 것이 네게는 별것도 아닌 것인가?"

"일단 난 아래위로 삼족씩이나 가족을 꾸릴 만큼 복 받은 사람이 아니고, 또 없는 데서는 원래 나라님 욕도 하는 법이고. 그리고 장사치라면 팔 수 있는 건 뭐든 다 팔 수 있어야 제대로 장사를 하는 거라오."

가족이 없다라. 이 이름도 모르는 어린 장사치에 대해 한 가지는 알아냈구나. 아무 허물 없이 속 좋아 보이는 이 어린 사내에게도 나름대로 아픈 상처는 있는 법일 테니. 하기는 수많은 핏줄이 있는 자신이라고 해서 별반 다를 것도 없었다.

"그쪽은 어떻소?"

"응?"

"그쪽은 가족이 있으시오? 그러니까…… 부인 같은 거 말이
오."

그럴 리는 없겠지만 혹시 모르니 확인은 해 봐야 할 것 같았
다. 그녀가 그를 다시 보기 위해 찾아다닌 것처럼 그 역시 그랬
을지도 모르지만.

누가 알겠는가. 안 그래도 그는 부인이 필요하다고 했었다.
그래서 기꺼이는 아니지만 큰마음 먹고 그녀가 부인이 되어 주
기로 결심한 것 아닌가.

"아…… 있지."

뭐라고? 있다고? 나 말고 다른 부인이 있다는 것인가?

믿을 수 없는 이야기에 신율의 눈썹이 일그러졌다.

아니, 나는 여태 제 녀석이랑 약속 지키느라 찾아 헤맨 지가
몇 년인데, 부인이 있다고?

아니지, 혹시나 나를 이야기하는 것일지도 모른다.

"진짜 부인이 있어요? 진짜 혼례식을 올린?"

"진짜 부인인지는 모르겠는데 혼례식은 진짜로 했구나. 그것
도 두 번씩이나."

신율의 속내를 모르는 왕소가 무심하게 대꾸했다. 합방을 하
지는 않았어도 어쨌거나 그는 황제 폐하의 명에 의하여 국혼을
하였다. 반상 위의 돌이 되어 움직인 혼인은 그를 더욱더 외롭

게 하였지만, 선황인 태조와 형님인 혜종의 뜻을 신하인 그가 감히 거역할 수는 없는 노릇이었다.

"왜, 너도 혼인을 하고 싶은 건가?"

"아니요. 진짜였는지는 모르겠지만, 나도 한 번은 한 경험이 있소."

씁쓸한 표정으로 묻는 왕소에게 신율은 후다닥 눈앞의 술잔을 비우고는 중얼거리듯 대답했다.

혼인을 두 번이나 했단다. 그것도 가짜가 아니라 진짜로 했다고 말하는 걸 보니 나와의 혼례는 아닌 듯했다. 이런, 젠장. 이번에는 제대로 바가지를 썼구나. 완전 손해 보는 장사였다.

"천천히 마시거라. 술은 그렇게 마시는 것이 아니니."

"그쪽이 간섭할 일이 아니오."

약이 올라 입술을 지끈지끈 깨물며 신율이 중얼거렸다. 도대체 왜 이 사람이 내내 혼자일 것이라 생각했단 말인가. 그의 나이에 혼인을 하는 것은 오히려 당연한 일이었다.

"무슨 일이지?"

"뭐가 말이오?"

"왜 화를 내고 있는지 묻고 있는 것이다."

사내가 물끄러미 신율을 바라보고 있었다.

하기는 이 사람에게 화를 낼 일이 아니었다. 개봉에서의 그날, 그는 진심으로 아무 대가 없이 오직 측은지심만으로 그녀를 도와주었던 것일 테니. 어려운 일에 기꺼이 손을 내밀어 준 그를 나무랄 일이 아니지 않은가.

신율은 푹 하고 낮은 한숨을 내쉬었다.

혼인은 오직 그녀만 하였던 것이다.

"내가 방금 꽤 큰 손해를 보아서 그렇소."

"손해? 방금 말인가?"

왕소의 눈썹이 살짝 치켜 올라갔다. 지금 함께 있는 이는 오직 두 사람뿐이었다. 그렇다면 자신이 이 어린 장사치에게 손해를 입힌 것일까?

"아니오. 벌써 몇 해 전 일이오. 이제야 그것을 깨달은 것이고."

왕소의 질문에 소동이 쓰게 웃어 보였다.

꽤나 큰 손해를 입은 모양이구나.

제법 심각한 표정이던 신율이 문득 고개를 들더니 닫힌 방문을 향해 살짝 미간을 모았다. 가림막 너머로 방문을 지키고 서 있는 사람의 그림자가 보인다.

소동을 지키고 있던 검은 옷의 사내는 그의 주인이 묵고 있는 숙소에서 한 걸음도 움직이지 않고 있었다. 저대로 밤을 샐 모양이었다.

"경아, 들어가서 자라."

"제 걱정은 하지 마십시오."

주인에게 대답하는 나직한 목소리는 조금도 흔들리지 않고 있었다. 저이도, 그의 '내 사람'인 것일까.

"꽤나 충직한 부하를 두었구나."

"충직하기도 하고 고집이 세기도 하고."

신율이 염려가 섞인 어조로 중얼거리고는 술을 들이켰다. 무슨 일인지 밤이 깊어 갈수록 불통해지기는 하였지만 소동은 그리 나쁘지 않은 술 상대였다.

아니, 생각보다 훨씬 유쾌한 시간이었다. 창가의 바람에 촛불이 흔들리고 땅을 적시는 빗소리가 술을 더 달게 하는 밤이었다.

아직은 보송보송한 소동의 얼굴이 따끈한 술 몇 잔에 잘 익은 복숭아처럼 무르익어 갔다.

촛대의 불빛도 까막거리고 창가의 발소리도 잦아들었다.

바깥에서는 아직 찬 바람이 윙윙거렸지만 그의 아랫것이 켜놓은 화로 때문에 방 안은 홧홧할 정도로 뜨거웠다. 땀방울이 이마 위로 흘러내려 자리옷을 흠뻑 적시고 있었다.

"덥지 않은가."

"난 딱 좋은데 불편하면 댁이 나가 쉬시던지."

"인정머리 없는 대답이구나."

쌀쌀맞은 대꾸에 몸을 똑바로 한 황자는 픽 하고 웃으며 눈을 감았다.

객잔에 들어오기 전에 조의선인들이 남긴 표시를 생각해 낸 왕소의 얼굴에 생각이 많아졌다. 원주에서 난(亂)의 조짐이 보인다 하니 벽란도는 잠시 미루고 그곳으로 달려가야 할 것이다.

"잊은 것 같지만, 여기는 내 방이라오."

"그래, 네 방이지. 하지만 우리가 함께하지 않느냐."

"흥. 우리는 무슨. 내 측은지심 때문에 그쪽이 얹혀 주무시는 게요."

함께한다는 중얼거림에 신율이 기겁을 해서 코웃음을 쳤다. 우리가 함께라. 그나저나 이렇게 첫날밤을 보내게 되는구나.

신율은 어둠 속에서 쓰게 웃어 보였다.

다른 여인의 남자. 그러니 오늘 밤을 끝으로 계약은 이제 정말 종료되는 것이다.

언제 잠이 들었는지 모르겠다. 사방이 아주 조용해지고 있었다. 아주 오랜만에 느끼는 한 홉의 안식에서 왕소는 저도 모르게 편안함을 되찾고 있었다.

그렇게 시간이 지나 밤이 깊어 가고 새파래진 달빛이 창가에 스며들었다. 어느새 비가 그친 모양이었다.

황자는 조용히 몸을 일으켰다. 새근거리는 소동이 곱게 잠들어 있었다. 너 때문에 편히 쉬었구나.

"가시는 게요?"

"깨어 있었나?"

"비 온 뒤 새벽 산길은 험할 거요. 내내 좋은 길만이 기다리고 있기를."

"그래. 네게도 그랬으면 좋겠구나."

—내내 좋은 길만이 기다리고 있기를.

개경으로 가는 내내 왕소의 귓가에 어린 소동의 기원이 주문처럼 맴돌았다. 어느 날엔가 누군가도 그에게 같은 행운을 빌어 주었다.

당신한테 내내 좋은 길만이 기다리고 있기를.

왕소가 개경으로 출발할 무렵, 황실은 꽤나 시끄러워지고 있었다. 조의선인의 수장을 찾아내어 그 죄를 물어야 한다는 의견 때문이었다. 또한 조심스럽기는 하지만 조의선인의 수장으로 넷째 황자 왕소의 행동이 가장 수상하니 경계해야 한다는 여론이 들끓기 시작하였다.

이렇듯 조정의 신하들이 목에 핏대를 높이며 왕소를 죽이라고 하는 것에는 분명 숙부의 지시가 있었을 것이다. 왕식렴은 집요하였다. 황제가 그의 지시를 제대로 수행하지 않는다고 생각하자 이제는 황제의 손발을 자르려고 나서는 것이었다.

"넷째 아우가 조의선인의 수장이라는 증거라도 있느냐?"

"물증은 없을지 모르지만 넷째 마마가 자리를 비우실 때마다 조의선인이 등장하는 것이 무슨 연유이겠습니까?"

"홍. 지난번에는 여섯째도 없었던 것 같은데."

황제의 지적에 황주 가문에서 대번에 기겁을 하고 고개를 흔들었다.

"오해이십니다, 황제 폐하. 왕욱마마께서는 서경에……."

"지난번에는 황주에 들렀다 하지 않았나?"

황제는 조금의 실수도 용납하지 않고 황보광겸을 바라보며 서늘하게 웃어 보였다. 황주 가문에서는 아차 싶은 얼굴로 입을 다물고 고개를 조아렸다.

"맹세컨대 저희 황주는 절대 조의선인과 어떤 관계도 없습니다."

"나도 알고 있으니 맹세까지 할 필요 없네."

황제의 입가에는 빈정거리는 기색이 역력했다. 조의선인 대신 숙부와 역모를 꾸미겠지. 넷째나 여섯째나 할 것 없이 황제에게는 그저 버거운 아우들일 따름이었다.

"황제 폐하께서는 조의선인에 대해 혹 무언가 아십니까?"

"내가 알고 있는 것은 조의선인의 수장을 명할 권리가 황제에게는 없다는 것이오. 선인의 수장은 선인들 중에서 직접 후계자를 고르오."

그것은 누구나 알고 있는 일이었다. 그리고 지금 눈앞에 있는 자들이 모르는 것은 황제가 알고 있는 마지막 조의선인이 바로 부황이신 태조 황제라는 것이다. 그는 어린 시절 부황이 가지고 있는 조의선인의 신물을 본 적이 있었다.

부황은 그에게 황제의 자리도, 조의선인의 신물도 남겨 주지 않았다. 한 명의 병사가 백 명의 적을 전멸시킬 수 있다는 조의선인. 신하들이 조의선인을 두려워하듯 황제 역시 조의선인을 경계하고 있었다. 하지만 조의선인의 정체도, 황제의 우려도 여기 굶주린 호랑이처럼 입을 벌리고 황좌를 노리고 있는 자들에게 굳이 알려 줄 필요는 없었다.

"그러하시다면 넷째마마를 조심하고 또 조심하십시오. 혹 또 누가 알겠……."

"닥쳐라. 왕소는 짐이 가장 아끼는 아우이니라. 자네 또한 아우가 있지 않은가. 왜 자네는 그 잘난 동생을 죽이지 않고 참고 있는 게야?"

"저 역시 제 동생을 아끼고 아낍니다. 하오나 폐하와 저는 그 입장이 다릅니다. 제 동생이 저보다 이름이 높으면 저희 집 안은 동생 덕을 보는 일이 많이 생길 것이옵니다. 하지만 폐 하, 천자의 자리는 그렇지 않습니다. 폐하께서는 이 땅의 주인 이십니다. 그늘이 되어 주셔야 할 분이지 그림자에 가려져서 는 아니 되옵니다."

대광(大匡 : 종1품 관직) 박수문은 단호하였다. 제법 그럴듯하 게 들렸지만 결국은 왕소를 죽이라는 이야기였다.

무서운 것들. 하지만 어림없을 것이다.

그가 즉위하던 첫해, 천지가 뒤집힐 만큼 큰 천둥이 쳐서 백성들의 인심이 흉흉해졌다. 그 천둥은 황제의 마음에도 커다란 동요를 일으켰다. 마치 하늘에서 형님을 폐하고 황위에 오른 그를 탓하는 것만 같아 사면령을 내리고 부처님의 사리를 든 채로 십 리를 걸어 개국사에 안치하지 않았던가. 부처님의 뜻으로 겨우 안정을 찾은 듯싶었는데 이제 아우의 다른 마음이라니. 또 내 손에 형제의 피를 묻혀야 한단 말인가.

하지만 사람들은 자꾸만 그를 부추기고 있었다. 그리고 무엇보다 숙부가 문제였다. 숙부는 서경 천도에 목숨을 걸고 있었다. 그 목적이 어디에 있는지 황제는 알고 있었다. 숙부는 진작부터 이 황좌를 탐냈던 거였다.

"쓸데없는 소리들은 하지 마시오. 왕소를 죽이고 싶으면 죽여야 할 합당한 이유를 들고 오시오. 그렇지 않고 다시 이런 망발을 내 앞에서 한다면 내 그대들을 먼저 죽이게 될 것이오."

얼음장 같은 황제의 명에 대신들은 불만스러운 얼굴로 머리를 조아린 채 편전을 나갔다.

괘씸한 것들.

"지몽, 이제 어찌하면 좋겠나? 형님도 이러셨나? 이 아우가 이심(異心)이 있으니 얼른 먼저 해하라고?"

"그랬습니다."

황제의 곁에 서 있던 지몽이 서슴없이 대답했다. 지몽은 이

전 황제였던 혜종 황제의 곁을 끝까지 지킨 사람 중 하나였다. 그 사실을 누구보다 잘 알고 있는 황제의 앞이기에 그의 대답에는 거리낌이 없었다. 지몽이 누구인가. 그는 태조께서 하명하신 이름을 가지고 있는 천하의 귀재였다. 그런 그가 지금의 황제를 위하여 입을 열고 있는 것이다.

황제의 눈빛이 다시 어두워지고 있었다.

"그런데 왜 형님은 날 죽이지 않았을까. 그랬으면 훨씬 더 쉬웠을 텐데."

"진심으로 그 답을 알고 싶으십니까?"

"알고 싶네."

조금은 간절한 눈빛으로 황제가 시선을 똑바로 하고 물었다. 여전히 허리를 굽히고 있던 지몽은 황제의 시선을 온몸으로 느낄 수 있었다.

궁금하리라. 왜 선황인 혜종께서 자신의 아우였던 그를 죽이지 않았는지. 아니, 죽일 수 없었는지.

"아우님을 죽인다 하여도 그를 대신할 황자는 얼마든지 있습니다. 마마를 죽이면 그것을 핑계로 또 다른 호족들이 들고 일어날 것을 알고 계셨습니다."

"그렇군. 같은 이유로 나 역시 왕소를 죽여서는 안 되겠군."

지몽의 냉정한 어조에 황제가 쓴웃음을 지으며 고개를 끄덕였다. 왜 아니겠는가. 황실에 황자는 얼마든지 있었다. 그 또한 같은 방법으로 황제가 되지 않았는가.

습기를 잔뜩 머금은 하늘에서 툭툭 빗방울이 떨어지면서 하얀 섬광이 세상을 밝히고 찢어질 듯 천둥소리가 들려왔다. 굵은 빗방울이 제법 힘상궂게 쏟아지기 시작했고, 밤은 깊어만 가고 있었다.

벼락과 천둥소리를 싫어하는 황제의 얼굴은 점점 더 굳어졌다.

조의선인. 아바마마가 수많은 황자들 중 조의선인의 수장으로 선택한 자는 다름 아닌 왕소였다. 서경의 군사 또한 그렇지만 조의선인 역시 그의 힘으로는 어쩔 수 없는 조직이었다. 조의선인이 없었다면 아마도 숙부를 감당해 낼 수 없었을 것이다. 아우가 없었다면 벌써 황제가 바뀌었을지도 모를 일이었다. 그렇듯 내내 의지가 되고 힘이 되는 아우였음에도 또한 가슴 한구석을 서늘하게 하는 이가 바로 왕소였다.

황제의 이성은 분명하게 말하고 있었다. 지금 경계하고 고민해야 할 일은 멀리는 서경의 숙부였고, 가깝게는 세력을 키우고 있는 여섯째였다. 게다가 여섯째 왕욱은 개경에 있는 여러 상단들과의 접촉까지 늘려 가고 있었다. 그에게 재물까지 생기게 되면 그것이야말로 우려할 일이었다.

다시 세상이 환해졌고 하얀 빛 속에서 딱딱하게 굳은 황제의 얼굴이 드러났다. 황제 또한 누군가를 온전히 믿고 의지하고 싶었다. 하지만 누구도, 아무도 믿을 수 없는 것이 바로 황실이었다.

서경은 이미 겨울로 접어들고 있었다. 첫눈이 내린 지 오래였고 진작부터 바람은 칼날처럼 매섭게 불어오고 있었다.

　서경의 왕식렴은 그날 오후 황궁의 편전에서 있던 일들을 고스란히 보고받았다. 황실의 어디에나 왕식렴의 사람이 있었고, 그리하여 황실의 모든 곳에서 숙부의 시선이 매섭게 번득이고 있었다.

　"혹시 황제께서 다른 마음을 품으신 게 아닙니까?"

　"그러니까 말입니다. 왜 집정의 충고를 제대로 받들지 않는 것인지……."

　집정 왕식렴이 머무는 서경의 별궁에 모인 좌장과 우장들이 다들 분개한 얼굴빛으로 황제의 결정을 비난하고 있었다. 그들은 지금 황제가 집정의 은혜를 망각한 채 그 충고 또한 가벼이 여긴다고 생각하고 있었다.

　"황제는 다 좋은데 간이 작아. 선황을 그리 보낸 것을 여전히 마음에 걸려 하고 있는 마당에 제 손으로 제 아우를 죽일 수 있겠어?"

　황제의 숙부이자 제국의 실제적인 권력자인 왕식렴이 카랑카랑한 목소리로 대꾸하며 인상을 썼다.

　왕소는 황제와는 동복의 핏줄이었다. 그것은 황제와 마찬가지로 똑같은 외가인 충주 가문의 힘을 받을 수 있다는 의미였고, 또한 지금의 황제가 죽게 된다면 차기 황좌를 차지할 수 있는 기회를 가졌다는 의미였다. 게다가 왕소 황자의 양어머니는 제법 탄탄한 호족 세력을 가진 신주원부인이 아닌가. 그런 왕소가 조의선인의 수장이라면 위험할 수밖에 없었다. 황제에게도, 그에게도 말이다.

"조의선인의 수장이라는 뚜렷한 증거가 없으면 넷째 마마를 없애기는 쉽지 않을 것입니다."

"그러니까 그 증거를 찾아야 하지 않겠나. 그리고 못 찾으면 찾게 해 주면 되는 것이지."

왕식렴이 거친 수염 속에서 희미하게 웃어 보이자 좌장을 비롯하여 군의 참모들이 귀를 기울였다.

집정은 제국이 만들어지기 전부터 전장에서 피를 뿌리며 삼한을 통일시킨 공신이었으며, 황폐화된 서경 땅을 새로운 황성으로 만들고 있는 장본인이었다. 또한 지금의 황제 역시 그의 도움이 없었다면 황제의 자리는 어림도 없는 일이었다. 아마 그것은 앞으로 어떤 황제라도 마찬가지일 것이다.

第6章

수상한

잘못하면 오늘 죽겠구나

　혹독한 겨울 날씨에 바람은 베일 듯 점점 날카로워지고 있
었다. 칠흑 같은 어둠에 잠긴 산속은 풀벌레 소리조차 들리지
않을 정도로 고요했다. 지나가는 바람의 움직임과 뒤섞여 말
발굽 소리만 요란하게 들려왔다. 왕소와 조의선인의 부장인
은천이었다.

　말을 달려 원주를 벗어난 지 오래였으나 그를 뒤쫓는 무리
들은 멈출 의지가 없어 보였다. 이번만큼은 아예 작정을 한 기
색이었다.

　"마마, 괜찮으십니까?"

　"내 걱정은 관두고 은위대들을 제대로 교육시켜라. 이번 민
란은 누가 봐도 함정이니."

　원주의 호족들이 난을 일으킨다는 정보에 움직였지만 치밀
하게 준비된 함정이었다. 다행히 포위되기 직전에 산의 지형을
읽어 내린 황자가 지나치게 막힌 계곡을 수상히 여기고 진입

을 멈춘 탓에 겨우 위험한 순간은 피할 수 있었다.

하지만 조의선인의 선두에 있었던 은천은 자칫하면 목숨을 잃을 뻔하였고, 위기의 순간에 적진에 홀로 뛰어들어 그를 구해 낸 것은 황자였다. 황자는 온전히 그의 선인들을 구해 냈지만 마지막 화살만큼은 피하지 못했다.

"죄송합니다. 저 때문에."

"너 때문이 아니다. 나 때문이었지."

자신의 미욱함에 화가 난 듯한 은천에게 고개를 흔들던 황자의 눈빛이 어두워졌다. 마지막, 그에게 살기를 내보이며 검을 휘두른 자의 검술은 꽤나 특이했다.

오직 그만을 노리고 있었다.

상처를 대충 삼베로 감싼 후에 황자가 윗옷 위에 떨구어 놓은 옥패가 걸린 가죽 끈을 목에 둘렀다. 그 모습을 유심히 바라보던 은천이 입을 열었다.

"참 오랫동안 몸에서 떼어 놓지 않고 계십니다."

"그냥 습관이다."

궁금해하는 은천의 말에 황자가 대수롭지 않다는 듯 대꾸했다.

황보부인과의 국혼이 있기 하루 전, 그날 밤의 광경을 보지 않았다면 그저 아무 데고 처박아 두었을 물건이었다.

그날 밤, 당연히 내일 혼례를 위하여 몸과 마음을 깨끗이 하고 혼자 있어야 할 황보공주의 방에서 들려오던 남녀의 목소리에 왕소는 걸음을 멈출 수밖에 없었다.

'비록 내일 혼인을 한다 해도 제 마음은 항상 당신 것입니다.'

'소인 역시 공주마마 이외에 다른 여인을 품지 않을 것입니다. 언젠가 공주마마를 모시러 가면 그때 저와 함께해 주시겠습니까?'

어둠 속에서도 공주가 고개를 끄덕이는 모습은 또렷하였다. 두 사람의 모습을 피하지 않고 똑바로 바라보던 왕소 황자는 처음 왔을 때와 마찬가지로 어떤 흔적도 남기지 않고 그림자처럼 조용히 사라졌다. 그리고 아무리 가짜였다고 해도 다른 여인과 혼례를 올려 버린 일을 미안해할 이유도 함께 사라졌다.

차라리 혼인의 대가로 원하는 것을 주겠다고 거래를 제안한 옥패의 주인공이 나았을지 몰랐다. 원치 않는 혼인을 피하기 위해 처음 본 사내를 납치해 가짜 신랑을 만들 정도로 무모하고 솔직한 그녀가 옳았을지 몰랐다.

그날 이후, 혼례의 증표였던 옥패는 그에게는 또 다른 신물이 되었다. 당당하고 솔직했지만 누구에게도 입을 열지 못할 가짜 혼인. 그리고 황제의 명까지 받은 국혼이었음에도 마음은 비어 버린 또 다른 혼례. 둘 중 하나를 선택하라 한다면 왕소에게는 진실하지 못한 거짓보다 솔직한 가짜가 차라리 나았다.

"황자마마들의 경연 일까지 상처가 아물기는 어려울 듯합니다."

"그저 스친 것이니 괜찮다. 마음 쓰지 말거라. 그보다 중요한 것은 오늘 나타난 무리이다. 그들이 바로 그자들이다."

나직한 왕소의 이야기에 은천의 눈이 커졌다. 바로 '그자들'이라 함은 조의선인이 몇 년째 찾아 헤매는 이들이라는 의미였다.

왕소 황자의 형님이자 제국의 두 번째 황제였던 혜종 폐하를 공격했던 자객들. 그들은 황제의 침실인 신덕전에 자객을 보내었고 끊임없이 황권을 위협하였다. 분명 숙부와 연관이 있는 자들일 게 분명했다.

처음에는 지금의 황제인 왕요 형님이 벌인 일이라고 생각했지만 형님은 그저 사실을 모른 척 묵인했을 뿐이었다. 그날 자객을 보낸 이는 따로 있었다. 그리고 이제 몇 년 만에 잠적했던 그들의 흔적이 다시 나타나고 있었다.

"그것을 어찌 아셨습니까?"

"같은 검법을 쓰고 있었다."

황자의 대답에 은천의 표정이 심각해졌다. 혜종 폐하를 공격한 자와 같은 자객. 그것은 어쩌면 조의선인의 수장인 왕소와 더불어 황제를 다시 위협할지도 모른다는 이야기였다. 이제 조의선인은 황제를 지키기 위해 개경에 머물러야 할 것이다.

"벽란도에는 저 혼자 가겠습니다."

예성강 나루로 들어오는 상선 중에는 중원에서 오는 황제의 밀사도 포함되어 있었다. 상인으로 위장한 그는 거란과 후한

(後漢)의 움직임을 소상히 꿰뚫고 있는 자로서, 조의선인이 그를 황실까지 호위하도록 명을 받았다.

"아니다. 그들은 분명 그곳까지 쫓아올 것이야. 나를 이대로 보낼 생각이 없을 터이니. 대신 이번에는 우리도 갚아 줘야겠지. 선인들 몇 명을 제대로 붙여라. 배후가 서경인지 황주인지 이번 참에 확실하게 끝을 보도록 하자."

황자의 명에 은천은 고개를 조아리기는 했지만 표정에는 걱정스러운 빛이 스치고 지나갔다. 그것은 황자를 믿지 못하여서가 아니었다. 황자 자신이 목표가 되어 적들의 정체를 밝혀낸다는 것이 마음에 들지 않았기 때문이었다.

"어차피 나는 당장 개경에는 갈 수 없어. 가볍기는 해도 이 부상을 그냥 넘길 인간들이 아니거든."

삼베로 단단히 매어진 어깨에서는 희미하게 핏물이 새어 나오고 있었다. 황자의 말이 옳았다. 상처의 흔적을 발견하게 된다면 그 배후와 상관없이 조의선인의 수장인 왕소는 죽음을 면치 못할 것이다.

이렇듯 서경의 세력과 조의선인은 쫓고 쫓기는 관계였다. 황제의 그림자가 되어 지키려는 자와 황제의 위에 군림하려는 자가 결코 한 하늘 아래 공존할 수는 없는 노릇이었다.

왕소는 예성강 나루터에 서서 오가는 상인들을 예리한 시선으로 살피고 있었다. 심증으로는 이런 짓을 저지를 사람은 숙부밖에 없다고 생각했지만, 숙부가 물증이 필요하듯 그 역시 그랬다.

또한 그를 집요하게 쫓고 있는 무사들의 시선을 피해 황제의 밀사를 개경으로 안전하게 호위하는 것이 조의선인의 임무였다. 그러려면 그들의 시선을 자신에게 집중시키는 것도 나쁜 방법은 아니었다.

나루터는 이제 중원에서 도착한 배들로 분주하였고 오랜만에 육지를 밟은 상인들로 번잡스러웠다. 그들 중에 누군가가 왕소를 죽이려 하고 있었다. 차라리 칼을 들고 죽이겠다 덤빈다면 오히려 쉬울 텐데 놈들은 쉬이 정체를 드러내지 않았다.

그때 낯익은 자가 그의 눈에 띄었다. 시꺼먼 호위 무사가 뒤따르고 연한 하늘빛 두건을 두른 채 씩씩한 걸음으로 나루터를 휘젓는 공자는 꽤나 분주한 것처럼 보였다. 분명 그 어린 소동이었다. 뭐지? 왜 저 장사치가 저기 있는 것일까? 정주에서 이곳까지 그와 같은 길을 가고 있었다. 황자의 눈빛이 가늘어지자 옆에 있던 은천이 그의 시선을 쫓았다.

"아시는 분입니까?"

"아니. 그런데 알아야겠어."

어린 소동은 겉모습만으로는 그냥 팔자 좋게 유유자적한 귀한 집 자제이거나 그의 말대로 몸값 비싼 장사치였다. 게다가 한눈에 봐도 무술과는 거리가 있는 듯 허술한 구석이 많아 보였다. 그렇기에 저 시꺼먼 호위 무사를 대동하고 다니는 것이겠지. 그런데 왜 그가 가는 곳마다 항상 눈에 띄는 것일까.

"저 녀석은 내가 알아서 할 터이니 너는 눈을 떼지 말고 있어라. 임무를 잊지 말거라."

"존명!"

황자의 명에 은천이 허리를 숙여 뜻을 받들었다.

상선의 물건을 꼼꼼히 살피던 신율은 만족한 얼굴로 고개를 끄덕였다. 중원으로부터 원하는 물건이 아무 탈 없이 제대로 도착하였으니 당분간 상단에는 큰 문제가 없을 것이다.

"다른 상단에서는 어떤 물건들을 실었는지 유심히 살펴보거라."

신율이 등 뒤의 경에게 지시했지만 돌아오는 대답은 없었다. 워낙에 말수가 없는 경이기는 하였지만 그녀의 명에도 입을 다물고 있을 정도는 아니었기에 신율은 고개를 갸우뚱거리며 몸을 돌렸다.

하지만 마땅히 등 뒤에 있어야 할 경 대신에 그녀의 눈앞을 떡하니 가로막고 서 있는 자는 전혀 예상치 못한 사람이었다. 커다란 사내의 그림자가 성큼 신율의 시야를 가리고 있었고 뜻하지 않은 만남에 신율의 눈이 휘둥그레졌다. 아니, 경은 어디 가고 이 사람이 여기 나타난 것일까. 그렇게 찾을 때는 코빼기도 안 보이던 사내가 요즘 수시로 나타나고 있었다.

"설마 나를 쫓아온 것이오?"

"내가 묻고 싶은 이야기다. 너, 내 뒤를 쫓는 것이냐?"

"무슨 말도 안 되는 소리를. 난 그쪽보다 훨씬 더 바쁜 사람이라오."

의심이 가득한 그의 질문에 신율이 위엄 있는 목소리로, 하지만 발끈해서 대꾸했다.

물론 그를 열심히 찾았던 때도 있었다. 하지만 정주에서의 그날 두 번씩이나 혼인했다는 말을 들은 이후부터는 그를 다시 찾지 않겠다고 마음먹었다. 그런데 이렇게 떡하니 나타나서 누가 누구보고 쫓아다닌다고 하는 것일까.

"인간이 하는 말을 믿어야 할지 모르겠다."

"그건 그쪽 상황이고. 그래서요?"

"뭐가 그래서지?"

황자는 아직도 경계심이 섞인 표정과 이해할 수 없는 눈빛으로 그녀를 주시했다.

"그러니까 혹시 내 재산에 흑심을 품고 이리 접근하는 것이냐고 묻고 있소만."

"무슨 말도 안 되는 얘기를. 난 재물에 관심 없다."

당돌한 신율의 질문에 왕소가 픽 하고 짧은 웃음을 터뜨렸다. 하지만 소동은 더더욱 의심스러운 눈빛으로 가늘게 눈썹을 모으고 있었다.

"확실히 사람의 말은 믿을 수가 없다니까. 내 평생 재물에 관심 없는 사람은 본 적이 없소."

"그럼 지금 한 명 보고 있구나."

코웃음 치는 소동에게 황자가 단호하게 말했다.

어쨌거나 이 장사치와의 만남은 정말 우연이었던 모양이다.

아니면 이것이 인연일 수도……

"흠, 그럼 바보였나."

"너, 잘못하면 오늘 죽겠구나."

"뭐, 그렇다고 해 둡시다. 가끔씩 이상한 사람들이 한 명씩은 있으니까."

나직하게 혼잣말처럼 중얼거리는 신율을 왕소가 눈을 가늘게 뜨고 노려보자 그녀가 얼른 말을 이었다. 사내의 저 초라한 옷차림을 보건대, 정말 재물에 욕심이 없을 수도 있을 것이다.

"그래서 설마 우리 경이도 죽인 게요?"

"경이라는 녀석이 네 호위 무사를 말하는 거라면 멀쩡하게 살아 있다."

주변을 둘러보던 신율이 가늘게 눈을 뜨고 황자를 바라보자 그는 턱 끝을 들어 그들의 뒤로 저만치 물러서 있는 경을 가리켰다.

경이 불타는 눈빛으로 황자를 노려보고 있었지만 왕소의 표정에는 두려움 따위가 없어 보였다. 아무리 백묘 할멈으로부터 타고났다는 소리를 들으며 무공을 배운 경일지라도 왕소는 아직 그가 대적하기에는 버거운 상대였다.

"무슨 짓을 한 게요?"

"별짓 안 했다. 조금이라도 움직이면 너를 죽인다고 했지."

아무렇지도 않은 대꾸에 그녀는 가볍게 혀를 찼다.

별짓 안 하다니. 그게 얼마나 별짓인데. 표정 없이 싱긋 웃는 그를 보니 딱 봐도 진심이었고, 대놓고 협박이었다.

어느새 나타나서 순식간에 자신을 제압한 황자를 바라보며 경은 그 협박과 진심을 알아들었다. 제 한목숨이라면 몰라도 제 주인의 목숨이 달려 있는 이상 경은 설사 죽더라도 섣불리 움직일 수 없을 것이다.

"도대체 나한테 왜 이러는 거요? 은자를 적게 주었나, 아니면 방을 빌려 주지 않았나. 이거야말로 은혜를 원수로 갚는 것인데."

"수상해서."

"수상하다니. 그건 내가 하고 싶은 말인데."

"너는 네 모습을 잘 모르겠지만, 너 정말 수상해. 나는 네 본모습이 궁금하다."

신율은 찔끔하였다. 본모습. 이 사내와 처음 마주했을 때는 너울을 쓰고 있었고, 또 이렇게 사내 옷만 입고 있을 때 만났으니 단 한 번도 본모습을 보여 준 적이 없는 것이 사실이었다. 아니, 더 정확히는 그럴 틈이 없었다는 것이 옳을 것이다. 너울을 벗지 못한 것은 상황이 너무 급해서였고, 사내 복장을 하고 여인이라 말하지 못한 것은 이미 부인이 둘씩이나 있는 그에게는 소용없는 일이기 때문이었다.

"우리가 뭘 그렇게 친하다고 속속들이 속내를 다 보여 줘야 하는 거요?"

"그건 그렇구나. 그래도…… 제기랄."

신율을 바라보며 중얼거리던 황자가 나직하게 욕설을 내뱉었다. 왕소의 시선에 신성의 모습이 들어왔기 때문이었다. 신성이 여기 있다는 것은 충주 가문에서 그를 놓치지 않고 감시하고 있다는 말이었다.

지금 신성과 마주하게 된다면 그를 쫓는 이들 또한 그를 발견하게 될 것이다. 처음부터 우려하기는 했지만 나루터는 몸을 감추기 쉬운 곳이 아니었다.

황자는 급하게 주변을 둘러보았다. 지금 당장 피할 곳은 이제 막 포구에 닻을 내린 상선뿐이었다.

"다음에 봐야겠구나."

신율에게 짧게 고개를 끄덕인 왕소가 번개처럼 재빠르게 선상으로 뛰어올랐다.

뭐가 어떻게 된 건지. 조금은 급해 보이는 그의 뒷모습을 바라보며 신율의 표정이 어두워졌다. 누군가에게 쫓기는 듯한데 설마 못된 짓을 하고 다니는 것일까?

그렇게 나쁜 사람은 아니었는데 난세가 사람을 변하게 한 것인가. 사람을 사고파는 세상이었다. 주인이 시키면 무엇이

든 해야 하는 용병들이 있었다.

신율은 왠지 모를 허탈함과 측은함에 미간을 모았다. 두 번이나 혼인을 하였으니 가족이 있을 테고, 이 사람도 그들을 위해 참고 살아가는 것이리라.

선상에 오른 왕소는 배의 반대쪽으로 나갈 수 있는 출구를 찾았다. 물살이 빠르고 깊었지만 여차하면 강으로 뛰어들 수밖에 없을 것이다.

상선의 규모는 꽤 컸고 짐칸과 사람들이 머물 수 있는 공간이 칸칸이 구분되어 있었다. 상인들은 보이지 않았지만 아직 육지로 내리지 못한 짐들이 차곡차곡 쌓여 있었다.

배의 구석에 몸을 피하고 있던 황자는 사람의 소리와 기척에 미간을 모았다.

"거기 있는 게요?"

그 소동의 목소리였다. 아니 어쩌자고 이 배에 올랐단 말인가. 설마 저 소동이 정말 그를 뒤쫓는 사람과 관계가 있는 것일까?

자그만 발자국 소리가 자박자박 가까워지고 있었다.

왕소는 인상을 쓴 채로 자신이 있는 짐칸으로 신율을 홱 잡아당겼다.

"무슨 짓이지?"

"내가 묻고 싶은 말이오만. 정말 내 재산에 관심이 없다고 할 수 있소? 이렇게 남의 배에 달랑 올라타서 뭘 어쩌려는 거요."

"으흠, 남의 배라……."

그럼 이 배의 주인이 요 조그만 소동이었단 말인가? 아니면 정말 남의 배라는 뜻일까? 그가 별반 중요치 않은 짧은 고민을 하고 있을 때 신율은 고개를 갸웃거렸다.

"무슨 짓을 했는지는 모르지만 허여멀건하고 멍청하게 생긴 양반이 나루터를 뛰어다니고 있고 딱 산 도적 같은 사람들이 나루터의 배들을 모두 뒤지고 있소."

"제기랄."

결국 이 날씨에 물에 뛰어들어야겠군. 왕소가 인상을 쓰며 강으로 연결된 다른 배의 출구로 향하자 신율이 얼른 그의 옷자락을 붙잡았다.

의혹이 가득한 시선으로 자신을 노려보는 사내의 표정과 상관없이 신율은 차분한 얼굴로 생글거리며 그를 제지했다.

"아마 또 제기랄일 텐데. 사방에 관선들이 떠 있으니까."

"그래. 정말 제기랄이군."

왕소가 잔뜩 인상을 쓴 채 생각에 잠기자 잠시 그를 바라보던 신율은 주변을 둘러보더니 이내 차곡차곡 쌓인 짐칸에서 고운 비단 한 필을 꺼내 들었다. 그러곤 주루룩 비단을 펴서 허락도 없이 남자의 머리 위에 둘러 씌웠다.

커다란 덩치에 푸른 명주가 휘감기자 사내의 나직한 욕설이
또 들려왔다. 장난기 가득한 신율의 눈웃음을 보지 않았음에
도 남자는 그녀의 작은 희롱을 알아챈 모양이었다.

"이게 뭐 하는 짓이지?"

"어디라도 숨던지 뭐라도 가리고 있어야 하지 않겠소?"

"너 정말 오늘 죽겠구나."

"걱정 마시오. 당신은 참 운이 좋은 사람이니까."

운이 좋다니, 듣던 중 처음이었다. 아니다. 지난번 은자를
건네주었을 때도 그에게 운이 좋다 이야기하였었다. 그런 걸
보면 이 소동은 꽤나 사람 보는 눈이 없구나.

태어날 때부터 저주받았다는 소리는 귀에 딱지가 앉을 정도
로 들어 봤지만 아무도 그에게 운이 좋다는 얘기는 하지 않았
다. 이 소동을 제외하고는 말이다.

그의 눈빛에 불신의 빛이 가득하자 신율이 피식 웃어 보였다.

"믿어 보시오. 내가 사람은 좀 볼 줄 아니까. 그러니까 너
무 걱정하지 마시오. 여기는 상선의 배이니 아무나 올라오
지……."

아무나 올라오지 못한다고 자신만만하게 입을 열 때 나무
바닥을 울리는 저벅거리는 발걸음들이 요란하게 들려왔다.

경에게 이곳은 상단의 선상이니 출입을 자제시키라 일렀는
데 관군(官軍)들에게는 먹히지 않았던 모양이다.

아니, 이 사람은 도대체 무슨 큰 죄를 지었길래 관군에게까

지 쫓긴단 말인가.

"큰일 났다. 어쩌지. 어디든 숨어야겠소. 상자가 꽉 차 있을 텐데. 아니 이건 너무 작은데……."

허둥지둥 급하게 움직이는 신율을 바라보던 왕소가 확 하고 신율의 손목을 부여잡아 배 한쪽 구석으로 잡아당겼다. 그러곤 아까 신율이 그랬던 것처럼 푸른 명주로 그녀의 몸을 둘러 씌워 품 안으로 끌어안았다. 커다란 명주가 신율의 작은 몸을 완벽하게 가렸다.

"이게 뭐 하는 짓인데요?"

"너에게 더 잘 어울린다."

나직하게 속삭이는 그녀의 얼굴 가까이에서 왕소가 중얼거렸다.

반 뼘도 안 되는 공간에 사내의 얼굴이 있었고, 숨결이 느껴졌다. 그리고 무어라 할 틈도 없이 그가 신율을 끌어당기고 머리를 숙였다.

이게 무슨. 사내의 입술이 닿을 듯 말 듯 아슬아슬할 정도로 가까이 와 있었다. 신율은 커다래진 눈으로 아무 말도 하지 못하고 남자를 바라보았다. 입을 열면, 조금이라도 숨을 깊이 쉬면, 혹은 몸을 살짝이라도 움직이면 입술이 더 가까이 닿을 듯해서 신율은 그야말로 꼼짝도 할 수 없었다.

저벅거리는 발걸음이 멈추고 저들끼리 무어라 키득거리고 사라지는 것을 느낄 수도 없었다. 그저 느껴지는 것은 희미하게 햇살이 스며드는 어둑한 공간과 어느 상자에서 나는지 모르는 희미한 향료의 냄새, 그리고 간지러운 먼지 같은 느낌들. 그리고 눈앞을 가득 채운 사내의 얼굴과 그의 체취…… 그것 뿐이었다.

수상하다니, 누가 지금 누구보고 수상하다 말할 수 있단 말인가. 아무리 생각해도 그의 취향은 이상했다.

그는 철석같이 그녀를 사내로 알고 있는 것이 분명했다. 그런데 사내인 그녀에게 사내인 남자가 입을 맞출 기색으로 덤벼들다니. 비록 입술은 닿지 않았으나 그 숨결은 고스란히 느껴 버린 신율이었다.

"잘했구나. 네 말대로 내가 아주 운이 좋구나."

관군들이 사라진 후 완전히 얼이 빠져 있는 신율에게 사내는 아주 잘했다는 듯 그녀의 머리를 쓰다듬더니 그대로 사라져 버렸다.

넋이 빠져 그대로 주저앉은 신율을 일으켜 세운 것은 다름 아닌 경이었다.

경이 걱정스러운 눈빛으로 자신을 바라보고 있다는 것을 알았지만 신율은 미친 듯이 뛰는 심장과 아무 생각도 못 하는 머리를 한 채로 한참을 그렇게 있어야 했다.

第7章

찾는 사람

대단한 인물인 모양이구나

　예성강에 도착한 상단의 물건들이 속속들이 개경으로 도착하였고, 신율 역시 오랜만에 개경에 머물러 있었다. 물건이 많아진 만큼 몸도 바빴지만 그래도 상단에는 그녀의 일을 나눌 사람들이 있어서 그나마 숨은 돌릴 수 있을 정도였다.

　단순하기만 하던 양씨 오라비도 아직 한참 부족하기는 하지만 요즘은 장사치 티를 내며 제법 그럴듯하게 단주 노릇을 하고 있었다.

　물론 가끔씩 황족들을 몰래몰래 만나는 사고를 치고 있기는 하여도 청해 상단의 이름을 팔고 무시무시한 약속을 하지는 않으니 그나마 다행이었다.

　"아가씨는 아직도 움직이지 못하는 것입니까?"

　"그렇다네."

　강명의 물음에 백묘가 나직하게 고개를 끄덕였다.

　이럴 줄 알았다. 강건치 못한 몸으로 정주에서 벽란도까지 너무 험한 여정이었다. 신율은 벌써 며칠째 일어나지도 못한 채 앓고 있었다.

"이럴 줄 알았으면 벽란도에는 내가 갈 걸 그랬나. 거기서 도대체 무슨 일이 있었던 거야."

"무슨 일이 있어서 그런 것은 아닐 거야. 너무 고되어 저러신 거지."

숨죽인 강명과 백묘 할멈의 목소리가 나직하게 들려온다.

화로에서 뿜어 나오는 열기가 가득한 방 안에서 두꺼운 이불을 뒤집어쓰고도 오들오들 떨고 있던 신율은 귓가에 들려오는 자신의 이야기에 겨우 감았던 눈을 떴다.

벽란도. 예성강에서 무슨 일이 있었느냐구요?

무슨 일이 있었지요. 아주 별난 일. 상상도 할 수 없는 일.

목 끝이 타들어 가는 것처럼 꽉 막혀서 입을 열려고 해도 말이 되어 쉬이 나오지를 않는다. 온몸은 얼음장같이 차가운데 얼굴은 홧홧하게 달아오른다. 팔 하나 들 기운도 없는데 심장은 다른 때보다 더 열심히 두근대고 있었다.

그 남자의 숨결이 지금도 느껴진다.

그 남자의 온기가 지금도 전해진다.

얼굴을 감싸 쥐던 커다란 손과 온몸으로 전해지던 열기가 고스란히 기억나고 있었다.

그 아스라한 잔상들에 신율의 차가운 몸에 다시 열이 올랐다. 이미 혼인한 사내라는데. 그래서 잊어야 할 사람인데.

이렇게 몸이 아픈데, 왜 온통 머릿속은 그 사람만으로 가득한지 알 수가 없었다. 미치겠구나.

숙부의 눈을 피해 황제의 사람을 제대로 황궁까지 안내할 수 있었으니 그날의 임무는 제대로 수행한 것이다. 그런데 황자의 얼굴은 무언가 다른 생각에 빠진 것처럼 보였다. 기쁜 것도 아쉬운 것도 아닌 미묘한 표정. 분명 무언가가 있다. 그렇지 않다면 자신이 감히 황자마마의 표정을 읽어 낼 수 없을 것이라는 것을 은천은 알고 있다.

무엇이 이 감정 없는 황자마마를 흔들고 있는 것일까.

"괜찮으십니까?"

"괜찮다."

은천의 물음에 황자가 여느 때처럼 간단하게 대꾸했다. 그가 보기에도 황자가 괜찮은 것은 분명한 것처럼 보였다. 황자의 입가에 드물게 미소가 지나갔으니. 하지만 그럼에도 불구하고 넷째 마마는 무언가 평상시와는 달랐다.

"혹여 걱정하실 일이 있으십니까?"

"별일 아니다."

조심스러운 은천의 질문에 황자가 고개를 흔들어 보였다. 쉬이 속을 보여 주는 황자가 아니었으니 무슨 답변을 기대한 것은 아니었다. 묻는다고 해서 대답할 황자가 아니라는 것쯤은 누구보다 그가 더 잘 알고 있지 않은가.

"은천아."

"네, 마마."

황자의 부름에 은천이 다시 고개를 들었다.

"사람을 하나 찾아봐야겠다."

사람이라. 은천의 눈썹이 치켜 올라갔다. 그리고 황자의 나직한 지시에 다시 한 번 놀라야 했다.

이제부터 그가 찾아야 할 사람은 오직 황자의 뜻만으로 찾는 이였다. 황제 폐하가 명한 것도 아니고 서경과 연관된 것도 아니며 호족의 사람도 아닌 오직 황자가 궁금해하는 첫 번째 사람이었다.

그는 누구인가. 누구이길래 이 얼음같이 차가운 황자마마의 가슴에 균열을 만들어 내고 있는 것일까.

오늘도 사람으로 붐비는 청해 상단으로 향하는 왕욱의 발걸음이 가벼웠다. 꽤 오랜만에 신율을 다시 만나게 된다. 몇 번인가 방문을 청하였지만 그때마다 만나고 싶은 사람을 볼 수 없었다. 그 역시 숙부를 만나러 서경에 다녀오느라 한가하지는 못하였다. 이번 방문을 기회로 숙부와 그는 이제 같은 배를 타게 되었다고 확신했다. 숙부와의 거래를 생각하며 왕욱의 눈빛이 번득였다.

예상대로 숙부는 지금의 황제에게 불만이 쌓인 눈치였다. 당신의 손으로 황제를 만들었으나 시간이 지날수록 황제는 서서히 제 세력을 키워 가려 하고 있었다. 겉으로야 숙부가 원하는 것을 모두 들어주는 듯하였으나 조금씩 시기와 양이 늦어지거나 줄어들고 있는 것을 모를 왕 집정이 아니지 않는가.

하지만 무엇보다 왕 집정을 노하게 한 것은 조의선인이었다. 숙부는 조의선인의 수장이 왕소라고 의심하고 있었다. 아니, 의심이 아니라 확신하고 있는 듯했다. 노련한 숙부가 괜한 짐작만으로 그런 생각을 품고 있지는 않으리라.

"조카가 황제가 되려 한다면 우선 걸림돌부터 없애야 할 것이오."

"알고 있습니다."

걸림돌이라 함은 분명 지금의 황제와 넷째 황자 왕소를 말하는 것이리라.

"특히나 왕소는 위험한 존재이니 한시도 경계를 늦추어서는 안 될 것이오. 그리고 때가 되면 가장 먼저 없애야 하오."

"명심하겠습니다."

"그리고 또 하나, 제국의 수도는 서경이어야 하오. 개경이 아니라. 그걸 약속해 줄 수 있겠소?"

"물론입니다, 숙부님."

황제만 될 수 있다면 숙부가 원하는 것이 무엇이든 그 코앞에 대령해 줄 것이다. 만인지상의 자리에서 숙부 하나쯤은 참아 줄 수 있을 것이다. 드디어 원하는 자리로 한 걸음 다가서게 된 왕욱의 눈빛에는 승리감이 가득했다.

시비의 안내를 받아 긴 복도를 거쳐 청해 상단의 내당(內堂)으로 들어선 왕욱은 주변을 흥미로운 시선으로 주시했다.

대륙을 움직이는 상단이라 하여 호화로울 것이라 예상했지만 실내는 소박하고 검소하였다. 진귀한 물건은 눈에 띄지 않았고 그저 평범하고 튼튼해 보이는 가구들뿐이었다.

그때 문밖에서 발자국 소리가 들려오자 왕욱의 눈빛이 금세 반짝였다. 대나무 발이 걷어 올려지며 신율이 다가오자 왕욱의 얼굴에서는 미소가 더 짙어졌다.

"어디 아프셨습니까? 얼굴이 많이 상하였습니다."

환하던 왕욱의 표정이 신율의 낯빛을 살피며 걱정스럽게 변하였다. 하얀 얼굴은 푸른 핏줄이 보일 만큼 더 창백해졌고 뽀얗게 통통하던 볼살은 어느새 갸름해져 있었다.

신율은 벽란도를 다녀온 후 내내 앓아누워 있었다. 워낙에 타고나길 강건하게 태어나지를 못한 데다 강바람을 잔뜩 맞은 채 느닷없는 사내의 기습까지 당한 후 골골대기 시작했던 것이다. 그렇게 한참을 고열에 시달린 채 겨우 보름이 지나서야 몸을 일으킬 수 있었다.

"음……"

신율이 차마 입을 열지 못하고 빤히 왕욱을 바라보자 그의 미간이 좀 더 진하게 모아졌다.

사실 이제 몸은 적당히 회복되었지만 목소리는 완전히 걸걸대는 쇳소리가 새어 나오고 있었다.

왜 하필 이 사람에게 이런 목소리를 들려주어야 하는 것일까. 이도 저도 못 하는 신율의 마음을 모른 채 왕욱이 얼른 몸을 일으켰다.

"아직도 많이 아프면 얼른 들어가서 좀 더 쉬세요."

"그게…… 지금은 그래도 괜찮습니다."

나직하고 갈라진 목소리였음에도 왕욱의 얼굴에 안도의 기색이 역력하였다.

이 사람은 내 목소리가 이상하지 않은가?

"괜찮은 것 같지는 않은데 이렇게 앉아 있어도 되겠습니까?"

"목소리가…… 이상하지 않습니까?"

자신의 귀에 들리는 걸걸한 목소리에 신율은 꽤나 난감해하며 물었다.

왜 몸은 거의 다 나았는데 이 목소리는 어째 사내처럼 쉬어 버려 다시 돌아오지 않느냔 말이다.

"전혀요. 혹시 그래서 입을 열지 않았던 것입니까?"

한 움큼 웃음을 베어 문 신율은 수줍게 고개를 끄덕였다.

왕욱의 얼굴에도 조금은 걱정이 가시고 미소가 진해졌다. 누군가의 웃는 모습을 보는 것이 이렇게 행복한 일일 거란 생각은 하지 못했었다.

"단주의 동생이 여인일 거라고는 생각 못 했습니다."

"별반 하는 일이 없거든요. 저까지 나서지 않아도 상단 사람들이 워낙 잘하고 있구요."

"그거 잘됐네요. 그럼 남은 시간은 저와 함께 있을 수 있을 터이니."

"황자마마가 그리 한가한 분은 아니실 텐데요."

때마침 새로이 시비가 된 춘아가 찻잔이 든 나무 소반을 들고 나타났다.

지엄하신 황자마마 앞인지라 고개도 들지 못하고 덜덜 떨리는 손으로 조심조심 찻잔을 내려놓자마자 후다닥 자리를 비우는 시비의 모습에 신율은 피식 미소를 지었다.

"제가 그리 흉악하게 생겼습니까?"

춘아의 모습이 황자에게도 재미있었나 보다. 농이 섞인 질문에 신율이 빙긋이 웃어 보였다.

그녀도 처음 개국사에서 황자를 봤을 때 후광을 보지 않았던가. 그러니 춘아의 수줍은 반응은 당연한 것이었다.

"황자마마가 너무 훤히 생기서서 마음이 떨려서 그럴 수도 있습니다."

"그렇다면 다행입니다. 그래도 이 아이는 아가씨와 훨씬 어울릴 듯합니다."

왕욱은 고운 한지로 싸인 무언가를 신율에게 내밀었다.

"무엇입니까?"

"풀어 보세요. 두 번째 인연에 대한 기념품 같은 것이니."

한지를 풀어 낸 신율의 눈이 동그래졌다. 그것은 곱게 꽃이
핀 매화나무 가지였다.

아니, 이 황자는 이 계절에 어디서 이런 것을 구해 왔을까.
그가 내민 매화가지에서는 촘촘하게 소담한 꽃망울이 수줍게
피어나고 있었다.

아직 봄이 이르지 않았는데 이 고운 아이들은 어디서 온 것
일까.

"용담화가 너무 느긋한 아이라면 이 매화꽃은 성미가 꽤나
급했나 봅니다. 저처럼 말입니다."

"이 아이가 급한 것이 아니라 황자마마가 재주가 좋으신 거
같습니다."

"그럴지도요. 마음에 드십니까?"

눈가 가득 미소를 담은 신율이 고개를 끄덕이자 황자의 얼
굴에도 기쁜 미소가 어렸다. 자신의 정성을 알아 줘서 기쁘고
소박한 선물에도 저리 환히 웃어 줘서 고마웠다.

"마마께서는 원래 이리 친절하십니까?"

"아니요. 아닙니다. 그게 당신이라서 그런 것 같습니다."

겉으로는 더할 나위 없이 선해 보이지만 그는 자신이 결코

좋은 사내가 아니라는 것을 알고 있었다.

저도 모를 황자의 고백에 잠시 당황스러워진 신율의 볼이
붉어졌다. 아무리 남자를 모른다 하여도 연정 가득한 눈빛까
지 모를 정도는 아니었다.

"실언을 한 듯합니다. 많이…… 곤란하신 겁니까?"

"조금은요. 그래도 신발이 사라졌을 때만큼은 아닙니다."

자신이 무슨 말을 했는지 깨닫고는 말을 더듬거리던 황자는
그녀의 대답에 겨우 안도의 한숨을 내쉬었다.

"신은 맞으십니까?"

"조금 크긴 한데…… 참 고운 신이었어요. 저희 상단에서도
구하기 힘들 만큼."

사슴 가죽에 명주실로 곱게 수가 놓여져 있고 작은 진주까
지 달린 신은 고려에서는 쉽게 볼 수 없을 만큼 귀한 물건이었
다. 그녀가 다시 활짝 웃으며 감사를 전했다.

"그렇게 웃으면 참으로 닮았습니다."

"누구와 말입니까?"

고개를 갸웃거리는 신율의 질문에 잠시 망설이던 왕욱이 입
을 열었다. 이제는 가슴속에 있는 말을 입 밖으로 내어 이야
기해도 그리 아프지 않을 것 같았다.

"은애하던 여인이 있었습니다. 지금은 이미 다른 사내의 여
인이 되었지만 쉬이 잊지 못하는 사람이었습니다."

"아, 제가 그분과 닮았습니까?"

"아닙니다. 닮지 않았습니다."

조금은 이해했다는 듯 눈빛을 반짝이는 신율을 물끄러미 바라보던 황자가 단호하게 고개를 흔들었다. 그 모습에 신율이 빙긋 미소 지었다.

"방금 닮았다 하셨는데요? 그것도 많이."

"그저 생김새가 비슷할 뿐입니다. 그녀는 결코 당신 같지 않았습니다."

"다녕은 저를 똑바로 바라보지 않았습니다. 항상 스쳐 지나갔지요. 왜냐면 다른 사내를 보았어야 했거든요."

신율이 무어라 말을 하기도 전에 황자가 계속하여 말을 이었다. 나를 바라보는 당신은 다녕과 다르다고. 그의 눈빛이, 그의 목소리가 그렇게 말하고 있었다.

"아직도 그분이 그리워 혼인을 안 하신 겁니까?"

"그런 줄 알았습니다. 그런데 지금 생각하니 아마 인연을 찾지 못해 그런 것 같습니다."

왕욱은 신율의 눈을 똑바로 마주 본 채 말했다. 그의 눈빛이 다시 말하고 있었다. 이제 인연을 찾았다고. 당신이라고.

하지만 신율은 애써 그 눈빛을 모른 척했다.

혼인했던 사내를 열심히 마음속에서 지우고 있는 지금 그녀는 누군가의 마음을 받아 줄 수 있는 처지가 아니었다. 얼마나 숨 쉬며 살아갈 수 있을지 모를 일. 누군가에게 상처 입히고 싶지 않았다.

차갑고 오싹한 바람이 귓가에 매서웠다. 중단(後에 두루마기라
불림)도 걸치지 않은 황제는 누군가를 기다리고 있는 눈치였다.
편전이 아니어서인지 조복을 벗어 버리고 백저포에 비단 끈으
로 만들어진 포백대를 두른 황제의 곁에는 하늘의 뜻을 읽어
내린다는 사천공 지몽만이 허리를 숙인 채 자리를 지키고 있었
다. 저만치 성큼성큼 왕소가 황제를 향해 걸어오고 있었다.

"황제 폐하를 뵈옵니다."

"그래, 오래간만이구나. 이번에 고생이 많았다고?"

"가끔씩 겪는 일입니다."

무표정한 왕소의 대꾸에 황제는 고개를 끄덕였다. 황제가 보
기에도 서경의 숙부는 집요할 정도로 왕소를 쫓고 있었다. 황
제와 황실에게 힘이 되는 어떤 것도 공신들과 호족들은 용납할
생각이 없는 것이다.

가까이 선 왕소는 더더욱 훤칠한 사내가 되어 있었다.

벌써 여러 달째. 냉정하고 무심해 보이는 표정 없는 얼굴과
완고해 보이는 입술을 가진 아우는 마치 처음 보는 사람 같았
다. 게다가 온몸에서 내뿜는 압도적인 자신감은 이제 황제도
놀랄 지경이었다.

그 어린 아우가 언제 이리도 커다란 존재가 되었을까. 왕소
를 바라보는 황제의 눈이 가늘어졌다.

"청해 상단에 대해서는 알아보았느냐?"

"은천이 전부 기록하여 지몽에게 전하였습니다."

"네 생각은?"

"보고 내용만으로는 여섯째와 그 단주의 아우라는 자가 가깝게 지내기는 하여도 당장 다른 움직임은 없는 듯합니다. 생각보다 상단 사람들은 영리해 보입니다."

황제의 질문에 왕소가 나직하게 대답하였다.

똑똑한 상인은 좋은 물건을 내놓지 않는다는 말처럼 청해 상단 사람들은 최대한 몸을 숙이고 커다란 잡음 없이 조용히 상단을 움직여 가고 있었다.

"흐음, 그렇다면 다행인데. 네가 직접 그들을 보았느냐?"

"은천이 조사하였습니다. 소제(小弟)까지 상단에 얼씬거리면 또 괜한 소문이 날 듯하여 가까이 하지 않고 있습니다."

분명 왕소의 말이 맞았다. 조의선인의 수장이라는 의심을 받고 있는 왕소가 움직이게 되면 호족과 서경의 숙부에게는 분명 또 다른 빌미가 될 것이다.

황제의 미간이 좁아졌다. 황주 가문에서 왜 청해 상단의 여인과 가까이 하는지는 황제 또한 분명히 알고 있었다. 재물이 탐나고 황위가 탐나는 것이겠지.

하지만 황제는 호락호락 그의 자리를 내줄 생각이 없었다. 어떻게 이 자리에 올랐던가. 황제가 되기 위하여 수많은 사람을 죽여야만 했다.

형님인 혜종마마는 중독되어 숨을 쉬지 못하는 상황에 이르러서도 결코 그에게 황제의 자리를 순순히 물려주시지 않았다. 그 또한 다르지 않을 것이다. 숨이 멈추는 그 순간까지 이 자리를 지켜 낼 것이다. 그렇다면 방법을 찾아야 했다.

아주 잠깐이지만 살기가 가득한 황제의 안광이 새파랗게 번득였다. 여섯째는 황제의 힘으로 어찌할 수 없겠지만 상단은 다르지 않은가. 상단 정도야 빌미만 있다면 얼마든지 없앨 수 있었다. 모두의 앞에서 꼼짝도 할 수 없게 말이다.

"왕욱에게 재물까지 주어지면 그것은 정말이지 위험한 일이다."

"그렇다고 멀쩡한 상단을 없앨 수는 없습니다."

황제의 생각을 읽은 왕소가 작게 고개를 흔들었다. 난세의 끝이었다. 이제 겨우 전쟁이 잦아들고 먹고사는 일을 챙기게 되었는데, 상단을 없애다니. 이는 백성들의 숨통을 다시 조이는 일과 다르지 않았다. 예기치 않은 왕소의 제지에 황제의 눈썹이 치켜 올라갔다.

"나는 제국의 황제이다. 나를 위협하는 세력은 그것이 내 핏줄이라도 용서할 수가 없어."

그것은 왕소를 염두에 둔 경고였다. 상단뿐만 아니라 조의선인의 수장이라도 언제든지 죽일 수 있다는 황제의 뜻이었다. 황제의 서늘한 호통에 왕소의 표정이 대번에 굳어졌다.

"폐하, 아우의 충정을 조금이라도 의심하신다면 지금이라도 절 베십시오."

"아, 미안하네. 미안해. 그런데 나는 불안하네."

혼잣말 같은 쓸쓸한 황제의 푸념에 왕소는 터져 나오는 깊은 한숨을 삼켜야 했다. 황제는 변덕스러웠고, 나약했다. 용맹하고 강건하던 형님이 언제부터 이렇게 변하신 것일까. 그때가 언제부터인지는 왕소도 알고 있었다. 태조마마의 유지를 받아 황제가 되신 혜종마마는 그들의 이복형이었다. 숙부와 지금 황제의 위협을 받던 혜종께서는 끝까지 황제의 자리를 양위(讓位)하지 않으셨다.

새로운 황제가 등극하였을 때 개경은 온통 죽음의 냄새로 가득했다. 이미 수백 명의 사병과 군사가 죽어 나갔다. 그들은 모두 고려의 백성들이었고, 그 피의 냄새를 황제는 분명히 기억하고 있는 것이었다.

"아우가 잘 주시하여 보겠습니다. 만에 하나라도 황주 쪽과 상단이 휩쓸리게 된다면 조치를 취하도록 하겠습니다."

"고맙네. 고마워, 아우. 나는 제국의 황제인데…… 나에게 사람이라고는 너뿐이다."

"……"

"이 자리가 이렇게 외롭고 무서운 자리란 걸 미리 알았으면 좀 좋았겠어. 숙부가 언제 개경으로 와서 날 끌어내릴지 무서워 죽겠구나."

"제가 마마 곁에서 목숨을 걸고 지킬 것입니다. 그러니 심기를 굳건히 하십시오."

왕소의 이야기에 황제는 맥없이 고개를 끄덕였다. 그 무서운 숙부를 왕소가 이길 수 있단 말인가. 그리고 그런 왕소를 내가 이길 수 있을 것인가. 황제는 자꾸만 자신을 갉아먹는 불안과 공포에서 벗어날 수가 없었다.

무거운 발걸음으로 황궁을 벗어나 기루에 자리 잡은 황자의 표정은 어두웠다.

황제 폐하는 하루가 다르게 지쳐 가고 있었고, 서경의 공격은 점점 더 날카로워지고 있었다. 기녀도 없이 조용히 술잔을 입으로 가져가는 황자의 앞에 은천이 조용히 고개를 숙였다.

"또 다른 명이 있으셨습니까?"

"아니다. 그 녀석은 찾았는가?"

황제의 나약함과 황실의 부족함은 은천과 함께 나눌 수 있는 짐이 아니었다.

"아직 찾지 못했습니다."

"전혀 말이냐."

난감한 듯 중얼거리는 은천의 보고에 왕소의 눈썹이 살짝 찡그려졌다.

"상단 쪽 사람인 것은 분명한데, 누군가 그 흔적을 지워 가고 있습니다."

"그래. 처음부터 보통은 넘어 보였다. 대단한 인물인 모양이구나."

"계속 알아보고 있습니다."

은천의 대답에 황자가 고개를 끄덕였다. 벽란도를 떠나 개경에 도착하기도 전에 시작한 일이었지만 그 어린 소동을 찾는 일은 생각만큼 쉽지 않았다. 하지만 은천이 움직였는데도 못찾는다는 것은 의외였다. 방방곡곡, 조의선인의 시선을 피하기란 쉬운 일이 아닐 터인데.

일자 이름도 모르기는 하지만 개경 바닥에서 그를 만나기 어려울 것이라는 생각은 해 본 적이 없다. 하늘에서 떨어진 것도, 땅 위에서 솟아오른 것도 아닌 게 분명할 텐데 도대체 그들은 누구란 말인가. 점점 그 정체가 흥미로워진다.

굳어 있던 황자의 눈꼬리가 조금은 부드러워진 듯하자 은천은 고개를 갸웃거렸다. 황자가 속내를 드러내는 일은 그리 흔치 않았다. 황자를 옆에서 지켜본 지 벌써 다섯 해가 넘어가지만 은천도 겨우 황자의 기색을 살필 정도였다. 그런데 이름도 성도 모르는, 아직 어디 있는지도 모르는 그 어린 공자의 존재로 인하여 황자가 잠깐이지만 자신을 드러내고 있었다. 그것만으로도 그 어린 공자님은 꼭 찾아야 할 가치가 있었다.

황제의 주관으로 모든 황자들이 서로의 재주를 보이고 함께 모여 연회를 베푸는 행사가 개최되었다.

황자들의 우의를 돈독케 한다는 그럴 듯한 이유에서 시작되었지만 위대하신 태조께서 계시지 않은 지금, 황자 모임은 그저 습관적인 관례였으며 실제로는 황자들의 기세를 황제의 권위로 제압하려는 목적이 더 강했다.

기세등등한 황자들의 야망과 상관없이 하늘은 높았고 바람은 잔잔하게 더없이 좋았다. 서로의 복잡한 마음만 없었다면 오늘 같은 날은 기분 좋게 술을 마시며 진짜 연회를 즐겨도 나쁘지 않을 것이다.

황제는 자신의 형제들을 둘러보며 애써 편안한 미소를 지어보였다. 그들은 황제의 아우였으며 또한 황제의 골칫거리였다. 이제는 모든 황자들이 제법 노골적으로 황제의 자리를 탐내고 있었다.

술잔이 돌아가고 황제가 처음으로 입가에 술잔을 가져갔다. 그것이 시작이었다. 황자와 황자들의 싸움이었고, 가문과 가문의 경쟁이었다. 다음 황제 자리를 위해서는 결코 물러설 수 없는 시합이었다.

황자들의 경연은 검술에서 시작되었다.

어린 황자들은 진작에 몇 번인가 검을 휘두르다 뒤로 물러섰고, 마지막 남은 왕욱이 왕원을 물리쳤다.

황주 가문의 환호성이 경연장을 떠들썩하게 했고, 왕원의 가문인 평주 가문에서는 조용한 침묵이 감돌았다.

"부럽군."

황제가 기개와 오만으로 가득한 황자들의 경연을 바라보며 혼잣말처럼 중얼거렸다.

"모두들 황제 폐하의 실력에는 미치지 못합니다."

"아니, 내가 부러운 것은 검술이 아니야. 아무것도 모르고 덤빌 수 있는 무지함이지."

아우인 황자들을 내려다보던 황제가 무정한 눈빛으로 나직하게 중얼거렸다. 그도 한때는 그런 적이 있었다. 형님마마를 황좌에서 몰아낼 때 그도 그랬었다. 만인지상이라면 무엇이든 다 할 수 있을 것이라고. 하지만 그것이야말로 헛된 망상이었고 철없는 무지였다. 황제는 다시 굳은 얼굴로 술잔을 들어 올렸다. 그것은 다음 경연의 시작을 알리는 신호였다.

검술에서 승리한 왕욱은 득의양양했고, 그를 바라보던 왕원은 이를 악물고 다음 경연을 위해 궁대 앞에 섰다. 황자들을 바라보는 두 가문에서는 제법 비장하기까지 한 긴장감이 가득했다.

두 명의 황자가 한 명씩 사대에 올라서서 과녁의 가장 가까운 곳에 활을 쏜 자가 승리하는 시합이었다. 과녁의 붉은색은 원이 보이지도 않을 정도로 까마득했다. 아직 어린 황자들은 무거운 활을 들어 올리지도 못하였고, 용감하게 사대 위에 오른 황자들의 화살 또한 중간 지점에도 이르지 못하고 떨어지기 일쑤였다.

활 싸움에서 남은 사람은 또다시 왕욱과 왕원뿐이었다. 서로를 마주 보는 눈빛이 불이 튀기고 있었다.

'이번에도 저 녀석인가.'

'용케 여기까지 쫓아왔구나.'

두 가문의 기 싸움도 만만치 않았다. 마치 활 경연의 승자가 아닌 황제를 선발하는 시합 같았다.

궁중의 무사가 과녁의 가죽을 새로이 바꾸는 동안 분위기는 최고조에 이르렀고, 사람들의 모든 시선은 두 황자에게로 집중되었다. 딱 한 명, 황자들 사이에서 아예 멀찌감치 떨어져 마치 아무 상관없는 것처럼 서 있는 왕소를 제외하고는 말이다.

황제는 문득 그림자처럼 조용히 자리를 지키고 있는 왕소를 바라보았다. 그의 얼굴에는 지루함과 더불어 서늘한 냉소만이 가득했다. 황제의 시선을 쫓아 왕욱의 눈빛이 왕소에게로 향하였다.

"넷째 형님, 형님도 이번 시합에는 참여하는 것이 어떻겠습니까?"

왕욱의 제안에 황제를 비롯한 다른 황자들의 시선이 왕소에게 꽂혔다. 왕소는 자신을 향해 웃어 보이는 왕욱을 무표정한 표정으로 바라보다 천천히 고개를 돌렸다.

전혀 뜻밖의 왕욱의 제안은 조의선인에 대한 확인일 것이다.

그렇다면 지난번 원주에서의 함정은 숙부가 황주 가문에 시킨 일인가.

왕욱을 바라보던 왕소의 입가가 살짝 비틀려졌다. 오늘 이 경연으로 인하여 황주 가문에서 감추었던 꼬리 하나가 드러났다는 것을 알기나 하는 것일까.

"그래, 너도 서거라. 너 또한 황자 아니더냐."

왕욱이 왜 이런 제안을 하였는지 까맣게 모르는 황제가 고개를 끄덕이며 허락했다. 왕욱의 의도를 알지 못하는 황제 또한 그와 같은 핏줄을 가진 충주 출신의 아우가 다른 볼품없는 황자들에게 치이는 꼴이 영 마음에 들지 않았던 것이다. 감히 저 따위 것들이 우리 충주 핏줄을 무시하다니 있을 수 없는 일이었다.

황제의 명에 왕소가 어쩔 수 없이 자신의 자리에서 나와 사대를 향하여 걸어가자 여기저기서 궁녀들의 작은 탄성이 쏟아져 나왔다. 금장과 비단으로 휘두른 호화로운 복장의 다른 황자들과는 달리 수수한 먹빛의 장포를 걸친 왕소의 훤칠한 키와 무표정한 얼굴은 그야말로 고려 제국 최고의 냉미남의 모습이었다.

왕소가 궁대에 서자 궁녀들의 표정은 더더욱 설렘으로 바뀌었다. 그렇다. 왕소는 제국에서 왕욱과 함께 제일 잘생긴 황자였다. 왕욱이 따뜻한 미소로 사람을 사로잡는 편이라면, 웃음기 하나 없는 왕소는 그저 서 있기만 해도 사람을 끌어당기는 차가운 매력이 있었다.

여인네들의 한숨과 상관없이 왕소의 시위가 팽팽하게 당겨졌고 기대를 품은 충주 가문과 설마 하는 황주 가문의 시선이 왕소에게 쏟아졌다.

휙 하고 화살이 활을 떠났다. 왕소가 쏘아 올린 화살은 그대로 날아가 흰 가죽으로 만든 과녁판에 꽂혔지만, 저 멀리 깃발을 올리는 사람은 흰색이었다.

궁녀들과 충주 가문에서 아쉬움의 탄성이 새어 나왔다.

넓은 과녁은 흰 가죽으로 만들어져 있는데, 중앙의 원은 검은색이고 그 안의 가장 작은 원은 붉은색이었다. 깃발은 화살이 맞힌 가죽의 색상대로 올라갔다.

왕소가 쏜 화살은 결국 흰 가죽 안에 꽂히기는 하였으나 중앙에서는 한참 벗어났다는 뜻이었다. 왕소가 쏘아 올린 네 개의 화살에 대해 전부 흰색 깃발이 올라갔다.

"수고했다. 다음에는 중앙을 제대로 노리도록 해."

"네, 황제 폐하."

왕소가 무표정한 얼굴로 경연장으로 들어오자 황제가 그만하면 되었다는 얼굴로 고개를 끄덕였다.

분명 왕소가 제 재주를 감춘 것이리라. 적당히 망신당하지 않을 만큼 조정한 것이 분명하였다. 많은 황자 중에서 까마득히 잘 보이지도 않는 과녁을 맞춘 자는 손에 꼽힐 정도였다.

왕욱 또한 조금은 안심한 얼굴로 왕소에게서 시선을 거두었다. 숙부가 괜한 걱정을 한 것인가?

숙부는 조의선인이 왕소라고 확신하고 있었다. 하지만 그의 실력으로 감히 조의선인의 수장이 될 수 있겠는가.

아니면, 저것 역시 눈속임일까?

하지만 한 가지 분명한 것은 지난번 예성강까지 숙부가 쫓던 사람이 왕소가 아니라는 사실이었다. 시간이 며칠 지나기는 했어도 상처가 완전히 아물지는 않았을 것이고, 팔에 부상을 입은 채 저 과녁까지 활을 당기지는 못했으리라.

잠시 생각에 잠겨 있던 왕욱은 고개를 돌려 왕원을 바라보았다. 이제 다시 그들 둘의 경쟁이었다. 뭐, 저 녀석 따위야 신경 쓸 존재가 아니었다.

활 경연에서는 황주 가문의 왕욱이 아슬아슬한 간격으로 평산 가문의 왕원을 이겼다. 황주 가문의 환호성으로 궁이 떠나갈 듯했으며, 왕원을 비롯한 평산 가문 사람들의 눈매는 매서워지고 있었다. 이따위 경연과 상관없이 다음 황좌를 위한 양보는 절대 없으리라.

치열한 두 가문의 속내는 모른 척하고 왕욱과 왕원의 공을 치하한 황제가 일어서고, 연회를 베푼다는 소리가 요란하게 들려왔다. 사람들은 자리를 털고 일어나 우르르 연회가 열리는 별궁으로 이동하였다.

연회장은 승리를 자축하는 황주 가문 사람들로 가득 차 있었다.

"마마, 아주 정 가운데를 꿰뚫었습니다."

"그러게나 말입니다. 황자마마는 신궁이십니다그려."

어느새 황자가 쏘아 올린 과녁을 손에 넣은 황주 가문의 가신들이 과녁 가죽을 돌려보며 호탕하게 웃어 댔다.

과녁을 손에 넣은 왕욱은 한쪽 입술을 끌어올리며 미소 지었지만 금세 얼굴이 굳어졌다. 그리고 고개를 돌려 천천히 술잔을 들이켜는 왕소 쪽을 바라보았다.

제대로 된 동그란 과녁을 만들기 위해서는 먼저 얇은 붓을 이용하여 정방형의 모양을 그리고, 그 안에 동그란 원을 가득하게 채운다. 그 정방형의 각각의 사각 모서리에 정확하게 네 개의 화살 자국이 선명하게 박혀 있었다. 이렇게 쏘아 올릴 수 있는 사람은 아마 왕소뿐일 것이다.

설마, 이것이 우연일까?

아니면…… 이것이 그의 진정한 실력인 것일까?

음악 소리가 무르익고 향기 좋은 술이 계속하여 돌아가고 무희들의 춤사위가 더욱더 나긋거릴 즈음, 술잔을 내려놓은 황제가 입을 열었다.

"오늘 수고들 많았네. 내가 아우들의 솜씨에 또 한 번 감탄하였네."

미소가 가득한 황제의 칭찬에 황자들과 연회에 모인 공신들이 머리를 조아렸다. 오늘따라 황제의 기분은 굉장히 좋아 보였다.

"황제 폐하만큼 하겠습니까. 저희 아우들은 황제 폐하의 칭찬에 몸 둘 바를 모르겠습니다."

"하하하, 아니지. 난 이제 그렇게 무술을 익힐 필요가 없지 않나. 무공이야 자네들이 익히고 난 그 무공을 가져다 쓰면 되는 것이니. 그것이 황제와 신하의 역할 아니겠는가."

제법 적당한 겸양의 언사에 황제는 피식 웃으며 차갑게 대꾸했다.

황제와 신하. 형과 아우.

그들에게 분명히 알려 주어야 할 일들이었다. 내가 어떻게 황제가 되었는데 그리 쉬이 너희들에게 이 자리를 빼앗기겠느냐. 연회장은 나직한 침묵으로 젖어 들었지만 황제는 아랑곳하지 않았다.

"그리고 무공만큼이나 중요한 것이 덕을 쌓는 일이고 사람을 사귀는 일이지. 오늘 그래서 내가 아주 재미있는 사람을 한 명 초대했네."

예상치 않았던 황제의 발언에 조용하던 연회장이 호기심과 궁금증으로 다시 웅성거리고 있었다. 황제가 말하는 재미있는 사람이 무희나 기녀가 아닌 것은 분명하였다. 그렇다면 황제와 황족이 모여 있는 이 자리에 나타날 사람은 누구인가.

황제가 턱 끝으로 명을 내리자 연회장 한쪽에서 너울을 쓴 여인이 걸어 나오고 있었다.

여인이라.

그들의 예상대로 기녀도, 무희도, 심지어는 황실의 사람도 아닌 작은 체구의 여인이 황제를 향해 허리를 숙인 채 인사를 올렸다.

그녀의 등장에 연회장은 호기심에 웅성거렸고, 왕욱의 눈빛은 무섭게 굳어졌다.

第8章

빛나는

보통이 넘는구나

    황제는 날카로운 눈으로 눈앞의 상대를 훑어봤다. 너울을 쓴 여인이 허리를 굽히고 그의 앞에 서 있었다.

    이 사람이 요즘 고려의 모든 황자들이 문턱이 닳도록 찾는다는 청해 상단의 모사꾼이라니, 의외였다.

    너울을 쓰고 있긴 했지만 그녀는 꽤나 어려 보였다. 이 사람이 귀신같은 지혜와 엄청난 재산을 가진 상단의 책사라 하니 시험을 해 보아야 할 것이다. 황제의 편인지, 혹은 다른 누구의 세력인지.

    "네가 청해 상단의 사람이냐?"

    "그렇습니다."

    황제의 질문에 신율이 짧게 머리를 끄덕였다. 고개를 숙인 채 얼핏 바라본 황제는 확실히 왕욱과는 다른 얼굴을 하고 있었다. 광대는 좀 더 날카롭고, 눈매도 좀 더 매서워 보였다. 뭉툭한 코끝과 굳게 다문 얇은 입매에서도 남다른 위엄이 느껴졌다.

아침 나절, 여전히 골골거리면서 몸을 일으킬 때 도착한 황제의 서찰은 청해 상단 사람들 모두를 놀라게 하였다. 사실 여섯째 황자를 만났을 때부터 우려했던 일이었다.

고려의 어떤 황자는 만나고 어떤 황자는 안 만날 수 없었다. 지엄하신 황제 또한 마찬가지였다. 결국 올 게 온 것이다.

"어찌하실 것입니까?"

"황제의 명이야. 선택의 여지가 없어."

심각한 표정으로 묻는 강명에게 신율은 쓴웃음을 지어 보였다. 게다가 황제는 서찰의 말미에 얕은 지식을 핑계로 몽매한 백성을 속여서는 안 된다고 적어 놓았다.

가지 않으면 그 핑계로 죽음을 맞게 될 것이다. 그녀와 같은 상단의 사람에게 황실의 부름을 거절할 수 있는 핑계 따위는 처음부터 없었다.

"왜 양씨 어르신이 아니라 아가씨를 부르는 걸까요?"

"황실이에요. 우리만큼 많은 것들을 알고 있을 것입니다."

고려의 황제였다. 놓칠 리가 없었다. 또한 상단의 주인을 죽이게 되면 상단이 망할 수도 있을 것이고 그 피해는 개경의 백성들이 고스란히 떠안아야 할 것이다. 황제는 그것을 우려하여 상단의 책사이자 그 아우를 벌하는 것으로 경고하고 있는 것이다. 그나저나 몸이 좋지 않았다. 쉬어 버린 목소리는 나아질 기세가 없이 더 잠겨 버렸고 온몸에 오한이 난 지 오래였다. 하지만 버텨야겠지.

　권력에 몸담고 있는 자들에게 약한 모습을 보이게 되면 그 순간을 놓치지 않고 이리 떼처럼 달려드는 것이 그들의 본성이었다.

　신율은 열이 오르는 몸을 애써 모른 척하고 자신을 다잡으며 황제의 부름을 기다렸다. 하필이면 황자들의 경연 날, 그것도 연회장에 아무 이유 없이 부르지는 않았을 것이다.

　"내가 왜 널 불렀는지 아느냐?"

　"보통 장사치는 살 물건이 있고 구해야 할 물건이 있을 때 찾으시죠."

　나직하지만 쉰 듯한 목소리가 음악조차 끊긴 연회장에서 조용하게 들려왔다.

　황실. 그 위엄 있는 장소에서도, 감히 황제 앞에서도 그녀는 전혀 당황스러운 기색이 없어 보였다. 그제야 왕소의 시선이 그녀에게로 향했다. 그는 처음 황제의 입에서 튀어나온 청해 상단이라는 이름에 저도 모르게 짧은 한숨을 토해 냈다. 황제는 아우인 그를 완벽하게 신뢰하지 않고 있었다. 그래서 직접 상단을 없애려 하는 것이다. 아우인 그조차 확신하지 못하는 황제의 불안함이 오히려 그를 아프게 했다.

　"듣기로는 네가 재주 있다 하니 황제인 내가 그 재주를 사고 싶은데."

　"제가 꽤 많은 재주를 가지고 있기는 하나 매물로 내놓을 만한 재주는 아닌지라 황제 폐하께 누가 될 것입니다. 그러니 다른 걸 골라 보시면 어떨지요?"

"다른 거라. 넌 점을 친다 했지?"

"잘못 알고 계십니다. 저는 점쟁이가 아닙니다. 관상을 제법 정확하게 보고 천문과 지리는 나름대로 통달하였으나 그저 재미일 따름이지 맞다 안 맞다를 거론할 재주가 아닙니다."

재주는 아니라 하면서 감히 천문과 지리에 통달했다 자신할 만큼 당돌한 대구에 황제가 눈을 번득였고, 왕소의 눈썹이 호기심에 꿈틀거렸다. 허세인지 어떤지는 모르겠지만 겸손이라고는 전혀 없었다.

"그래? 그렇다면 네 재주를 좀 보자꾸나."

"무엇을 알고 싶으신가요?"

"고려의 다음 황제는 누구더냐. 네가 용한 점쟁이라면 모를 리가 없지."

황제의 첫 번째 시험이었다. 황제 폐하가 멀쩡히 자리를 지키고 있는 상태에서 감히 다음 황제의 이름을 입에 담는 것은 아무리 황제의 명일지라도 자칫하면 그 자체만으로도 역모의 발언으로 몰릴 수 있을 것이다.

신율은 천천히 고개를 들었다. 사람들은 잔뜩 긴장한 채 신율에게로 시선을 모으고 있었다.

그들 가운데서 신율을 바라보고 있던 왕욱은 자신의 표정을 감추느라 입술을 꾹 눌러 얼굴을 굳히고 있었다. 다음 황제 따위는 궁금하지 않았다. 그것은 신율에게 물어볼 것이 아니라 서경의 숙부에게 묻는 것이 오히려 빠른 일이리라. 그는 지금 신율이 이곳 황실에 있는 것이 불안했다.

너울 속에서 왕욱을 발견한 신율이 아주 작게 머리를 숙여 인사를 보냈다. 그러고는 황제를 향해 제법 여유 있는 모습으로 고개를 끄덕였다.

"물론 알고 있습니다. 하지만 점쟁이라서가 아니라 그저 뻔한 사실이라 아는 것뿐입니다."

"그게 누구냐?"

황제는 저도 모르게 긴장한 채 신율을 주시했다. 황제의 눈빛은 살기가 아닌 두려움과 궁금증으로 일렁이고 있었다.

"다음 황제는 분명 왕(王) 자를 쓰시는 분이며, 이름에 하늘의 뜻을 안고 계실 것이옵니다."

신율의 대답에 황제는 피식 하고 쓴웃음을 지었고, 기대를 갖고 긴장하던 이들은 맥이 빠진 얼굴이 되었다. 그녀의 말대로 그것은 그야말로 뻔한 사실이었기 때문이다.

왕(王) 자를 쓰는 사람에 하늘의 뜻을 안고 있는 이.

고려의 모든 황자는 당연히 그 성이 왕(王)이고, 이름이나 자에는 대부분 하늘이나 해를 의미하는 한자가 섞여 있었다. 지금의 황제 폐하만 해도 이름은 왕요였고 휘는 의천(義天), 아우인 왕소는 빛날 소(昭) 자를 쓰고 있었다. 그리고 여섯째 황자 왕욱은 아침 해 욱(旭)을 사용하고 있었다. 결국 고려의 모든 황자가 가능하다는 이야기였다.

황제가 나직하게 웃음을 터뜨렸다. 머리 나쁜 여인은 분명 아니었다.

"그럼 좀 더 구체적으로 물어야겠구나. 우선 내 아우의 미래부터 알아보자꾸나. 점괘를 풀어 보거라."

"다시 말하지만 저는 점을 보지 않습니다. 다만, 하늘과 땅의 기운을 읽어 내리는 것뿐입니다."

"뭐든 상관없다. 내 아우의 앞날을 읽어 보거라."

황제는 칼날처럼 단호했다. 황제의 목소리에 담겨 있는 희미한 경계심을 다른 사람은 몰라도 신율은 느낄 수 있었다.

황제는 아우라는 자를 경계하고 무서워한다. 도대체 그 아우라는 사람이 어떤 자이길래 황제를 위협하는 것일까. 혹시나 여섯째 황자인 것인가.

천천히 고개를 돌린 신율은 눈앞에 있는 낯익은 자를 발견하고 헉 하고 숨을 삼켰다.

그 사내였다. 납치하여 혼인하고, 돈을 주고 방을 빌려 준 자. 그리고 마지막에는 쫓기는 목숨까지 얼토당토않은 방법으로 구해 준 사내.

그런데 저 남자가 왜 저기 서 있단 말인가! 분명 황제께서 아우라 칭하였는데. 거기다 저 복장은 무엇이란 말인가.

다른 이에 비해 소박하기는 하였지만 분명 그것은 황실의 옷차림이었다.

설마, 설마, 아닐 것이다.

아닐 거라고 고개를 흔들었지만, 그녀는 바보가 아니었다.

맙소사! 그 거지꼴을 하고 다니던 자가 황자라고? 내가 도대체 무슨 짓을 한 거지? 제국의 황자를 납치해 혼인을 하다니. 그래서 그때 그렇게 잊으라 했던 건가?

제국의 황자에게 은자를 던져 주었으니 한참을 웃었겠구나.

아니, 어찌 내가 이런 실수를 한 것이지? 무릇 장사치란 자가 사람을 보는 눈이 이렇게 부족해서야.

너울에 가려져 있기에 망정이지 놀라 커다래진 눈으로 하얗게 질린 그녀의 얼굴을 본다면 누구나 무슨 일인지 의아스럽게 생각할 것이 뻔하였다. 신율은 저도 모르게 질끈 눈을 감았다.

잔뜩 긴장한 그녀의 어깨와 얼른 소매 속으로 감추는 떨리는 손끝을 바라보며 왕소의 눈썹이 살짝 모아졌다.

이름도 얼굴도 모르는 여인이었지만 그녀의 긴장을 알 듯했다. 그리고 그는 이 자리에서 그녀의 죽음을 보고 싶지 않았다. 그녀 또한 불쌍한 제국의 백성이었다.

"황제 폐하, 저는 제 미래 따위는 알고 싶지 않습니다."

"가만 있거라. 난 이번 일을 분명히 하고 싶다. 저자가 황자들의 마음을 어지럽히고 황실을 혼란스럽게 한다면 그에 마땅한 벌을 주어야 하지 않겠나."

무뚝뚝하여도 조심스러운 왕소의 언사에 황제는 대번에 일 갈하였으며 연회장에 모인 사람들은 술렁거렸다.

그것은 분명한 경고이며 위협이었다. 황제는 이 일을 빌미로 신율을 벌하고 싶은 것이다. 그리고 그 일을 핑계로 청해 상단의 재물을 탐내는 것이리라.

상황을 눈치챈 왕욱의 얼굴이 차갑게 굳어져 갔다. 심장이 무섭게 선득거렸지만 상단과 가장 가까웠던 황자인 그가 할 수 있는 일은 아무것도 없었다.

"무얼 꾸물거리는 거지? 어서 왕소의 미래를 읽어 보라."

황제와 동복인 아우. 고려의 가장 강력한 호족의 핏줄이나 자신의 가문에서조차 철저하게 견제받는 황자. 그래서 사람들은 저이를 저주받은 황자라 부른다지. 아마도 그에게 있어 남의 나라에서 납치당하여 강제로 혼인까지 하게 된 기억은 저주가 아니라 끔찍한 재앙이었으리라. 까맣게 잊어버린 이유를 알 것도 같았다.

신율은 남모르게 한숨을 내쉬었다.

오늘 황자를 납치한 죄에 대한 벌을 제대로 받는구나. 혼인까지 한 사내의 신분도 전혀 눈치채지 못한 나에게 그의 미래까지 알아보라니. 그녀가 할 수 있는 일인지 모르겠다. 하지만 신율을 노려보는 황제의 시선은 당장이라도 그녀를 끌어내라 명령하는 듯했다. 이 자리에서 죽지 않으려면 이제 무얼 해도 해야 할 때였다.

신율이 천천히 입을 열었다.

"할 수 없네요. 이왕 이리 됐으니 넷째 마마께서 생각하시는 한자 하나를 써 보세요. 한번 알아보죠. 마마의 미래가 어떤지."

쉬어 버려서 제대로 들리지 않는 신율의 어조에는 그다지 조급함이 없는 것처럼 들렸다.

벌써 포기한 것인가.

잠시 알 수 없는 눈빛으로 신율을 바라보던 왕소는 천천히 붓을 들어 펼쳐져 있던 비단 위에 글자 하나를 휘갈겼다. 자신의 이름은 빛날 소(昭)였다. 자 또한 일화(日華)였다. 같은 의미를 가진 글자를 고르리라. 저주받지 않고 어둡지 않은 글자를 골라야 그녀가 풀이하기도 쉬우리라.

하지만 왕소가 쓴 글자를 바라보는 신율의 얼굴에는 웃음기가 사라지고 없었다. 너울 속의 표정이 보이지는 않았지만 신율은 이 방에 들어온 후 처음으로 미간을 모았다.

光

빛 광이라.

비단 위에 쓰인 힘 있고 반듯한 문체를 한참 동안 바라보던 신율이 고개를 저으며 왕소를 바라보았다.

"마마, 항상 심기를 굳게 하시고 부처님을 섬기는 일에 소홀

함이 없도록 하십시오."

"그게 무슨 뜻이냐?"

성격 급한 황제가 먼저 물었다. 신율이 한 말의 의미를 깨닫지 못한 주변이 궁금증으로 소란스러워졌다.

"빛 광. 사람(人)의 머리 위에 불(火)이 있으니 어찌 그 머리가 제 역할을 하겠습니까."

"그렇다면 내가 미치기라도 한다는 뜻인가?"

희한한 풀이에 왕소가 황망해하며 피식 비웃음을 터뜨렸지만 신율은 한 치의 웃음기도 없이 진지하게 대꾸했다.

"그럴 수도, 아닐 수도 있습니다. 머리의 열기는 지나치면 광기(狂氣)가 될 수도 있고, 또한 몸을 상하게도 할 수 있습니다. 항상 조심하고 또 조심하셔야 합니다."

"별반 좋은 팔자처럼 들리지는 않는구나."

"좋지 않습니다."

신율이 딱 잘라 말했다. 누구인지 모르지만 별일 아닌 일에 참으로 쓸데없이 솔직한 여인이었다. 저를 죽이려는 상대 앞에서, 그것도 황제의 앞에서 그녀는 꽤나 당돌하고 용감하였다.

황제의 얼굴에 잠깐이지만 안도감이 스쳐 지나갔지만, 황제의 표정을 읽은 이는 오직 지몽뿐이었다. 황제의 얼굴에서 시선을 돌린 지몽은 물끄러미 너울을 쓴 여인을 바라보았다.

제 목숨을 구할 줄 아는 영리한 여인이었다. 현명한 황제라면 황자가 아닌 눈앞의 저 여인을 더 경계하여야 할 것이다.

하지만 황제에게는 오직 그의 아우들만이 우려의 대상이었다.

"열셋째 아우, 자네도 한번 골라 보지."

"저 또한 빛 광을 고르겠습니다."

역시 빛 광. 흥분한 사람들 속에서 혼자만이 딱딱하게 굳어진 얼굴을 하고 있는 왕욱을 슬쩍 바라본 왕원의 표정에 간사한 빛이 흘렀다. 모처럼 황제와 같은 마음이 되었다.

이 기회에 청해 상단을 없애 버린다면 참으로 좋을 것이다. 내가 갖지 못한다면 없는 것이 낫지 않겠는가.

열셋째 황자가 선택한 문자를 흘긋 바라보던 신율이 갑자기 입을 꾹 다물었다. 그리고 또 한참 침묵이 흘렀다.

"왜 말을 못 하는 것이지? 왜, 갑자기 입이라도 닫혔느냐?"

"사실대로 말씀드려도 되는 것인가 생각 중이었습니다."

"사실대로 말하거라."

조급한 마음을 누르고 황제가 건조한 목소리로 명하였다. 이제 연회장은 숨소리 하나 들리지 않을 만큼 조용해졌다. 그녀는 주위 사람들이 집중해서 들어야 할 만큼 아주 천천히, 그리고 더 나직하게 입을 열었다.

"열셋째 마마께서는 주변 사람들과 거리를 두셔야 할 것입니다. 제일 좋은 것은 출가를 하는 일인데, 마마의 성격상 그것은 어려울 듯하니 주변의 허황된 이야기에 절대 흔들려서는 아니 됩니다."

"어째서? 나도 넷째 황자처럼 미치기라도 한다는 건가?"

"아닙니다. 마마는 광인(狂人)이 되실 팔자는 아닙니다. 대신 불과 사람이 가까이 있으니 어찌 온전하겠습니까? 화기는 주변을 모두 태워 버릴 수 있습니다. 되지 않을 일에 휩쓸리다 보면 일을 그르칠 수도 있습니다."

무엇을 기대한 것도 아니지만 그렇다고 과히 듣기 좋은 말도 아니었기에 왕원(王垣)의 미간이 심통 사납게 일그러졌다. 무언가 넷째 황자의 경우와 같으면서도 다른 해석이었다. 이걸 어찌 이해하고 이 여인을 죽일 수 있을까를 고민할 때 황제가 입을 열었다.

"그럼 이번에는 내 차례다."

두 사람의 대화를 듣고 있던 황제가 붓을 집어 들자 신율은 너울 속에서 희미하게 미소를 지을 수밖에 없었다. 그녀는 황제가 어떤 글자를 선택할지 이미 알고 있었다.

光

역시 빛 광.

또다시 사람들이 웅성거렸고, 왕소는 아차 싶었다. 그의 얼굴이 어두워졌다. 얼굴도 모르는 이 여인이 어쩌면 오늘 죽을지도 모르겠다. 그리고 왕욱의 얼굴도 하얗게 질려 가고 있었다. 황제는 그를 대신해 그녀를 죽이려 하고 있었다.

앞선 두 아우와 똑같은 글자를 고른 황제의 눈빛이 번득였다. 득의만만한 황제의 눈빛과 염려가 가득한 두 황자의 시선을 한 몸에 받고 있는 신율의 표정은 별반 흔들리지 않는 듯했다. 찬찬히 황제가 쓴 글자를 바라보던 그녀가 감히 무엄하게 똑바로 고개를 들었다.

분명 너울 속에서도 황제의 눈을 마주 보고 있으리라. 사람들의 시선이 신율에게 쏟아져 내렸다.

"자, 내 운명에 대해서도 얘기해 보거라. 나도 미치광이가 되느냐? 아니면 머리 깎고 출가라도 해야 할까?"

미치광이가 될 것이라 대답한다면 황실과 황족을 능멸한 죄로 죽게 될지도 모른다. 그렇다고 입에 발린 이야기를 했다가는 거짓을 아뢴다는 이유로 역시 죽음을 면치 못할 것이다.

"황제 폐하께서 고르신 글자는 당연히 황제를 의미합니다."

황제를 의미한다. 서로를 바라보는 사람들 사이에 깊은 침묵이 내려앉았다.

이것이 용기란 말인가, 아니면 만용이란 말인가. 왕욱은 조바심이 일었고, 왕소의 시선에는 호기심이 가득했다.

저 여인, 보통이 넘는구나. 의외의 답변에 조금은 놀란 눈빛으로 황제가 신율을 쏘아보았다.

"지금 네가 내 앞에서 거짓을 고하는 것이냐? 내 아우들에게는 그리 말하지 않았다. 넷째와 열셋째, 그리고 나는 똑같은 글자를 선택했어."

"당연한 일이지요. 같은 날, 같은 시에 태어났다 해서 똑같은 운명을 살지는 않습니다. 같은 글자를 고르셨다 해서 똑같이 해석할 수는 없는 노릇입니다."

짐짓 버럭 소리를 지르는 황제에게 신율이 담담한 목소리로 대답했다.

전혀 일리 없는 답변은 아니었다. 넷째 아우와 열셋째 아우에 대한 해석은 분명 달랐다.

"어찌해서 난 황제를 뜻한다는 것이지? 아우들과 똑같은 광자였는데."

"빛 광은 사람 인(人) 변에 불 화(火)를 올려놓은 글자입니다. 사람의 머리 위에 빛을 올려놓는 자. 곧, 천자의 관을 의미합니다."

감정의 변화가 전혀 느껴지지 않는, 어쩌면 건조하기까지 한 신율의 설명에 사방이 조용해졌다. 그리고 금세 웅성거림으로 가득해졌다.

황제. 그는 황제였다. 그에게 맞춘 해석이라고 보기에는 분명 이해가 되는 뜻풀이였다. 황제가 지그시 그녀를 향하였다. 죽일 수 있는 구실이 사라졌다. 게다가 눈앞의 그녀는 황제의 불안한 마음 한 조각을 덜어내 주고 있었다.

"으흠, 네가 제법 재주가 있는 듯하나, 그래도 네 말을 전부 믿을 수 있을지는 모르겠구나."

"황제 폐하께서 믿으셔도 그만, 믿지 않으셔도 저는 그만입니다. 애초에 절 이곳에 부른 이유가 가벼운 문자 풀이에 있지는 않을 것입니다."

예상치 못한 당돌한 대꾸에 황제는 찬찬히 신율을 살펴보았다. 이번에도 그녀의 말이 옳았다.

"그럼 넌 내가 왜 널 이곳으로 불렀다고 생각하느냐?"

"글쎄요. 황제 폐하께서 제 한목숨이 탐이 나서서 오늘과 같은 자리를 마련하셨다고는 생각지 않습니다."

목숨이 탐난다? 그랬다. 황제는 신율의 목숨이 탐났고, 그의 뒤에 버티고 있는 상단의 재산이 탐났다.

슬쩍 비켜 가면서도 진실을 짚어 가는 신율로 인하여 황제의 얼굴이 점점 굳어졌고, 왕소의 표정도 사라지고 있었다. 묘한 여인이었다. 그냥 일어서면 될 일이건만 어째서 이렇게 토를 달아서 제 목숨을 위태롭게 부추기는 것일까.

"어째서 그렇게 생각하지?"

"황제 폐하께서는 불심(佛心)이 가득하신 분으로 알고 있습니다. 죄 없는 장사치를 살생하면서까지 주위를 경계하지는 않으실 것으로 믿기 때문이지요."

황제의 가시 돋친 추궁에도 불구하고 신율은 담담하였다.

이제 주위에는 바늘 떨어지는 소리도 들릴 것 같은 침묵이 감돌았다.

불심. 그것은 황제가 어쩔 수 없는 단어였다. 형님이었던 선황을 황제의 자리에서 강제로 몰아내고 개경의 병사들을 수없이 죽게 할 수밖에 없었던 지금의 황제는 언제나 부처님의 뜻을 두려워하고 부처님 모시기에 정성을 다하였다. 그런 황제의 약점을 상단의 여인은 정확하게 알고 있었다. 그리하여 앞으로도 쉽사리 자신의 목숨에 위해를 가하지 못하도록 황제에게 금단의 선을 그어 놓은 것이다.

신율과 함께 객잔으로 발걸음을 향하는 왕욱의 얼굴이 어두웠다. 아무래도 그의 행동에 문제가 있었던 듯했다.

이런 일이 있을 거라 생각했어야 했는데, 어찌 이런 실수를 하였단 말인가. 혹시나 누이인 황보부인이 사전에 손을 쓴 것인가? 아니, 그럴 리는 없을 것이다. 누이는 오히려 그가 상단과 가까이하는 것을 내심 기뻐하고 있었다. 또한 그의 누이는 황제와 손을 잡기보다는 숙부와 손잡는 일을 택할 사람이었다.

"괜찮으십니까?"

"네."

"제 탓입니다."

왕욱이 가볍게 입술을 깨물었다. 황제가 이런 식으로 공격을 할 것이라는 생각은 미처 하지 못하였다. 하기는 황제가 보통 사람이었는가. 어떻게 황제가 되었는가.

"황제 폐하가 이렇게 날 경계하리란 생각은 하지 못했소."

"당연하지 않겠어요. 아우님들이 다 대단하신 분들이니. 그보다······."

신율은 자신이 만났던 황제의 표정을 떠올리며 잠시 미간을 모았다. 황제의 위엄이 분명히 느껴지는 용안이었다. 하지만 지나치게 번득이는 황제의 눈빛이 자꾸만 마음에 걸렸다. 황제는 분명 독에 중독되어 있었다.

"또 무슨 문제가 있습니까?"

"아니요. 아닙니다. 제가 오늘 황제 폐하를 처음 뵙고 나니 정신이 없어서 그렇습니다."

황제의 증세는 그녀가 입에 담을 수 있는 일이 아니었다. 장사치는 정보를 얻되 함부로 입을 열어서는 안 되었다.

"말씀은 그리하셔도 가지고 계신 재주가 실로 대단하신 것 같습니다."

"그렇지도 않습니다."

"그래도 놀라운 솜씨였습니다."

살랑살랑 고개를 흔드는 신율을 바라보며 왕욱이 감탄한 듯 말했다.

"잊으신 것 같지만 제가 맞춘 것이 없지 않습니까?"

"맞춘 게 없다니······."

빙긋 웃는 신율의 대답에 왕욱이 정색을 하며 말했다. 오늘 그녀가 읊은 이야기는 앞으로 황실과 대신들 사이에서 내내 오르내릴 것이 분명했다.

"황제 폐하나 황자마마들이 놓치신 게 있습니다. 제가 맞춘 것은 그저 황제 폐하의 지금 위치뿐입니다. 나머지는 그저 말장난일 뿐이지요."

그랬다. 그저 그녀는 세 치 혀로 당장의 위기를 모면한 것뿐이었다.

"사람의 앞일을 누가 압니까. 제가 그걸 알았으면 처음부터 고려에는 얼씬도 하지 않았을걸요."

가볍게 어깨를 으쓱이는 그녀의 표정에는 쓴웃음이 가득했다. 사실 일부러 그랬다. 대놓고 잘난 척하지 않았으면 그 자리를 빠져나오지 못했을 것이다. 그리고 그렇게 해야 앞으로 다른 황자들이나 공신들이 쉽게 접근하지 못할 것 같았다.

오늘 일로 청해 상단은 내내 시끄러워질 일만 남았다. 신율은 어서 만날 이를 만나고 이곳 개경을 떠야겠다고 생각했다.

황제가 베푼 연회는 신율이 자리를 떠나자 바로 끝이 났다. 다들 오늘 모임에서 본 신기하고 해괴한 이야기를 옮기고 싶어 안달이 날 지경이었으니 이상할 일도 아니었다.

"왕소야, 너는 어떻게 생각하느냐."

"영리한 여인입니다. 하지만 위험한 이는 아닌 듯합니다."

황제의 질문에 왕소는 애써 덤덤하게 대답했다.

"그래. 나도 그렇게 생각한다."

황제가 순순히 고개를 끄덕였다. 어쨌거나 그녀는 황자들 어느 누구도 다음 황제가 될 것이라는 이야기를 입에 담지 않았다. 하지만 그렇다고 다 해결이 난 것도 아니었다.

그녀는 여전히 재물 많은 상단의 사람이었고, 황자들은 벌이 꽃에 꼬이듯 청해 상단 주위를 맴돌 것이 분명했다.

"그래도 개운치 않구나. 왕소야, 네가 상단의 단주에 대해서 알아보거라."

황제의 명을 받은 왕소가 허리를 숙였다.

청해 상단. 진작부터 들러 봐야겠다고 생각했었다. 그곳의 단주가 어떤 재주를 가지고 있는지는 모르겠지만 오늘 그 여인은 스스로 제 목숨을 구할 수 있을 만큼 영리했다.

모두들 놓친 듯하지만 오늘 그녀가 제대로 답한 것은 오직 황제의 지위뿐이었다. 그 외의 질문에 대한 대답은 그 누구도 알 수 없는 미래의 것이었으며, 그래서 지금 당장 확인할 수도 없는 것들이었다.

그녀가 오늘 그들에게 알려 준 것은 오직 빛 광을 해석해 내는 말재주뿐이었다. 그것들은 진작에 세간에 소문이 나 있는 황자들의 성격만으로도 충분히 답할 수 있는 것들이었다.

게다가 그녀는 황실의 그 무서운 분위기에도 제압당하지 않았고, 보이지 않는 압박 속에서도 흔들리지 않게 답을 비껴 갈 수 있을 만큼 머리가 좋았다. 그것도 지나치게. 사실 그것만으로도 충분히 위험할 수 있는 여인이었다. 하지만 마음속 생각까지 아뢰게 되면 황제가 괜스레 여인을 경계하여 혹여나 그녀가 애꿎은 죽음을 당할지도 모를 일이었다. 그러니 그녀가 정말 위험한 사람인지는 그가 직접 찾아보고 알아봐야 할 것이다.

신율이 객잔으로 안전히 들어간 것을 확인하고 돌아서는 왕
욱은 한참 동안 생각에 잠겨 있었다.

오늘 경연에서 승리를 한 자는 분명 자신이었다. 하지만 이
불편한 뒤끝은 뭐란 말인가. 경연에서의 승리의 기쁨은 진작
에 사라진 지 오래였다. 신율을 그 지경으로 만든 것에도 책임
감을 느끼지만 그보다 더더욱 신경 쓰이는 일이 있었다.

이번 청해 상단의 일은 황제가 작정을 하고 그와 다른 황자
들에게 경고한 것이리라. 상단을 가까이 하지 말라는. 그거야
분명 있을 수 있는 일이었다. 하지만 그의 신경을 잡아 긁고 있
는 사람은 다름 아닌 왕소였다. 안 그래도 진작부터 의심스럽
다고 느끼고 있었다. 그래서 서경에 있는 숙부의 뜻에 따라 순
순히 그에게 사람을 붙이고 그의 행동을 주시하고 있었다.

왕소가 정말 조의선인의 수장이었다면 지난번 공격에 상처
를 입었을 것이 분명했다. 그랬다면 오늘 같은 활 솜씨는 절대
나오지 못했을 것이다.

그렇다면 그의 정체는 무엇일까. 정말 아무 욕심이 없어서
저렇게 한량처럼 세상을 떠도는 것일까. 아니, 도대체 무엇을
하고 다니는 것일까. 한 가지 확실한 것은 그가 기루에서 여자

만 밝히는 황자는 절대 아니라는 점이었다.

자신의 아내도 제대로 품지 못하는 사내가 여자를 밝힌다라. 그거야말로 웃긴 일이지. 그것이 아니라면…… 혹시…….

그의 얼굴이 잠시 굳어졌다. 아무래도 오늘 넷째 형님을 만나야겠다고 결심한 왕욱의 발걸음이 빨라졌다.

개경에서 가장 유명한 기루인 월향루는 오늘따라 분주했고, 기녀들은 설렘에 어찌할 바를 몰랐다. 왜 안 그렇겠는가. 제국의 황자마마 중에 가장 잘났다고 소문난 두 황자가 서로 마주하고 있으니. 그 귀한 용모와 자태만으로도 월향루는 빛이 나고 있었다.

"형님, 인사 올립니다. 아까 경연장에서는 경황이 없어서 제대로 인사를 못 했습니다."

"상관없네. 그 정도면 충분했으니."

무정함이 뚝뚝 떨어지는 대답이었다. 도대체 무엇이 충분하다는 뜻인가.

오늘의 경연이? 아니면 본인의 실력이? 혹은 그의 인사가?

왕욱은 화살 자국이 선명하던 과녁을 떠올렸다. 사각의 정확한 꼭짓점을 꿰뚫었던 화살. 그것이 우연일 리도 없었지만 온전한 실력이라고 선뜻 믿겨지지도 않는다. 우연인지 실력인

지 무엇 때문에 감추고 있는 것인지. 그 이유를 확인할 수 있
는 좋은 때가 왔다.

"자네가 월향루에 들르다니. 누이가 꽤나 놀라겠소."

"저라고 여인을 모른 척하겠습니까?"

누가 뭐래도 잘난 용모만큼이나 반듯한 언행으로 소문이 난
왕욱이었다. 귀한 외모는 물론이거니와 살아 있는 부처님이라
할 만큼 자상했고 흐트러짐 없는 몸가짐으로도 유명했다.

"형님도 이제 개경에서 자리를 잡으셔야 하지 않겠습니까."

"개경에는 재미있는 일이 없어서."

그것은 진심이었다. 사람도 많고 볼거리도 많고 먹거리도 흔
했지만 그에게 개경은 탐욕으로 혼란스럽고 어리석음으로 가
득한 피곤한 장소였다.

"재미있는 일을 만드셔야 하지 않습니까."

"그러는 자네는 재미있는 일이 있는가?"

왕소가 새삼스럽다는 듯 물었다. 왕욱이야말로 가문의 가르
침대로 황좌를 향한 야심의 끈을 놓지 않고 있지 않은가. 혹
여 그것이 재미있다는 것일까. 그 피비린내 나는 황실에서 평
생을 사는 일이 무엇이 욕심나는지 왕소로서는 이해가 되지
않았다.

"저는 드디어 마음에 드는 여인네를 발견한 듯합니다."

"마음에 드는?"

뜻밖의 대답에 왕소가 마시던 술잔을 내려놓았다.

여자라, 이 녀석이?

왕소만큼이나 왕욱 또한 어느 여인에게도 덤덤했었다. 들리는 말에 의하면 그가 은애하던 여인이 아바마마의 후궁이 되었다는 이야기도 들리지만 그것이 사실인지 아닌지 한 번도 신경 써 본 적이 없던 왕소였다. 아니, 그보다 놀라운 것은 지금 왕욱이 자신의 속내를 처음 드러내고 있다는 것이다.

"네. 아무래도 제 인연인 거 같습니다."

"태산 같은 여섯째 황자의 마음을 가져간 여인이 누군지 궁금하구려."

"궁금하셔도 좀 참으셔야 합니다. 지금은 감춰 두고 저만 보고 싶으니까요."

진심으로 중얼거리는 여섯째 황자의 얼굴에 잠시 홍조가 지나갔다. 그것은 꽤나 예상 밖의 일이었다.

황제의 동복아우인 왕소와 황제의 자리를 노리는 왕욱은 결코 친한 사이가 될 수 없는 관계였다. 그런데 오늘 왕욱이 무슨 의도에서인지 그의 마음 한 조각을 내보여 주고 있다. 그리고 그의 고백이 무언가 묘하게 왕소를 자극하고 있었다.

아낀다. 아끼는 사람. 그에게 아끼는 사람이 있었던가. 그를 아끼는 사람은 있었던가. 아끼기는커녕 모두들 그를 죽이지 못해 안달이었다. 아, 그러고 보니 그의 목숨을 자진하여 구해 준 이도 있었구나. 도무지 어디에 숨어 있는지 찾을 수 없지만 소동은 그를 위해 준 유일한 이였다.

"제 이야기는 그만하겠습니다. 그보다…… 오늘은 참으로 아까웠습니다."

"그런가."

조금은 화기애애하던 방금 전과는 싹 달라진 어조로 왕소가 고개를 끄덕였다.

"하기는. 원하시는 과녁을 맞혔으니 아까운 건 아니겠지요."

"그럴 수도."

왕소가 간단하게 고개를 끄덕였다. 왕욱의 어중간한 미끼에 왕소는 조금의 표정 변화도 없이, 그리고 어떠한 부정도 없이 짧게 그의 말을 수긍하고 있었다. 처음부터 그는 자신의 실력을 숨길 생각이 없었던 모양이었다. 또한 그 경연에 참여할 마음도 없었음이 분명했다.

왠지 오늘 경연에 모든 것을 미친 듯이 쏟아부었던 자신이 우스워지는 기분에 왕욱은 입술을 꾹 다물었다.

"형님."

잔에 가득히 술을 따르던 왕욱이 나직한 목소리로 왕소를 불렀다. 단번에 술잔을 비운 왕소가 고개를 들어 왜 불렀느냐는 듯한 시선으로 그를 향했다.

황보 가문은 원래 인물 좋기로 소문난 집안이었다. 하지만 왕소 또한 어디 빠지지 않을 만큼 반듯한 외모를 가지고 있었다. 왕욱에 비해 왕소가 세상 사람들 입에 그리 오르내리지 않는 이유는 황자의 짙은 눈빛에 미소가 담기는 일도, 꾹 눌러 닫힌 붉은 입술이 느슨해지는 경우도 흔치 않기 때문이었다. 제대로 웃음 한 번 주지 않은 사내인데도 다녕은 왜 자신이 아닌 그를 선택한 것일까.

"형님은 아무 욕심이 없으십니까?"

"난 부처가 아니네."

"그럼 무엇이 욕심나십니까?"

"흠."

호기심 어린 왕욱의 질문에 술잔을 턱하니 내려놓은 왕소가 불만 섞인 짧은 호흡을 내뱉었다. 순간 그의 미간이 잠시 모아진 듯도 했다.

아마도 계집은 아니겠지. 그는 저만을 쫓는 다녕의 시선조차 관심이 없었다. 왕소를 바라보는 다녕의 눈빛을 볼 때마다 그의 가슴 한구석은 무너지고 있었지만 왕소는 아무 생각도 없어 보였다. 차라리 다녕에게 마음 한 조각이라도 주었다면 원망이라도 하였을 것이다. 왕소는 끝까지 다녕에게 무심하였다.

차라리 저를 좋아하는 사람을 바라볼 것이지. 차라리 저를 옆에 둘 수 있는 사람에게 마음을 줄 것이지. 왜, 왜, 저 사내란 말인가. 저의 눈물 한 방울만으로도, 미소만으로도 어쩔 줄 몰라 하던 내가 아닌, 왜 하필 저 사내란 말인가.

또 한 번 마음이 꼬여 간다.

술이 꽤 오간 듯했다. 밤도 깊어졌건만 왕욱은 일어날 생각이 없었고, 왕소는 이제 슬슬 지루해지기 시작했다. 차라리 아끼는 여인 이야기를 한 번 더 듣는 쪽이 덜 뻔할 듯하였다.

"이만하면 술은 충분히 마신 거 같으니 뱅뱅 돌리지 말고 궁금한 걸 말해."

"형님은 황제가 되고 싶지 않습니까?"

"황제라……."

단숨에 술잔을 비운 왕소가 무심히 중얼거리며 피식 하고 낮게 비웃었다.

너도냐. 황주가에서도 이제 발톱을 내미는구나. 왕요 형님이 그렇게 황제가 되었으니 오히려 본색을 드러내는 시간이 늦은 것이리라.

"아우, 마음에 드는 여인을 만나더니 자네는 그새 무서운 게 없어졌나 보군."

"솔직한 말씀을 드리는 것입니다. 지금 황제 폐하께서 저리 무력하시고 후사인 경춘원군(慶春院君)은 아직 한참 어립니다. 무슨 변고가 있으면 뒷일을 책임질 사람이 필요하지 않겠습니까?"

"그럴 수도. 하지만 그것이 자네나 나는 아닐 터이니 쓸데없는 생각은 아예 하지를 말게."

그것은 나도 아니지만 너도 아니라는 확고한 단언이었다. 이러면 떠보는 쪽에서도 오기가 생길 수밖에 없다. 고려의 모든 황자가 목을 매는 자리에 관심이 없다는 말을 왕욱은 결코 믿을 수가 없었다.

"형님께서 황상에 오르고자 하신다면 우리 황주 가문에서 도울 수 있을 것입니다."

이번에도 왕소가 슬쩍 웃어 보였다. 표정으로 봐서는 웃는 것이 아니었지만 일단은 입꼬리가 비틀리는 형상으로 보건대 분명 웃음이었다.

"이거 어쩌나. 난 황제의 자리에는 관심이 없는데."

"절 상당히 경계하시나 봅니다. 하지만 누가 압니까. 형님에게도 기회가 생길지."

"난 기회 따위 필요 없네. 그런데 자네가 하나 놓치고 있는 게 있는데……."

이제는 꽤나 귀찮아진 왕소가 느릿하게 말을 끊고는 왕욱을 똑바로 주시했다.

"행여라도 내가 황제의 자리를 욕심낸다면 누구의 도움도 아닌, 내 힘으로 할 것이야."

단순한 왕소의 답변에 왕욱은 저도 모르게 실소가 새어 나왔다. 이런, 생각보다 왕소 황자는 정말이지 순진한 사람이구나. 아니면 아무 생각도 없이 살아가던지.

"그것이 현실적으로 가능하다 생각하십니까?"

"아우는 왜 황제가 되려 하지?"

"제 것을 놓치고 싶지 않기 때문이지요."

왕욱이 순순히 대답했다. 다시 마음에 담아 둔 누군가를 그보다 더 많은 권력을 가진 자에게 빼앗기기 싫었다. 그 상대가 비록 아바마마라 할지라도.

"그렇다면 더더욱 혼자 힘으로 그 자리를 노려보게. 황제의 힘은 본인한테서 나오는 것이지 주변에서 나오는 것이 아니야."

"저는 생각이 다릅니다. 황제는 절대 혼자 힘으로 올라갈 수 있는 자리가 아닙니다. 지금 황제 폐하만 해도 서경의 숙부님이 없었다면 불가능했을 것입니다."

"그래서 황제께서 저리 고생하시는 거고, 그래서 자네들이 그리 황제 폐하를 우습게 아는 것이고. 아닌가?"

왕소의 대답에 왕욱의 얼굴이 굳어졌다. 이 사람, 지금 무엇을 말하는 것인가. 그는 경연 때와 마찬가지로 정확하게 원하는 과녁을 꿰뚫고 있었다. 조금도 피하지 않고 황자들의 반역을 제대로 공격하고 있었다.

"세상에 공짜는 절대 없어. 자네가 도움을 받았다면 그 도움에 상응하는 무언가를 내줘야 할 걸세. 그리고 그자는 아마도 자네가 가장 중요하다고 생각하는 것을 원할 것이네. 그게 자네의 목숨이라면 그것이 가장 싼 대가일 거야."

할 말을 마치고 단번에 술잔을 비우는 왕소는 정말이지 무표정한 얼굴이었다. 하지만 무엇보다 폐부를 찔러 대는 충고였다. 왕욱의 얼굴이 일그러졌다.

이 사람이 이런 생각을 하고 있었단 말인가. 하지만 혼자 힘으로 황제가 된다라. 그것이 이 고려에서 과연 가능할 것인가.

"그럼에도 불구하고 형님께서 황제가 된다 마음먹는다면 무엇 때문에 그런 선택을 하실 것입니까?"

꽤나 집요한 질문에 왕소가 가볍게 혀를 찼다.

여섯째는 머리가 나쁜 녀석이 아니었다. 여러 아우 중에서도 유독 그가 황제를 위협하는 존재로 성장한 것은 단순히 강한 호족의 핏줄이어서가 아니었다. 그는 영리하였고 뛰어난 재능을 가지고 태어났으며 부처님같이 선량한 미소 안에 굳건한 심지를 가지고 있는 황자였다.

"내 것을 지키기 위해서겠지."

제국의 영토와 그 땅 안에서 살고 있는 내 사람들의 안위를 지키는 일. 그것을 위하여 황제의 권력이 있고 위엄이 필요한 것이다.

"내 것? 어차피 황제가 된다면 천하가 모두 형님의 것이 될 터인데요?"

"모르는 소리. 천하는 절대 한 사람의 것이 될 수 없는 법이네."

느릿하지만 왕소의 말은 단호했다. 뭐라 더 말을 붙일 수 없을 만큼 냉정한 눈빛으로 자신을 바라보는 왕소를 보며 왕욱은 더 이상 입을 열 수가 없었다.

그리고 그날 밤 왕욱은 쉬이 잠들지 못했다. 왕소가 던진 경고가 머릿속을 내내 가득 채우고 있었다.

군권을 가진 숙부 왕식렴의 도움 없이 혼자만의 힘으로 과

연 황제가 될 수 있을까. 그것은 불가능한 일이었다. 그렇다면 무언가를 내주어야 할 것이다. 황제가 되기 위해 그에 상응하는 대가. 목숨보다 귀한 것이 무엇일까.

왕욱과 상관없이 왕소 또한 깊은 생각에 잠겨 있었다. 황제의 자리보다 그를 더 궁금하게 하는 것은 상단의 그 여인이었다. 황제 앞에서 그렇게 당당한 사람은 흔치 않았다. 그리고 그렇게 교묘하게 빠져나갈 수 있는 이는 더더욱 없었다.

빛 광.

전혀 짐작할 수 없는 단 한 글자만으로 그녀는 자신의 목숨과 상단을 구해 냈다. 그리고 존재만으로도 그녀는 빛이 나고 있었다.

어찌 생겼는지 모르는 여인. 감기에라도 걸렸는지 잔뜩 쉬어 버린 목소리였음에도 그녀는 명쾌하였고, 거리낌이 없었으며, 무엇보다 황제 앞에서 비굴함이 없었다. 왕소는 너무도 가볍게 위기를 벗어난 여인이 궁금해서 미칠 지경이었다.

第 9 章

불공평한

보고 싶었다

황제의 모임이 있은 후 청해 상단은 더더욱 몸을 사리고 있었다. 모든 황자들의 청첩(請牒)을 정중하게 사양하였고 호족이나 공신들이 베푸는 연회에도 참석을 자제하는 기색이 역력하였다. 역시나 예상대로 청해 상단의 장사치들은 멍청하지 않았다. 하지만 이 와중에도 당당하게 청해 상단을 방문하겠다고 이른 자가 있었다. 그것은 바로 왕소 황자였다.

　"마마, 청해 상단의 벽은 금으로 장식되어 있다 합니다."

　"서역에서 온 보석도 붙어 있답니다."

　"그리고…… 여기 단주라는 양반은 앞날을 보는 재주가 귀신같아서 아주 돈을 긁어모은답니다."

　황자를 따라나선 길복이 잔뜩 신이 나서 계속하여 저 혼자 중얼거렸지만 언제나처럼 황자의 표정은 무심한 듯 변화가 없었다. 하지만 상단을 향하는 왕소의 눈빛은 호기심으로 반짝였다.

단주는 모르겠지만 그 단주의 아우라는 여인의 솜씨는 그가 직접 확인하였다. 사실 소문으로 들은 단주라는 이보다 직접 만난 그 여인이 더 궁금했다.

이곳에 그때 그녀가 있단 말이지?

기와가 높이 올라간 청해 상단의 지붕 밑으로는 돌 벽으로 쌓은 긴 담벼락에 대나무 울타리가 객잔을 둘러싸고 있었다.

급하게 나와 황자를 접대하는 청해 상단의 단주라는 남자는 기녀들이 혹할 만큼 훤칠한 외모에 사람 좋은 미소를 하고 있었다. 옷차림 또한 장사치로 보이기보다는 오히려 귀한 집 자제에 더 어울리는 행색이었다. 하지만 지나치게 밝은 모습은 그를 꽤나 가벼운 이처럼 보이게 하고 있었다.

이런 사람이 고려를 뒤흔들고 중원에까지 세력을 확장하고 있는 상단의 단주란 말인가. 왕소의 눈빛이 묘하게 일그러졌다. 무언가 그가 생각했던 상대와는 다른 사람이었다.

"아이구, 이곳까지 오시다니 제가 몸 둘 바를 모르겠습니다."

"오면 안 되는 곳이었나?"

주인의 허락도 없이 턱하니 상석부터 차지하고 앉은 황자는 삐뚜름한 표정으로 양규달을 노려보고 있었다.

"무슨 그런 서운하신 말씀을 하십니까. 진작에 찾아뵙지 못하여 제가 송구스럽습니다."

"결국 내가 먼저 여기를 들른 것을 보면 지금 인사는 입에 발린 이야기 같구나."

까칠한 왕소의 언행에도 양규달은 침착함을 잃지 않았다.

신율이 그러지 않았는가. 원래 황족이란 사람들은 까칠하고 밥맛없다고. 하여튼 아우 말은 틀린 적이 없었다.

"마음이야 한걸음에 인사를 올리고 싶었으나 전 상단의 사람 아닙니까. 가벼운 장사치가 황자마마 근처에 얼씬거리면 사람들 입에 오르내릴 것이 우려되었습니다."

꽤나 여우 같은 답변이었다. 그리고 꽤나 영리한 답변이기도 하였다. 잘도 피해 나가는구나. 그래, 고려 최고의 장사치라면 이 정도 변죽은 있어야 할 것이다.

"자네 아우는 어딜 간 모양이지?"

"네. 누이는 오늘 남대가에 잠시 들렀습니다. 가끔씩 나가서 상전(商廛)을 살피는 것도 저희 일인지라…… 하하하."

"그래? 그 아우를 보러 왔는데 기다려야 하는 건가."

그날 황실에서 무슨 일이 있었는지 양규달도 귀가 있으니 전해 들은 이야기가 있었다. 그리고 그날 이후, 몰래 신율을 찾는 이가 늘고 있었다. 하지만 이렇게 대놓고 아우를 찾고 기다리겠다고 하는 황자는 또 처음이었다.

이 황자 역시 신율을 책사로 원하는 것일까? 하지만 그래 봤자 그들이 내놓을 수 있는 대답은 언제나 한 가지였다.

'가문의 영광이기는 하나 미천한 자라 황실의 일에 관여를 하고 싶지 않습니다.'

더 이상은 답을 했다가는 상단이 아니라 그들의 목숨이 날아간다 신율이 말하였다. 그러니 조심에 조심을 더해도 모자람이 없었다. 바짝 긴장한 양규달은 애써 까다로운 황자를 향해 웃어 보였다.

"오늘은 좀 늦을 거 같습니다."

"그럼 다음에 올 때 만나야겠군. 다른 황자들도 나처럼 이렇게 기다리게 하는 건가?"

"아이고, 무슨 말씀을요. 그저, 황자마마들과 사소한 거래를 하는 것뿐입니다. 저희 상단이 가지고 있는 물건들은 제법 괜찮습니다. 그러니 찾아 주시는 분들이 있는 것이지요."

양규달은 점잖게 말을 끝냈다.

이만하면 아우가 시킨 대로 아주 잘한 것 같았다. 그나저나 우리 여동생은 참으로 똑똑하였다. 어찌 왕소 황자의 속내를 그리 잘 아는지, 그녀가 일러 준 것이 모두 황자의 입에서 튀어나왔다. 덕분에 그는 아주 똑똑한 사람이 된 것 같은 기분이었다. 마치 여동생처럼 말이다.

"흠, 그중에서 어떤 황자와 제일 친밀한 관계이더냐."

황자의 질문이 점점 까다로워지고 있었다.

"저희 청해 상단 사람들은 항상 황자마마님들을 존경하고 있습니다. 저희 같은 미천한 것들이 어느 분과 특별히 친하고 어느 분을 또 멀리하겠습니까."

삐질삐질 땀을 흘리면서도 양 단주는 제법 상황을 꾸려 나가고 있었지만, 웃음조차 짓지 않는 황자가 행여나 무슨 어려운 질문을 더 할까 싶어 안절부절못하고 있었다.

"그 말은 황제 폐하의 사람이 되겠다는 뜻인가?"

"고려에 황제 폐하의 사람이 아닌 이가 누가 있겠습니까? 청해 상단 또한 고려와 황실, 백성을 위해 최선을 다할 것입니다. 그것이 곧 황제 폐하와 황자마마의 뜻이 아니겠습니까?"

양씨는 미소를 잃지 않고 천천히 기억을 되살려 차근차근 대답을 하였다.

이 황자는 대단하구나. 신율이는 어지간한 사람이 아니라면 이런 대답까지 준비할 필요가 없을 것이라 말하였다.

그러고 보니 이런 질문을 하는 자는 웬만하면 다시 만나지 말라 하였다.

상단을 한입에 먹어 버릴 수도 있다고 경고한 신율의 말이 퍼뜩 머릿속을 스치자 갑자기 양씨는 목이 말라 왔다.

이 황자가 언제 일어나려나. 그렇지. 이럴 때는 그저 강명을 찾으라 했었다.

양씨가 급히 강명을 부르려 할 때 꼼짝하지 않을 것 같았던 황자가 몸을 일으켰다.

오오, 간다, 가. 얼른 마중을 하고 문을 닫아 걸어야겠다.

"이렇게 와 주신 것에 상단의 이름으로 감사드립니다."

"감사할 거 없네. 그 대신……."

그 대신이라는 말에 양규달은 꿀꺽 침을 삼켰다. 차라리 감사함을 받아 주시고 그냥 가 주시면 좋을 텐데, 황자는 순순히 일어날 생각이 없는 모양이었다.

"마지막으로 궁금한 게 있는데…… 단주는 사람을 사 본 적이 있으시오?"

"그야 물론입니다."

이런 질문에 대한 답은 신율이 알려 주지 않았지만 이 정도 대답은 양규달 스스로도 할 수 있다 믿었다.

"사람으로 최고의 이문을 남길 수 있는 장사도 해 본 적이 있으시오?"

"원래 장사는 사람이 하는 것 아닙니까. 그리고 장사치는 항상 최고의 이문을 남기는 게 목적입니다."

황자의 마지막 질문에 양씨가 '허허' 하고 웃음을 터뜨렸다.

별 싱거운 사람 다 보았다. 넷째 황자가 얼굴은 멀쩡히 잘생긴 듯하였지만 머리는 좀 떨어지는 모양이었다. 하기는 세상에 다 가진 사람이 있으려고. 괜한 걱정을 한 모양이었다. 조금은 거만해진 양씨의 대답에 황자가 고개를 끄덕이며 천천히 몸을 돌렸다.

왕소는 상단을 나서며 피식 쓴웃음을 지었다. 역시나 상단에서 책사 역할을 하는 이는 그 누이인 것이 분명했다. 오늘 만난 양규달이 상단의 단주라는 사실이 아무래도 이상했다.

물론 그는 현명해 보였고 요령 있게 칼날을 피해 가는 재주도 있는 듯했다. 하지만 딱 그것뿐이었다. 그저 겉으로만 그렇게 보이는 것. 청해 상단의 단주는 왕소의 모든 질문에 막힘없이 대답했고 황실의 문제에 대해서는 교묘하게 비켜 나갔다. 그런 재주는 사실 그를 노련한 장사꾼으로 보이게 하였다. 그런데도 불구하고 입에 발린 그의 어조와 흐릿한 눈빛에 왕소는 의심을 거둘 수 없었다. 마치 작정하고 외운 것을 보는 듯한 느낌이었다. 왕소의 눈에 그의 재주는 희한하게도 얇고 박해 보였다.

사람으로 최고의 이문을 남기는 장사. 그것은 황제가 될 자를 찾는 것이었다. 그런데 항상 이문을 남긴다라. 말귀를 못 알아들은 것이 분명했다.

아니면 모른 척한 것일까. 하지만 그러기엔 말이 많았다. 설마 누이 혼자 힘으로 상단을 운영하고 있는 것일까?

"마마, 상단의 내실에는 금이 장식되어 있었습니까?"

"글쎄다."

"아니, 그것을 보고 오셨어야죠. 그래야 제가 나가서 얘기를 할 거 아닙니까?"

객잔에 방치되어 있던 길복이 답답하다는 듯 중얼거렸지만 황자는 무슨 생각에 잠겨 있는지 대꾸도 하지 않았다.

내실의 금장식 따위는 중요한 것이 아니었다. 그곳의 사람들이 수상했다. 아무래도 개운치 못한 감정에 왕소는 뒤돌아 객잔을 바라보았다. 눈앞에 들어온 광경에 왕소의 눈이 커졌다. 낯익은 자를 발견한 것이다.

그에게 은전을 건네주고 그의 목숨까지 구해 준 그 건방진 소동이었다. 신율이 잠시 전 그가 나왔던 객잔을 향해 똑바로 걸어가고 있었다. 오늘도 시꺼먼 옷을 챙겨 입은 녀석이 소동을 뒤따르고 있었다.

상점을 둘러보고 온 신율은 조금 빠른 걸음으로 객잔을 향하였다.

여섯째 황자가 중원에서 온 귀한 서책을 준비하였다고 일러 왔었다. 그리고 흔치 않은 화초도 보낸다 하였다. 지난번 황제 앞에서 그 소동을 겪은 후부터 여섯째 황자는 상단을 방문하지 않고 있었다. 오늘도 잠시 별채에만 머물겠다고 전해 왔다. 그것은 아마도 그녀를 위한 배려일 것이다.

서책이 보고 싶은 것일까?

아니면 화초가 궁금한 것일까?

그도 아니면 여섯째 황자가……?

신율은 생각을 멈추고 피식 하고 미소를 지었다. 그저 따뜻하고 좋은 사람인 것일 뿐이어야 했다. 더 이상의 인연은 서로에게 좋지 않은 일이었다.

그나저나 얼른 의복부터 제대로 갖추어야 했다. 저잣거리에
나설 때는 남색이 편한지라 사내 옷을 입고 다니는 것이 보통이
었지만 그래도 이대로 왕욱과 마주할 수는 없는 노릇 아닌가.

조금 더 빨라지던 걸음은 누군가 팔을 잡아당기는 탓에 멈
추었다.

뭐지?

확 하고 돌아선 신율의 눈앞을 넷째 황자의 커다란 몸이 막
고 서 있었다.

아니, 이 사람이 왜 여기서 이러고 있는 것일까. 왜 하필이
면 이곳에, 이 시간에.

예기치 않은 마주침에 신율의 눈이 놀라움으로 동그래졌다.

"뭡니까?"

"보고 싶었다."

"네?"

보고 싶었다니, 이 무슨 해괴한 말이란 말인가.

우리가 얼마나 친했다고 그가 날 보고 싶었다고 첫 인사를
한단 말인가.

"보고 싶었다. 꽤나 열심히 너를 찾아다녔구나."

그래, 보고 싶었다.

분명 요 조그맣고 맹랑한 녀석이 그리웠다.

처음 생각한 인사는 그것이 아니었을지도 몰랐다. 아니, 사

실 뭐 인사까지 차릴 사이도 아니었다. 하지만 이렇게 마주하고 있으니 분명 그는 자신의 마음을 확인할 수 있었다.

"사람을 잘못 보신 건 아니구요?"

"설마. 나와 단둘이 밤을 지낸 사람을 내가 잊을 것 같으냐."

남들이 들으면 오해할 말을 아무렇지도 않게 내뱉은 황자가 동그래진 눈으로 자신을 향하고 있는 신율을 잡아끌어 객잔의 문을 열어젖혔다.

아직 끼니때가 아니어서인지 객잔은 한산해 보였다. 장사치들로 보이는 몇 명이 모여 앉아 술을 건네고 있었고 또 한쪽에서는 남녀가 다정하게 찻잔을 주고받고 있었다.

그 사람들을 지나 창가의 한적한 곳으로 간 황자는 신율의 앞에 자리를 잡고 앉았다.

"황자마마, 이것은 좀 지나치십니다."

불퉁한 그녀의 중얼거림에 왕소의 눈썹이 치켜 올라갔다.

마마라. 흠, 이 녀석은 그의 신분을 알고 있었다.

어찌 알고 있는 것일까.

왕소는 신율을 찬찬히 바라보았다. 두어 달 만에 다시 만난 신율은 여전히 화려한 옷차림이었지만 밝은 날에 봐서인지 그때보다 훨씬 솜털이 보송거리는 고운 얼굴이었다.

허허, 어려도 사내인데, 곱다니. 그의 눈이 어떻게 되었나 보다. 왕소는 저도 모르게 얼른 고개를 흔들었다.

"공평치 않구나. 너는 나를 아는데, 나는 너를 모르니."

"원래 세상일이 그런 것이지요."

인생사 불공평하다는 사실이 만고의 진리라도 되는 듯 신율이 대꾸했다.

세상일 참 알 수 없는 것이다. 하필 이곳에서 이 고약한 황자와 딱 마주치다니.

이대로는 객잔의 뒤편에 마련된 별채 안으로 그냥 들어갈 수 없게 되었다. 그나마 여섯째 황자와 함께 마주치지 않았으니 다행이면 다행일지도 몰랐다. 왠지는 몰라도 두 사람이 마주쳐서는 안 될 것 같았다.

"네가 궁금하였다."

"제가요? 무슨 이유일까요?"

보고 싶은 것도 모자라 궁금하기까지 했다는 황자의 물음에 신율이 고개를 갸웃거렸다.

"나한테 그렇게 쓸데없이 많은 재물을 넘긴 자는 네가 처음이었으니까 말이다."

"그러게 말입니다."

신율이 푹 하고 한숨을 내쉬며 마음속으로 중얼거렸다.

그것은 저 역시 진작에 후회하고 있는 일입니다. 당신이 진작에 황자라는 걸 알았으면 절대 아는 척을 하지 않았을 것입니다. 그리고 그렇게 열심히 찾아다니지도 않았을 것입니다.

아무리 가짜라도 황자와 혼인이라니.

들통이라도 나게 되면 어쩌면 죽을지도 모를 일이었다.

"어째서 그런 것이지?"

"그냥 사람한테 투자한 것이라 생각하세요."

"뭐?"

사실대로 설명할 수는 없는 노릇 아닌가. 넷째 황자, 당신이 볼 때마다 거지꼴이라 당신에게 신세 진 일이 있는 나는 볼 때마다 영 찜찜하였노라고. 그러니 가장 쉬운 대답은 투자라 둘러댈 수밖에 없었다.

"원래 장사치는 그런 것인가? 사람은 사고팔지 않는다 하지 않았는가?"

"물론이죠. 그래서 투자라 하지 않았습니까? 잘만 하면 가장 큰 이익을 남기는 일이 사람이니까요."

"사람에 대한 투자가 무엇인지 정말 알고 하는 이야기인가?"

"그럴 만한 가치가 있는 상대를 구하기가 어렵다는 것은 알고 있습니다만."

정곡을 찌르는 대답에 황자의 눈빛이 진지해졌다.

'뭐지, 이 녀석. 그의 마음을 읽고 있는 것일까.'

'뭐냐, 이 황자. 저 애매한 눈빛은 도대체 무슨 의미일까.'

신율은 자신을 뚫어질 듯 바라보는 황자에게 애매하게 웃어 보였다.

"네 눈에 내가 그만한 가치가 있는 사람이던가?"

"그것은 두고 봐야 알겠지요. 한 가지 확실한 건 그날의 은자에는 제 목숨 값까지 얹혀 있었습니다. 그래서 마마에게는 다른 이보다 좀 더 넉넉히 값을 치렀었지요. 그러니 마마에게 좋은 날이 오면, 그날의 은자를 잊지 마시기 바랍니다. 그래야 저도 남는 것이 있지 않겠습니까?"

비록 잊으라 단단히 경고하였지만 그가 개봉에서 혼인하여 주지 않았다면 아마도 지금의 그녀는 세상에 살고 있지 못하였을 터이니 목숨 값이라 해도 전혀 틀린 말은 아니었다. 그렇게 따져 보면 황자는 이미 그녀에게 과한 은혜를 베풀었다.

"내 허락 없이 네 맘대로 한 투자이니, 그건 한번 생각해 보자꾸나."

"잊지만 않으시면 됩니다."

굳이 말하지 않아도 어린 소동은 쉽게 잊을 수가 있는 이가 아니었다.

"너는 누구지?"

"청해 상단의 신율이라고 합니다. 새벽 신에 빛날 율을 쓰지요. 그런데 그것이 중요한가요?"

사실 제대로 이름을 밝힌다면 발해의 대신율이라고 했어야 옳을지 몰랐다. 그것이 그녀의 본래 성과 이름이었으니. 하지만 대신율이라는 이름은 이곳 개경에서는 더 이상 사용할 수 없는 이름이었다. 발해에서 오라비도 이미 황제의 성인 '왕' 씨를 하사받지 않았는가.

이 사람이 그런 깊은 이야기까지 알 필요는 없을 것이다.

"글쎄다. 일단 통성명은 해야 하니 나에게는 중요한 것 같구나."

신율이라. 신율의 이름을 입안에서 한 번 굴리고 난 왕소는 만족한 듯 웃어 보였다.

사실 사람을 풀어 찾기는 했어도 그가 이토록 이 조그만 녀석을 다시 만나고 싶어 했는지는 자신도 몰랐다.

맑고 짙은 눈으로 자신을 똑바로 마주 보고 있는 신율을 바라볼수록 그는 이 우연한 만남이 기뻤고, 이 신율이라는 상대가 궁금해졌다.

"여러 가지로 불공평하구나. 너는 나를 아는데 나는 너를 모르고, 난 궁금했는데 넌 그렇지 않았다니."

그래. 그것은 불공평한 것이야.

나 혼자 궁금하고, 나 혼자 알고 싶고, 나 혼자 보고 싶었다.

참으로 희한하게 말이다.

"대단한 황자마마야 저뿐만 아니라 세상 다른 사람들도 다 알고 있는데 그게 뭘 그리 불공평하다고……."

신율이 혀를 차듯 중얼거렸다. 그놈의 입담은 여전히 매서웠지만 왠지 그조차도 기분 상하게 들리지 않게 하는 재주가 소동에게는 있었다. 아마도 다른 이가 저런 식으로 말을 했다면 다시 돌아보지 않았을 것이 분명했다. 아니, 그보다 먼저 그가 사람이 그리워 본 적이 있었던가. 그런 의미에서 신율은 그에게 신기한 존재였다.

"세상 다른 사람은 내가 별로 안 궁금하거든. 궁금한 것이 하나 더 있다."

"또 뭐가 말씀이십니까?"

계속되는 황자의 질문에 신율이 낮게 혀를 찼다. 영 마음에 안 든다는 눈치였다. 여러 모로 만만치 않은 상대였다.

"내가 황자라는 것을 어찌 알았지?"

왕소의 질문에 신율이 그제야 배시시 웃음을 터뜨렸다.

동그란 눈이 작은 반달처럼 휘어서 입가에 작은 볼우물을 만들었다. 잠시 그 모습을 홀린 듯 바라보던 왕소는 얼른 정신을 차렸다.

이런, 이런. 왕소야, 네가 미쳤구나. 여인도 아니고 사내의 웃음 한 번에 이리 마음을 빼앗기다니.

"왜 웃는 거지?"

"제가 마마라면 다른 것이 궁금하였을 테니까요."

"다른 것? 무엇 말이냐?"

"예를 들면, 천하를 손에 넣는 방법 같은 거 말입니다."

이번만큼은 제대로 놀란 왕소가 얼른 신율의 입을 막았다. 다행히 객잔에 있는 사람들은 자기들만의 술자리로 맹랑한 언사에는 그다지 관심이 없어 보였다.

"너는 정말이지 무서운 게 없구나."

"왜 없습니까. 방금 마마 때문에 잘못하면 질식해서 죽을 뻔했는데."

기겁을 하고 질색하는 그의 말에 신율이 황자의 손을 치워 내면서 캑캑거렸다.

아닌 게 아니라 정말 죽을 뻔했다. 커다란 손으로 그렇게 입을 막으면 호흡이 별로 좋지 않은 신율에게는 숨을 참는 일이 고역이었을 테니.

"나 때문에 죽는 게 아니라 겁 없는 네 세 치 혀 때문에 죽을 게야."

"처음 시작한 사람은 황자마마였습니다."

"내가? 난 아무 말도 안 했다."

"왜요? 방금 전에 사람에 대한 투자를 물어보신 분은 황자마마였습니다."

신율이 무슨 소리를 하느냐는 듯 발끈해서 대꾸했다. 아, 그랬다. 사람에 대한 투자. 사람으로 최고의 이문을 남길 수 있는 장사에 대해 물었고 이 어린 소동은 지금 그 질문에 '천하'로 대답하고 있었다. 예상대로 정답을 알고 있는 것이다.

"난 천하를 논하지는 않았어."

"같은 이야기지요. 진나라의 여불위 이야기를 물으신 것이 아니었습니까?"

황자가 눈썹을 살짝 움직이며 고개를 끄덕였다.

진나라의 거상(巨商)이었던 여불위가 공자(孔子)를 처음 만난 후 아비에게 물었다. 사람이 밭에서 일을 하면 돈을 얼마나 벌 수 있느냐는 물음에 그의 아비는 잘하면 열 배 정도의 이

익은 볼 수 있다 하였다. 그 대답에 여불위는 또 질문하였다. 이번에는 보석을 사고팔면 얼마나 많은 이윤을 남길 수 있느냐 물었고, 그의 아비는 백배는 될 거라고 대답하였다. 그 이야기는 누구나 알고 있는 일화였다.

"그 다음에 여불위는 다시 물었지요. 왕이 될 사람은 어떠냐고?"

"그 아비가 대답하기를 그것은 돈으로 따질 수 없다 하였지."

진나라 여불위의 질문에 답한 황자가 시큰둥한 얼굴로 탁자 위의 잔을 비웠다. 여불위는 그 후, 볼모가 되어 다른 나라에 쫓겨 와 있는 황자를 찾아가 자신의 재산과 인맥을 아낌없이 투자하였고 결국 황자를 진의 황제로 만들었다.

"누구나 알고 있는 이야기 아니더냐. 그렇다고 누구나 천하를 얻지는 못한다."

"그것은 누구나 황제가 될 사람을 만나지 못하기 때문이지요."

신율의 대답에 황자는 번득이는 눈빛으로 그녀를 주시했다.

"너는…… 그럼…… 천하를 사고팔 사람을 만났단 말이냐?"

"아시다시피 저는 장사치입니다. 그것도 꽤 능력이 있지요. 함부로 제 손에 들고 있는 패를 보여 드리지는 않아요."

배시시 미소 짓는 어린 장사치의 애매모호한 대답에 황자는 내심 안도의 한숨을 쉬었다. 제국의 주인은 오직 한 명뿐이어야 했다. 서경의 숙부만으로도 버거운 이 마당에 새로이 천하를 사려는 이가 나타나서는 안 되는 일이었다.

"역시나 장사치구나. 그리 허풍을 치다가는 혹세무민(惑世誣民)의 죄를 물어 죽임을 당할지도 모른다."

"저는 아직 그런 사람을 봤다고는 안 했습니다. 그러니 제 걱정은 관두고 지체 높은 황자마마께서 여기는 웬일이십니까?"

조금은 엄한 목소리로 신율을 타박했지만 이번에도 신율은 그다지 겁먹은 기색이 아니었다. 하기는 처음 만났을 때도 좀 맹랑했던가.

"좋은 것은 나눠야 한다 하지 않았느냐. 좋은 술을 구했으니 같이 마시자꾸나."

"아니 대낮부터 무슨 술을……."

"네가 마음에 든다. 그래서 난 너와 술을 마셔야겠다."

"팔자 좋은 황자마마는 무척 한가하실지 모르지만 전 바쁩니다."

신율이 단호하게 고개를 흔들었다. 조금 있으면 왕욱과 약조한 시간이었다.

그녀는 장사치였고 시간도 돈도 약속도 정확하게 지키는 것이 그녀의 신념이었다. 그런데 이 느닷없이 나타난 양반이 그 신념들을 전부 뒤로 미루라 우기고 있었다.

"황자의 명이다. 변명은 듣지 않겠다."

"제기랄."

나직하지만 분명한 욕설에 황자가 홱 하고 노려보자 신율은 애써 웃어 보였다. 억지로 입술 끝을 끌어당기는 꼴이 역력하였다. 그 모습에 황자는 남몰래 피식 하고 웃음을 삼켰다.

뉘엿뉘엿 해가 지고 있었다. 황자와 신율은 바로 객잔을 나와 옆으로 작은 개천이 흐르는 오정문을 향해 걸어갔다. 신율은 나직히 한숨을 내쉬었다. 객잔에 있던 시비(侍婢)들이 분명 내실에 지금의 상황을 일렀을 터이니 여섯째 황자에게도 언질이 갔을 것이다.

백묘가 궁금하겠구나. 도대체 누가 그녀의 약속을 뒤흔든 것인지. 그나저나 이 사람과 술이라니 지난번에 술을 권하지 말았어야 했나 보다.

"그냥저냥한 술이라면 화를 낼 것입니다. 제가 술맛을 좀 알거든요."

"하하, 후회하지는 않을 것이다."

황자와 신율의 뒤로 신율의 호위 무사도 같이 움직였다. 저 녀석은 떼어 버리라 하고 싶지만 들을 주인도 아니고 움직일 인간도 아닌 듯해서 황자는 입을 다물었다.

그의 말을 따르지 않고 제 하인을 챙겨 간다면 아마 그의 기분만 상하겠지. 좋은 날 괜한 일로 흠을 내고 싶지 않았다.

황자 중에서도 손꼽히는 용모의 넷째 마마와 한눈에 봐도 귀한 집 자제 같은 어린 귀공자의 모습은 주변 사람들의 시선을 끌기에 충분했다. 더구나 그들 두 사람을 따르고 있는 검은 복색의 남자는 표정 없는 얼굴에도 불구하고 출중한 외모였다. 여인들은 설레는 가슴을 부여잡았고, 남정네들은 진지한 시샘에 남몰래 한숨을 내쉬었다. 그들 세 사람으로 인해 저무는 거리가 다시 환해지는 느낌이었다. 그저 한 가지 흠이라면 눈치 없이 딱 달라붙어 따라가는 멍청해 보이는 종복이 훌륭한 그림을 망치고 있다는 것이었다. 주변 사람들이 모두 쟤 좀 저기서 빼라 하고 싶은 표정이었지만, 슬프게도 그 사실을 길복만 몰랐다.

"오늘따라 이상하게 사람들이 많이 모이네."

영문을 모르는 눈치 없는 길복이 고개를 갸웃거리며 열심히 주인을 뒤쫓았다.

第10章

의형제

내 편이 되어 주려무나

　지엄하신 황자마마가 신율을 데리고 간 곳은 월향루였다.

　신율의 한 걸음 뒤에서 지키고 있던 경의 얼굴이 딱딱하게 굳어졌지만, 신율의 눈빛은 호기심 가득한 만족함으로 반짝이고 있었다.

　"마마가 구하신 귀하다는 것이 술이옵니까, 아니면 여인입니까?"

　"여인이 따라 주는 술이다. 싫으냐?"

　"그럴 리가 있겠습니까?"

　한 치의 머뭇거림도 없이 기다렸다는 듯 신율은 냉큼 황자를 따라나섰다. 눈빛까지 반짝거리는 당사자와는 달리 신율의 호위 무사가 잠시 당혹스러운 눈빛으로 주인의 길을 막고 나섰다.

　"너무 걱정 마라. 내 금방 다녀올 것이다."

　입 무거운 경이 조심스럽게 걱정스러운 심사를 내비치자 신

율이 다독이듯 중얼거렸다. 두 사람의 눈빛이 배려와 염려로
부딪혔다. 마치 자신의 주인이 곧 깨어지는 옥이라도 되는 것
처럼 어쩔 줄 몰라 하는 무사의 눈빛에 신율의 표정이 따뜻하
게 빛나고 있었다. 그 모습에 알 수 없는 불만으로 왕소는 잠
시 미간을 모았다.

무엇인가, 저들은. 만나면서도 내내 느꼈지만 두 사람에게는
왕소가 가까이할 수 없는 그들만의 세상이 있었다.

하기는. 너와 저 아이가 만난 지 얼마나 되었는가. 또한 저
두 사람의 사연을 내가 어찌 알겠는가. 그래도 왕소는 저들의
친밀함이 왠지 마땅치 않았다.

"네 주인 걱정은 그만하고 너도 길복이와 어디 가서 좀 쉬려
무나."

"네, 마마."

"아닙니다. 여기서 기다리겠습니다."

반색을 해서 날름 대답하는 길복과는 달리 신율의 호위 무
사는 무겁게 고개를 흔들었다. 아마도 정주의 그날 밤처럼 제
주인을 위해 장승처럼 자리를 지키고 있을 모양이었다. 오늘
밤 저 꽉 막힌 사내 덕에 길복이 속깨나 끓게 생겼다.

신율은 처음 와 본 기루의 모습에 눈이 휘둥그레져 주변을
둘러보고 있었다. 기루가 어떤 곳인지 한 번쯤 와 보고 싶었
다. 이런 방법을 생각해 본 적은 없었지만 그녀에게 오늘은 아

주 좋은 기회였다. 분내가 향긋한 기루에서는 비파와 음악 소리에 섞여 여인들의 웃음소리가 흘러나오고 있었다.

기녀의 고운 손에 이끌려 자리를 잡은 신율은 아주 만족한 얼굴이었다. 신율의 그런 모습에 왕소는 피식 웃음을 머금었다. 그 역시 기분이 좋아졌다. 그것이 기루의 호화로움 때문인지, 가까운 곳에 벗이 있기 때문인지는 몰라도 왕소는 오랜만에 기분 좋게 술에 취할 수 있을 것 같은 느낌이었다.

"네 호위 무사는 아주 꽉 막힌 사내 같구나."

"그렇지도 않습니다. 그저 우직하고 저를 아끼기 때문입니다."

"아낀다? 아랫것이 상전을 아낀다니 뭔가 이상하구나."

왕소가 잠시 인상을 썼다. 아낀다. 감히 저자가 신율을 아낀다? 무언가 거슬린다. 하지만 이번에도 딱히 그 이유가 생각나지 않는다. 왜 이 소동과 함께라면 쉽게 답이 나오지 않는 것일까. 아니, 그러거나 말거나 왜 소동의 감정에 자신이 동요해야 하는 것일까. 함께했던 시간이라고 해 봤자 손으로 꼽을 만큼 짧은 시간들이었다.

"그게 뭐가 이상합니까? 당연한 일이지."

"아랫것은 충성을 다하는 게다. 아낀다는 것은 그런 데 쓰는 말이 아니다."

왕소에게 아낀다는 표현은 좀 더 살가운 어조였다. 지금껏 아무에게도 쉬이 쓰지 못하는 단어. 누군가에게 입에 담지 못하는 말이었다. 그런데 이 녀석이 그런 그를 놓고 다른 이에게 아낀다고 얘기하는 것이 싫었다.

"그렇게 생각하십니까? 아끼지 않는다면 굳이 목숨을 바칠 필요도 없습니다. 그게 바로 충이고 성입니다."

그가 하고자 하는 말은 그런 뜻이 아니었다. 하지만 또 다르게 그의 속마음을 표현할 재주도 없었다. 이번에 확실히 깨달았지만 이 녀석은 도무지 말로는 이길 수 없는 상대였다. 황자와 황자의 고운 손님의 대화가 무거워지자 기녀들이 눈치껏 얼른 술병을 들었다.

"저도 도련님께 마음을 다하겠어요. 그러니 제 술부터 받으시지요."

"그래. 술잔부터 채우자."

얇은 능라로 된 옷을 걸친 고운 기녀가 왕소와 신율의 잔을 향기로운 술로 가득 채웠다. 신율은 기녀를 향해 빙긋 미소 짓고는 사양하지 않고 단번에 술잔을 비워 냈다.

지난번에도 느꼈지만 이 어린 녀석은 꽤나 마음에 드는 술 상대였다. 귀한 술이기도 하였지만 독주이기도 하였는데 신율은 조금의 거리낌도 없이 잔을 비우고 또 그에게 잔을 채워 주고 있었다.

"술은 아주 제대로 배웠구나."

"주는 술을 사양하는 법은 배우지 못했습니다."

기녀에게서 술병을 뺏어 들어 다시 술잔을 채워 주며 왕소가 말했다.

"그런데 권주가는 배우지 못한 모양이구나."

"설마, 그럴 리가요."

신율이 입을 비죽이며 중얼거리고는 술 한 모금으로 목을 달랬다.

"勸君金屈巵(귀한 잔에 술 부어 그대에게 권하니), 滿酌不須辭(잔에 술이 넘친다고 사양하지 마시게), 花發多風雨(꽃이 피면 비바람 잦아지는 법), 人生是別離(인생은 언제나 헤어지며 사는 것)."

"그다지 마음에 드는 권주가는 아니로구나. 이제야 만났는데 벌써 별리를 이야기하다니."

우무릉(于武陵)의 권주가에 황자가 슬쩍 미간을 모으자 신율이 잠시 고개를 갸웃거렸다.

"그런가? 난 인생 별게 없다는 것 같아서 좋은데. 그래도 비싼 술 사 주는 양반이 마음에 안 든다니 다른 것으로 읊어 보도록 하지요."

사람 보는 눈이라고는 쥐뿔도 없는 황자가 애꿎은 권주가만 가지고 타박이다. 보는 눈만 답답한 게 아니라 듣는 귀도 별로였구나.

"三盃通大道(석 잔 술은 큰 도와 통하고), 一斗合自然(한 말 술은 자연과 한 몸이니), 俱得醉中趣(취하여 얻는 즐거움을), 物謂醒者傳(깨어 있는 사람에게 이르지 말라)."

"조금은 마음에 드는구나."

"황실에서 곱게 자란 황자마마의 까다로운 시상을 만족시키는 일은 참으로 어렵습니다."

또 한 번 '조금'이라는 황자의 야박한 평가에 신율이 다시 입을 비죽이고 미간을 모았다.

"허, 까다롭다? 네가 부족하다는 생각은 안 하고?"

"제가 지은 시가 아닌데 왜 제가 부족합니까? 불만 있으시면 당나라 가서 따지세요."

사사건건 따지고 드는 트집에 신율이 불퉁하게 대꾸하자 황자는 웃음을 터뜨렸다. 함께하는 기녀들조차 커다란 소매로 입을 가리고 미소를 머금었다.

"하긴 넌 부족한 게 아니라 넘치는 것 같다."

"무엇이 말씀입니까? 전 술잔을 채워 넘치는 것을 제일 좋아하는데."

"아이쿠, 이제 보니 너야말로 진정한 술꾼이구나."

"그 중요한 것을 이제야 아시다니. 이제 보니 황자마마는 많이 부족한 듯하십니다."

신율의 눈썹이 살짝 올라가며 재미있다는 듯 미소 지었다.

스쳐 지나가는 그 웃음에 왕소는 눈을 떼지 못했다. 커다란 눈이 반달이 되고 하얀 볼이 오목하게 패었다. 마치 전장에 달려가는 그 순간처럼 심장이 두근거린다.

아니, 그와는 다른 좀 낯선 느낌. 이 감정이 무엇일까.

심장이 붉게 타오르는 이 느낌은 그가 지금껏 느껴 보지 못한 감정이었다.

"그래, 그래. 차고 넘치는 너는 청해 상단에서 뭘 하고 있지?"

"흐흠, 물건을 사고파는 것을 결정합니다. 그리고 단주의 생각에 생각을 더하는 일도 합니다."

"상단에서 꽤 중요한 위치에 있구나."

"그래서 진작에 말씀을 드렸잖습니까. 제가 꽤 몸값이 비싸다고."

당당하지만 뻔뻔한 신율의 대답에 황자는 다시금 미소를 머금을 수밖에 없었다.

술잔이 오가면서 가야금 소리도 높아졌다.

잘난 넷째 황자만으로도 빛이 나는 기루였지만 오늘 황자와 함께 온 이는 더더욱 인물이 훤한 사내였다. 아니, 사내가 정말 맞나 싶을 정도로 선이 고운 소동인지라 기녀들이 술을 따르며 신율을 훔쳐보느라 여념이 없었다.

"어째 도련님이 저보다 더 고우십니다."

"곱다는 얘기는 또 처음 듣네."

신율에게는 정말 처음 듣는 소리였다. 사내 옷만 줄창 입고 다니는 그녀에게 아무도 곱다는 표현을 써 준 적이 없었다. 그러고 보니 황자는 첫날밤에 그녀가 경국지색은 아니라며 타박했었지.

싫지 않은 듯 신율이 웃어 보이자 그 고운 미소에 기녀의 얼굴에 붉은 홍조가 가득해졌다.

"곱다는 얘기가 듣기 좋은가? 사내에게는 욕인 거 같은데."

"뭐, 어쨌거나 흉하다는 얘기보다는 훨 낫습니다만. 아닌가?"

혼잣말처럼 중얼거리는 신율에게 황자가 어이없다는 듯 다시 고개를 흔들었다.

틀린 말은 아니었지만 사내가 곱다는 얘기에 저리 벙싯거리다니, 묘하게 특이한 녀석이었다. 이해할 수 없는 표정으로 신율을 바라보는 황자와는 달리 기녀들의 가슴은 설레기 이를 데 없었다. 기녀 생활 몇 년 만에 넷째 마마와 여섯째 마마를 제외하고 이리 고운 사내를 만나기는 처음이었다. 얼굴이며 기개며 뭐 하나 부족한 것이 없어 보였다.

슬쩍 자신의 가슴팍에 손을 가까이 대는 기녀를 살짝 비껴가며 신율이 한 잔을 그대로 비웠다. 아무리 사내 복장을 했다 해도 몸을 더듬는 여인의 손길은 당황스럽기 이를 데 없다. 이 손길을 어찌 치우나 싶을 때 황자가 '탁' 하고 기녀의 손목을 잡아뗴었다.

"방해하지 말거라."

"뭡니까?"

눈이 동그래진 신율이 갸우뚱 미간을 모으자 왕소는 마음속으로 스스로에게 혀를 찼다.

그러게 말이다. 이게 뭔지 모르겠다.

하지만 무슨 해괴한 마음인지 아무리 기녀들이라도 신율의 몸을 허락 없이 더듬는 꼴이 마음에 들지 않았다. 말도 안 되는 독점욕이 가슴 한구석에서 모락모락 뭉쳐지고 있었다.

"나와 술 먹을 때는 내게 집중하거라. 다른 짓거리는 나중에 해야지."

"진작부터 집중하고 있었는데요."

입으로는 툴툴거리면서도 신율은 다른 이야기 없이 순순히 잔을 들어 단번에 비워 냈다. 조그만 것이 제법 타고난 술꾼이었다.

어느새 하늘 꼭대기까지 올라선 달빛이 창가로 스며들면서 가야금 선율이 조금 느려지고 음색이 조금 달라졌다. 술잔을 홀짝거리며 까닥까닥 손가락을 두드리는 신율은 가야금 선율에 폭 빠져 있는 눈치였다. 마주하고 있는 그는 어느새 저 멀리 사라진 지 오래인 것 같았다.

불현듯 희미한 서운함과 엷은 외로움이 그의 가슴속에 스며들기 시작하였다. 혼자라는 것에 꽤나 익숙해진 줄 알았는데 이 조그만 녀석의 시선이 그에게서 벗어나자 마치 온몸의 온기를 빼앗긴 것 같은 느낌에 왕소는 미간을 모았다. 왕욱에게 인연이 생겼다는 얘기에 덩달아 욕심이라도 났던가. 왜 오늘따라 사람을 보채고 싶은지 모르겠다. 그것도 그냥 아무나가 아니라 눈앞에 있는 저 고운 녀석을.

"하여튼 넌 정이라고는 정말 없구나. 벗이 이렇게 버젓이 옆에 앉아 있는데 혼자 술이 들어가더냐."

"벗? 우리가 언제부터 벗이었는데요?"

황자의 투정에 그녀가 커다란 눈을 깜빡이며 되물었다.

"하긴. 너와 벗을 하기엔 내가 좀 아쉽구나. 아, 그래. 형제가 되면 좋겠다. 난 너처럼 맹랑한 아우가 있었으면 했다."

"미안하지만 전 황자마마처럼 뻣뻣한 형님은 원해 본 적이 없거든요."

저 혼자 생각하고는 저 혼자 만족한 황자를 바라보며 신율이 단박에 고개를 저었다.

형이라니. 흥, 어림도 없다.

황자마마는 모르겠지만 그날의 혼례를 고스란히 기억하고 있는 신율로서는 어쨌거나 혼인까지 한 사내와 형님 아우까지 할 생각은 요만큼도 없었다. 몸은 취했지만 머릿속은 점점 더 명료해지고 있었다.

"뻣뻣하다니, 말이 심하구나. 네가 아직 몰라서 그러는데 황자를 형으로 두면 무척 편해질 텐데."

"지금도 편해요. 그리고 아마 황자마마께서 형님이 되면 제가 더 위험해질 듯합니다만."

신율이 새침한 표정으로 다시 고개를 흔들자 황자의 미간에 살짝 주름이 갔다.

아주 틀린 말은 아니었다. 지금 같은 세상에서는 그저 평범하게 사는 게 최고일지도 모른다. 다른 건 수수께끼투성이지만 한 가지 확실한 것은 이 녀석이 머리가 좋다는 것이다. 하지만 그렇다고 포기할 그도 아니었다.

"안됐구나. 난 너에게 꼭 형님 소리를 듣고 싶은데."

신율의 말을 싹 무시한 황자가 고집스럽게 주장했다. 그리고 한동안 주변이 조용해졌다.

황자가 왜 느닷없이 형님, 아우를 찾는지 그 속내를 짐작하느라 신율이 머리를 굴리는 소리가 황자의 귀에도 들리는 듯했다. 이제야 소동의 머릿속에서 기녀가 연주하는 가야금 소리가 잠시 멈춘 모양이었다. 드디어 소동의 머릿속을 차지할 기회가 생긴 모양이다. 어느새 왕소의 입가에 희미하게 만족스러운 미소가 채워지고 있었다.

형님이라니. 아무리 생각해도 이 사람은 지금 진심인 듯하다. 그런데 왜? 왜 하필 그녀에게 아우가 되어 달라고 하는 것인가. 이 사람의 속내는 도대체 무엇이란 말인가.

제아무리 머리 좋은 신율이라도 이번만큼은 도무지 이유를 알아차릴 수가 없었다.

"혹시 제 재산을 탐내시는 겁니까? 제가 재물 복은 좀 있거든요."

엉뚱한 신율의 질문에 황자가 웃음을 터뜨렸다. 한참을 웃고

난 황자가 진지한 얼굴로 신율을 마주 보았다.

"이런, 네가 제법 감추어 둔 재산이 있는 모양이구나. 그건 나중에 잊지 말고 꼭 다시 생각하기로 하자. 그런데 네가 날 계속 무시하는데, 나도 제국의 황자이다. 먹고살 만큼은 여유가 있어."

"재산이 욕심나는 것도 아닌데 저한테 왜 이러시는 건가요?"

신율은 여전히 이해할 수 없다는 얼굴이었다.

왕소는 피식 미소 지었다. 이 녀석은 자신이 가지고 있는 것이 달랑 재산뿐이라고 생각하는 모양이다. 뭐, 그렇게 알고 있는 것도 좋겠지. 옆에서 사람을 편안하게 해 주고, 함께 있으면 유쾌해지고, 그를 생각할 때마다 가슴이 따뜻해진다는 것을 굳이 알려 줄 필요는 없을 것이다.

"네가 내 목숨을 구했으니 책임져야지."

"그게 무슨 말도 안 되는……. 그건 감사할 일이지 책임이 필요한 일이 아닙니다."

황자의 대답에 신율이 기가 막히다는 듯 혀를 찼다.

물에 빠진 놈을 구해 놓으니 이제 보따리까지 내놓으라 하는구나. 보기보다 셈이 약한 사람이었나.

"아, 그래, 그래. 인사를 잊었다. 그때는 고마웠다."

"당연하지요. 그러니 제게 은혜를 갚으셔야지 뭘 요구해서는 안 되는 것입니다."

신율이 뒤늦은 황자의 인사에 제법 거만스러운 표정으로 고
개를 끄덕이며 말했다.

"은혜는 언제 갚아도 갚을 것이고, 그래도 형님 소리는 들어
야겠구나."

"아니, 왜요?"

끄떡없이 고집스러운 황자의 주장에 신율이 인상을 쓰고 물
었다. 아니, 이 황자마마님은 왜 그녀의 형님이 되기를 이리도
고집한단 말인가. 도무지 이해가 안 되는 일이었다.

"네가, 내 옆에 있으면, 내가 덜 외로울 것 같아서이다."

솔직한 황자의 뜻밖의 대답에 신율이 그제야 술잔을 내려놓
고 그를 바라보았다.

"외로우십니까?"

"아마도."

의외라는 듯 묻는 신율에게 왕소는 순순히 고개를 끄덕여
인정했다. 특히나 이렇게 달빛 고요한 때에 혼자 있는 것은 더
더욱 외롭다.

"제가 있다고 덜 외로울 것이라는 보장은 없는데요."

"아니. 분명히 덜 외로울 것이다. 너와 함께 있는 지금은 혼
자라는 생각이 들지 않으니까."

황자는 신율이 고개를 흔들 수 없을 만큼 담백하였고, 더없
이 진지하였다.

"날 진심으로 아끼는 이가 세상에 없다. 아니, 온전히 내 편

이 되어 주는 사람이 하나도 없어. 내 온전히 너의 편이 될 것이다. 그러니 너도 내 편이 되어 주려무나."

내 편이 되어 달라는 황자는 진심인 듯했다. 아무도 의지할 수 없고, 누구에게도 기댈 수 없는 자의 고단한 슬픔과 상처의 무게가 고스란히 느껴졌다.

황자가 외롭다고 한다. 마다하는 사람이 없고, 싫다 하는 여인이 없다는 황자가 외롭다고 말한다. 산 위의 바람같이 자유로워 보이는 그 역시 그녀처럼 외롭다 한다.

하지만 그렇다고 쉽게 황궁의 사람과 인연을 만들 수도 없는 노릇 아닌가.

"책이라도 읽으세요. 아니면 저처럼 술이라도 마시던지."

"두 가지 다, 둘이 함께하면 더 좋을 일이구나."

"하긴, 그렇긴 합니다."

달빛 좋은 날, 비가 오는 시간, 햇살이 더없이 눈부시거나 세상이 아무리 어지러워도 마음이 통하는 사람과 함께 글을 읽고 함께 술을 마시면 분명 덜 외로울 것이었다.

가만, 가만. 그래도 저 황자는 안 된다. 안 되고말고. 황자를 납치해 혼인한 사실이 들통 나면 경을 치게 될 것이다. 저 훤한 얼굴로 꼬신다고 넘어가서는 절대 안 된다.

그런데 왜 무겁게 가라앉은 그의 눈빛이 이렇게 마음에 오랜 잔상으로 남는 것일까.

기루를 나오니 어느새 주변은 밤기운에 싸늘해진 상태였다. 입김이 하얗게 부서지는 밤의 날씨는 신율의 몸을 오싹하게 할 정도로 추웠다. 왕소는 오들오들 떨고 있는 신율을 바라보며 끌끌거리며 혀를 차고는 장포를 벗어 그녀의 몸에 덮어 씌웠다. 신율은 그의 체온이 고스란히 묻어 있는 장포의 온기가 전해지자 겨우 한숨을 내쉴 수 있었다.

어느새 신율의 호위 무사가 몇 걸음 뒤에서 그들을 따라오고 있었다. 황자가 부러 신율의 어깨에 팔을 둘러 가깝게 끌어당기자 등 뒤에서 날카로운 눈빛이 매섭게 느껴지고 있었다.

으흠, 저 녀석의 시선에 내 뒤통수에 구멍이 날지도 모르겠구나.

"겨우 이 날씨에 그리 떨면 어쩌라고."

"겨우가 아닙니다. 진짜 추운 날씨예요."

"하기는 볼이 발갛구나."

"그건 술 때문이구요."

황자가 자기도 모르게 손을 내밀어 신율의 하얀 볼을 쓰다듬자 화들짝 놀란 신율이 그의 손을 뿌리치며 한 걸음 물러섰다. 갑자기 술이 확 깨는 기분이었고, 서늘하던 몸에 열이 올라왔다.

"놀라긴. 같은 사내끼리 내외라도 하는 건가?"

"사내니까 놀란 것이지요. 여인의 손길이라면 피하지 않았을 것입니다."

"그래. 네 말이 맞구나."

불퉁한 신율의 대꾸에 왕소가 재미있다는 듯이 웃음을 터뜨렸다. 도무지 한 마디도 지지 않는다.

아, 그래서 더 즐겁구나. 오늘 몇 번이나 웃게 되는 것인가. 어느 순간부터 웃지 못했었다. 그것이 언제쯤인지 기억조차 나지 않는다.

"얼른 가야겠어요."

"그러자꾸나."

가자고 하는 신율에게 그러자고 대답한 황자가 나직하게 휘파람을 불렀다. 밤중에 괴이한 짓이라 생각하고 왕소를 바라보았지만 그는 싱긋이 미소를 지을 뿐이었다. 그 미소의 답은 짙은 흑마가 늠름한 모습으로 달려와 그들의 앞에 마주 서는 걸로 알 수 있었다. 아마도 애마를 부르는 신호였던 모양이다.

"타라."

"제가 왜 말 위에 오릅니까? 슬슬 걸어가도 되겠는데."

"하긴, 너는 취했으니 혼자는 무리겠다."

황자가 신율의 거절을 못 알아들은 척하며 화들짝 놀라는 그녀의 허리에 손을 감아 말 위에 올려놓았다. 그러고는 자신도 잽싸게 말의 등 위로 올라타 버둥대는 그녀를 뒤에서 감싸 안았다.

"네 주인은 걱정 마라. 내가 잘 모셔다 드릴 터이니."

어느새 말의 앞을 가로막은 경에게 그가 딱 잘라 명하였다. 그러고는 신율이 뭐라 할 틈도 없이, 그리고 경이 어쩔 틈도 주지 않고 말의 옆구리에 박차를 가하였다.

"이 밤에 이게 무슨 짓인데요?"

"유비 관우도 도원결의를 했는데, 우리도 무언가 해야 할 거 같아서."

말이 속도를 올리고 있었다. 잔뜩 긴장한 신율이 말고삐를 잡고 있는 황자의 손목을 부여잡았다.

바람이 확확 귓가를 스치고 지나간다. 술이 확 깨는 느낌이었다. 아니, 진작에 술은 깨어 있었다.

"왜 그게 우리랍니까? 난 유비도 아니고 관우도 아닌데."

"너랑 나랑 형제의 연을 맺자고 했으니 우리지. 그럼 누구랑 하라고."

영 못마땅한 신율과는 달리 황자는 아주 기쁜 표정이었다.

형제의 연이라니. 이 오밤중에 이것이 웬일인가. 남편에서 오라버니라니. 그리고 뭔 팔자에 이렇게 오라비가 많은 것인지. 사람 좋은 양씨 오라비에다 진작에 헤어져 얼굴도 모르는 발해의 오라버니들까지.

게다가 이 황자와 형제의 연을 맺었다가는 잘못하면 언제 그녀의 정체가 들통 날지 모를 일이었다. 여인이라는 것을 알아내는 것은 문제가 안 되겠지만 가짜 혼인을 한 상대라는 것까지 알게 되면 서로 피곤한 일이었다.

그럴 가능성은 희박했지만, 사람 일을 누가 아는가. 귀하신 황자마마가 개봉에 나타난 것도 놀랄 일인데, 지금 이렇게 개경에서 다시 만나고 있는 것을 보면 만약의 일은 또 모르는 것이다. 일이 참으로 우습게 되어 간다. 그렇게 찾아다닌 신랑을 이제는 도망 다녀야 하는 꼴이라니. 신율은 입술을 꽉 깨물고 단호하게 고개를 흔들었다.

"싫습니다."

"뭐? 정말 내가 싫다는 것이냐?"

한참을 달리던 말이 속도가 갑자기 떨어지며 주춤거렸다. 짧은 침묵 속에서 황자의 분명한 실망감을 신율도 확실히 느낄 수 있었다.

어라, 이 사람답지 않게 왜 이러실까?

하지만 아무리 불쌍한 강아지 흉내를 내어도 안 되는 것은 안 되는 것이었다. 오늘 이 선택이 그녀에게도 황자에게도 최선임을 언젠가는 그도 알게 될 것이다.

"마마가 좋은 사람인 것은 알겠는데…… 장사치가 황실 사람과 가까이해서 좋을 것이 없습니다. 전 제명대로 살고 싶습니다."

"흠, 그렇게 정 싫다면 할 수 없구나."

강경하게 고개를 흔드는 신율을 바라보며 왕소가 나직하게 한숨을 내쉬었다. 싫다 하는 이에게 더 이상 강요할 수는 없는 노릇이었다.

"갑시다요. 네? 정말 춥습니다."

"알았다. 대신 좋은 데로 가자."

"또 어딜 가요? 춥다니까?"

"그래서 가는 것이다. 네가 좋아할 만한 곳이야."

또 어디를 가자고 이러는 것인지. 지금 그녀가 좋아할 만한 곳은 춘아가 화로를 올려놓아 뜨끈할 자신의 방뿐이었다.

정말이지 이 밤에 추워 죽겠다. 차갑게 식어 가는 신율의 체온을 느꼈는지 황자가 얼른 그녀를 자신의 품으로 끌어당겼고, 신율도 얼결에 황자의 가슴에 머리를 파묻었다.

알싸한 바람의 향기와 황자의 체취가 코끝으로 파고들었다. 한꺼번에 많이 마신 술 때문인지 얼굴은 더 붉어지고 호흡은 좀 더 빠르게 두근거렸다.

"거기가 어딘데요."

"성미 급하기는. 이 가까운 곳에 황실 사람들이 자주 이용하는 온천이 있다. 몸을 녹일 수 있을 것이야."

온천? 설마, 이게 무슨 소리인가! 지금 황자가 말한 온천이 그녀가 알고 있는 그 온천이 맞는단 말인가?

용케 온천을 생각해 내고 스스로 뿌듯해하는 황자와는 달리 신율의 눈은 그의 가슴팍에서 커다래지고 있었다.

"온천을 가자구요? 지금? 우리 둘이?"

"그래. 지금. 우리 둘이. 물이 아주 좋은 곳이다."

그녀는 태어났을 때부터 지금까지 물이랑 얽혀서 좋았던 적이 없었다. 그리고 세상없이 물이 아주 좋아도 그곳은 지금 두 사람이 같이 갈 곳이 아니었다. 그런데 이 사내는 지금 당장 거길 갈 생각이었다.

이렇게 되면 방법이 없었다. 신율은 자기도 모르게 머리를 흔들었다.

"저기요, 그냥…… 의형제를 맺는 게 좋을 거 같습니다."

"뭐?"

"의형제를 맺자구요. 황자마마와 제가 오늘 의형제가 되는 것이 좋을 것 같습니다."

신율이 딱 잘라 대답했다. 선택의 여지가 없는 결론이었다. 저 남자랑 발가벗고 온천물에 들어가느니 그냥 아우 노릇을 하는 것이 나으리라.

신율의 속을 모르는 왕소의 얼굴이 환해졌다. 그 분명한 기쁨에 신율은 왠지 모르게 가슴이 따뜻해지고 있었다. 오늘의 선택이 꼭 옳은 일은 아닐지 몰라도 어쩌면 잘한 일일지도 모르겠다. 시시비비(是是非非)와 호불호(好不好)는 분명 다른 일이었다.

작은 사찰에 도착한 황자는 말에서 먼저 내린 후 무어라 다른 언질도 없이 신율을 다시 달랑 들어 내렸다. 예상치 못한 행동에 화들짝 놀란 조그만 몸이 안겨 오고 가는 팔이 얼른

272

그의 목을 감싸 안는다.

갑자기 왕소의 심장이 덜컥거렸다. 그리고 신율을 땅에 내려놓는 순간이 아쉬웠다.

이런, 미쳤구나.

왕소는 황당한 자신의 반응에 얼른 신율에게서 손을 떼어 놓고는 성큼성큼 앞으로 걸어 나갔다. 도대체 이 녀석 앞에서는 왜 이렇게 마음이 흔들리는지 이유를 알 수 없었다.

부처님을 모시고 있는 대웅전에 도착한 왕소는 머뭇거리는 신율의 손목을 잡아끌어 법당으로 몰아넣었다. 부지런한 승려가 이미 향을 피워 놓았는지 법당 안 화로 위에서는 작은 불꽃들이 점멸하고 있었다.

"이게 도대체 뭐 하는 짓인지. 추워 죽겠네."

"뭐 하는 짓이라니, 설명했잖아. 부처님 앞에서 우리가 형제가 되는 것을 맹세하는 거지."

하고 많은 좋은 날 다 놔두고 오밤중에 부처님 앞에서 결의를 하자니. 게다가 이 새벽 시간은 신율에게는 너무 추웠다. 아니, 황자에게서 떨어진 이후부터 내내 온몸에 소름이 돋고 있었다. 몸속에 있는 얼음 알갱이들이 혈관을 통해 자꾸만 심장으로 모여드는 느낌이었다. 입김이 부서지는 법당 안에서 부르르 몸을 떨던 신율이 인상을 박박 그었다.

"차라리 돈을 주고받는 게 어떻겠습니까? 사실 그게 제일 확실하거든요."

"허허, 누가 장사치 아니랄까 봐 이런 신성한 일에 재물을 이야기해."

피식 새어 나오는 웃음을 꾹 눌러 참고 왕소가 제법 엄한 목소리로 신율을 꾸짖었다.

뭐냐, 이 양반이 벌써부터 형님 행세를 하려나 보다.

"너는 어디서 왔지?"

"어디서 오긴요. 황자마마와 함께 기루에서 오지 않았습니까?"

"아니, 그것이 아니라 네가 자란 곳 말이다. 아우는 어디 사람이지?"

"그거야…… 개봉에서 왔습니다."

개봉이라는 말을 입에 담으면서 슬쩍 황자의 표정을 살폈지만 그의 눈빛에는 별다른 변화가 없어 보였다. 이 사람은 정말 그날 개봉에서 맺은 혼인을 까맣게 잊은 모양이었다. 이해는 되지만 그래도 말도 안 되는 심술이 마음속에서 모락모락 피어올랐다.

"혹 중원 사람이더냐?"

"아니요. 발해 사람이었습니다. 어쩌다 보니 개봉까지 간 것이지만."

그녀의 속내는 하나도 모르면서 이제야 다 알겠다는 듯 고개를 끄덕인 황자는 얼른 신율의 손을 잡고 법당 가운데로 걸어갔다.

"부처님, 오늘 개성의 왕소와 발해의 신율이 형제가 되었으니 부처님의 가호로 보살펴 주시기 바랍니다."

그가 꾸벅 절을 하더니 당당하게 소리치고는 몸을 일으켰다. 그러고는 나름 늠름한 얼굴로 신율에게로 돌아섰다. '어서 너도 절을 해라.' 하는 얼굴이었다.

아이고, 나도 꼼짝없이 해야겠구나. 천지신명에게 절한 것도 모자라 이제 부처님한테까지 인사를 해야 한다. 진작에 우리가 절을 올린 사이라는 것을 이 사람은 절대 모르겠지.

"이렇게까지 해야 하나요?"

"응. 이렇게 하고 싶었다."

그냥 우리끼리 말로 해도 될 거 같구만. 부처님이 이런 일까지 시시콜콜 알아야 하는 이유를 모르겠다. 신율은 차가운 법당 위에 무릎을 꿇고 절을 하고는 투덜거렸다.

"자, 이제 다 되었습니까?"

"그래, 내가 널 마음으로 아낄 것이다."

"그래서 저도 형님을 아껴야 합니까?"

"당연히 그래야지."

당연히라. 차라리 신랑을 아끼는 일은 오히려 쉬울지 몰랐다. 하지만 제 색시도 못 알아보는 사내를 형님으로 모시면서 아끼라니. 뭐가 당연한지 모르겠지만 잔뜩 기대를 품은 황자의 표정에 신율은 어쩔 수 없이 고개를 끄덕였다.

"저도 형님을 아껴 드리도록 하죠."

"마음을 다해서가 빠졌구나."

"네. 마음을 다해서요."

마지막까지 그냥 넘어가는 일이 없는 황자의 요구에 신율이 할 수 없다는 듯 중얼거리곤 나직하게 혀를 찼다.

"참 제멋대로이십니다. 이 밤중에 이게 무슨……."

"밤중은 무슨. 벌써 날이 밝아 오고 있는데."

황자의 말에 몸을 일으켜 주변을 살펴보니 어느새 법당 안에 희미한 빛이 스며들고 있었다. 벌써 새벽이 오고 있는 중이었다. 새까맣던 하늘은 어느새 짙푸르게 변해 가고, 반짝이던 별빛도 희미해졌다.

"너의 시간이다. 아우는 '새벽 신'을 쓴다 했지?"

"네. 지금이 딱 제 시간이네요. 그런데……."

"그런데 뭐?"

"추워 죽겠습니다, 아주! 형님!"

추워 죽겠다는 말에 안쓰러웠다가 마지막에 심술이 가득한 '형님' 소리에 왕소는 터지는 웃음을 참을 수 없었다. 그의 표정에 신율은 더 오만상을 썼다. 그런 신율을 바라보며 황자는 이제 호탕하게 웃음을 터뜨렸다.

그에게는 모처럼 기분 좋은 하루가 시작되고 있었다.

'지금 웃음이 나오시나요, 황자마마.'

第11章

달빛 고운

손이 가게 하는구나

그놈의 의형제를 맺은 이후 신율은 아슬아슬 몸살만큼은 피할 수 있었지만, 가끔씩 쳐들어오는 형님이란 사람까지 피할 수는 없었다. 그렇다고 마냥 한가하기만 한 황자도 아니었다. 한 번 불쑥 쳐들어온 후에는 또 몇 날 며칠 코빼기도 볼 수 없는 날이 많았다.

  하긴 자꾸 만나게 되면 신분이 들통 나는 건 순식간일 것이다. 솔직히 그 예민한 황자가 지금껏 그녀의 정체를 모르고 있다는 것이 더욱 놀랄 일이었다.

  여인이라는 것을 알게 되면 어찌 나올까. 아마 알게 되더라도 믿지 못하는 표정으로 한쪽 눈썹만 치켜 올리며 '설마 그럴 리가 있겠느냐.'며 술을 권할지도 모를 일이었다. 아니면 어쨌거나 부처님 앞에서 철석같이 맹세하였으니 형님은 형님이라고 우기고도 남을 황자였다.

  "그렇게 되면 그때는 내가 화를 내어야 할 일이구나."

"무엇이 말입니까?"

"응? 아니, 그런 게 있어요."

대륙으로 향하는 상단 일행에게 보내는 서찰을 마무리한 신율이 웃으며 중얼거렸다.

오싹하니 다시 찬기가 창틀 사이로 새어 나오는 것 같았다. 그나저나 몸살이 오지 않아야 할 텐데 큰일이었다. 워낙에 추위에는 속수무책인 그녀로서는 마지막 기염을 토하고 있는 겨울의 날씨는 별반 반갑지 않았다.

이제 연등회가 코앞으로 다가와 있었고, 상단에는 할 일도 많고 챙겨야 할 일도 많았다. 이런 상황에서 몸까지 안 좋으면 큰일이었다. 도와주는 이가 많다 해도 그녀가 하지 않으면 안 될 일도 있었다.

"전쟁이 끝났으니 좋은 지물과 비단의 가격이 오를 것입니다. 아직 가격이 낮을 때 매점에 신경을 쓰도록 하시구요."

"농사를 짓게 되면 농기구들도 많이 찾을 텐데…… 그 역시 좀 쟁여 놓을까요?"

"그건 안 되지요. 없는 이들의 작은 물건까지 손을 대는 건 상도에 어긋납니다. 발해 사람 살리자고 고려 사람을 죽이는 건 우리가 할 일이 아니에요."

신율의 말에 강명도 동의했다. 그들은 장사치였다. 물건을 사는 백성이 피폐하게 되면 그들의 장사도 끝이다.

"이제 되었으니 좀 쉬세요."

"좀 쉬셔야겠습니다. 얼굴이 말이 아닙니다."

파랗게 질려 있는 신율을 바라보며 백묘와 강명의 걱정이 끊이질 않았다.

아니, 그 눈치 없는 황자는 우리 아가씨를 기루에 데리고 간 것도 모자라 그 밤에 어디를 쏘다니게 한 것인가. 방 안에서는 화로가 꺼지지 않고 열을 내뿜고 있었지만 신율은 여전히 조금씩 몸을 떨고 있었다.

"괜찮아. 그 정도는 아니야."

"정말 괜찮으신 겁니까?"

"그렇다니까. 탕약이나 줘요."

신율의 명에 춘아가 냉큼 나간다. 그 빠른 뒷모습을 보면서 신율이 살짝 미소 지었다.

춘아는 짧은 시간 동안 몸에 살이 붙고 얼굴이 피어나고 있었다. 노비 시장에서 젖먹이 아이랑 생이별을 할 뻔했던 춘아였다. 그녀는 신율의 도움으로 상단의 가족이 되어 이곳 개경까지 같이 온 지 오래였다.

"경이의 말로는 그 양반도 황자마마라면서요."

"응."

신율이 간단하게 대꾸했다.

황궁에서 그녀의 눈으로 직접 보았으니 왕소가 황자마마인 것은 확실한데 희한하게 그의 느낌은 딱히 황자마마라 할 수 없는 사람이었다. 황족 따위는 질색이라 생각하였는데 개경에서 그나마 알게 된 이가 황자들이라니. 참으로 마음에 들지 않는 인연들이구나.

"어떤 양반입니까?"

"백묘도 잘 아는 사람이야."

"제가 말입니까?"

백묘가 고개를 갸웃거렸다. 그녀가 아는 고려의 황족이라고는 달랑 여섯째 황자뿐이었다. 그런데 잘 알고 있는 사람이라니, 또 누가 있단 말인가.

"그것이 말이야……."

얼굴에 살풋 미소를 담은 신율이 잠시 뜸을 들이며 백묘를 바라보았다.

"개봉에서 백묘가 골라 온 그 남자거든."

신율의 말을 제대로 이해하지 못한 백묘의 두 눈이 깜빡거렸다. 그러다 순식간에 눈과 입이 커다랗게 벌어졌다.

"설마…… 그날 밤 혼인……! 아니, 정말, 정말 그 사내가 맞습니까?"

정말 예기치 않았던 신율의 대답에 놀란 백묘가 숨을 캑캑거렸다. 아니, 우째 이런 일이. 백묘가 주변을 둘러보며 목소리를 죽여 조심스럽게 다시 물었다.

"혹여 황자는 알고 있습니까? 아가씨가 그날 혼인……."

"아니. 그날 내내 너울을 쓰고 있었으니 알 도리가 없잖아."

그나마 다행이라 생각하고 백묘는 안도의 한숨을 내쉬었다.

몰라야 한다. 끝까지 몰라야 한다. 황자가 남의 나라 땅에서 납치당해 혼인하였다고 하면 신율의 목숨은 완전히 내놓은 목숨이 될지도 모를 일이었다.

"그럼 아가씨께서 여인인 것은 알고 계십니까?"

"그것도 아니."

말할까 싶었지만 묻지도 않았고, 의형제를 맺자는 사람에게 자신이 여인이라는 말을 꺼낼 수가 없었다. 그는 더없이 진지했고, 그의 말대로 무척이나 외로워 보였으며, 그녀를 필요로 하고 있었다. 그리고 무엇보다 그놈의 온천 얘기 때문에 더 할 말도 할 수가 없는 노릇이었다.

그렇게 의형제를 맺은 형님이란 사람은 다행인지 불행인지 요 며칠 상단 근처에는 얼씬도 하지 않았다. 연등회를 앞두고 할 일 많은 신율에게는 오히려 다행스러운 일일지도 몰랐다.

연등 행사가 시작되기 며칠 전부터 개경의 사람들은 이미 들떠 있었고 오랜만에 즐거움으로 충만했다. 상단 또한 사람이 일하는 곳인지라 함께 들떠 있기는 마찬가지였다.

"오늘 같은 날은 여섯째 황자마마랑 탑돌이라도 하셔야죠."

"오늘 같은 날은 황실 사람들이 쉽게 거리로 나오지 못할걸."

지난번 황제 폐하가 신율을 시험한 후 왕욱은 그녀의 안위를 걱정하여 꽤나 조심스럽게 행동하고 있었다. 함께 달을 보지 못한 서운함을 대신하여 분홍빛 야광석을 선물로 보내왔다. 생각만큼이나 섬세하고 다정한 이였으나, 이제 신율에게는 그 마음이 조금씩 짐이 되어 가고 있었다.

"그래도 이런 날 일만 하시는 것은 너무 재미가 없어요."

찻물을 별로 좋아하지 않는 신율의 입맛을 그새 알아챈 춘아가 대신 대추차를 올리며 중얼거렸다.

"춘아는 나가 봐. 나무도 좋아할 테니."

나무는 춘아의 어린 아들이었다. 신율의 허락에 춘아의 입가에 웃음이 가득 걸렸다. 그 모습에 신율의 입가에도 미소가 담겼다. 가족이 있다는 것은 참으로 좋은 일이었다. 저렇게 함께 기뻐할 일이 있으니. 아마도 거리는 연등을 손에 든 사람들로 가득할 것이다. 오늘 같은 날에는 그저 조용히 앉아 서책이나 읽는 것이 좋았다.

"아가씨도 다녀오세요."

"또 누가 압니까? 이런 날 눈이라도 맞는 사내가 있을지."

"안 돼. 그럼 백묘 할멈이 그 사내를 죽이려 들 텐데. 그럼 너무 불쌍하잖아."

신율의 대꾸에 강명이 웃음을 터뜨리자 백묘도 피식 미소를 지어 보였다. 창가에 머무는 창백한 달빛이 점점 짙어지고 있었다. 흠, 그럼 나가 볼까? 호화로운 연등 행렬을 또 언제 볼 것인가. 또 한 해를 넘길 수 있을지 모를 목숨 아닌가.

모처럼 달이 하얗게 둥실 떠올랐다. 개경은 오랜만에 사람들로 붐비고 있었다. 연등의 불빛 때문에 달빛이 어느 때보다 희미해졌지만 거리는 어디라 할 것 없이 왁자지껄 웃음을 품은 사람들로 가득 차 있었고 구경거리를 쫓아 우르르 몰려다니는 아이들로 북적였다.

고려 황실의 사람들은 개국사에 모여 있었다. 장엄한 연등 행사와 함께 여인들은 탑돌이를 하고 있었지만, 많은 황실 사람들 중에서 넷째 황자를 찾아볼 수는 없었다.

워낙에 황실 행사에 꼬박꼬박 참석하는 그가 아니었기에 왕소가 있거나 없거나 별 신경을 쓰는 사람들이 없었다. 딱 한 명, 그를 그림자처럼 쫓아다니는 유신성을 제외하고는 말이다.

연등회가 열리거나 황실 사람들이 모이거나 상관없이 그 시각 넷째 황자는 기루에 머무르고 있었다.

"지난번에 벽란도에서 만난 그 소동에 대해서 드릴 말씀이 있습니다."

"신율이에 대해서는 이제 보고하지 않아도 된다."

은천이 입을 열기도 전에 왕소가 고개를 흔들어 그를 함구시켰다. 뜻밖의 명에 은천의 눈썹이 살짝 올라갔다.

"그럼 혹시 그분에 대해서 알고 계십니까?"

"아니. 그런데 이제 몰라도 된다."

"어째서 말입니까?"

얼굴 가득 만족한 듯한 미소를 짓는 황자를 바라보며 은천이 잠시 고개를 갸웃거리고 조심스레 물었다. 황자가 말하는 '몰라도 된다.'는 의미를 정확히 이해할 수 없었기 때문이었다.

"그 녀석과 의형제를 맺었어."

"의형제를 맺으셨습니까?"

황자의 대답에 조금 놀란 은천의 미간이 가볍게 모아졌다.

의형제라니. 신율이라는 자는 청해 상단의 사람이었다. 단주의 아우였으며, 지난번 황실을 홀딱 뒤집어 놓은 장본인이기도 하였다. 그리고 결정적으로, 여인이었다. 그런데 의형제를 맺었다고 말하는 것을 보면, 분명 그 여인의 정체를 아직 모르고 계신다는 뜻이었다.

"응. 희한하게도 그 아이와는 매번 인연이 닿는다. 그래서인지 덕분에 목숨도 구했고. 이제 명색이 아우인데 내가 형이 돼서 뒷조사를 하고 다니는 건 할 짓이 아니지 않아."

기분 좋게 대꾸하는 황자를 바라보며 은천은 피식 웃음을 삼켰다. 그래. 독하게 완벽한 황자마마도 가끔은 허술할 때가 있어야 했다. 그래야 사람 사는 맛이 나는 것이겠지.

다행히 조사한 바로 그녀는 위험한 사람이 아니었으니 걱정할 일도 없었다. 아니, 오히려 황자마마에게 도움이 될 인물이리라. 그리고 무엇보다 황자의 안위를 그가 걱정하는 것 자체가 쓸데없는 일이기는 하였다.

"황자마마답지 않으십니다. 핏줄이 닿은 형제가 너무 많다 하신 것 같은데요?"

의외라는 듯 은천의 물음에 황자가 가볍게 미소를 지었다.

그가 생각해도 그날의 결의는 엉뚱한 결정이었다. 하지만 조금의 거리낌도, 성급했다는 후회 또한 없었다. 그가 사람을 만나서 웃게 되는 일은 정말이지 흔치 않았다. 더구나 누가 되었든 그의 생명을 구해 주는 일도 전에 없던 일이었다.

이제 아우가 된 신율과는 참으로 많은 경험을 처음으로 하게 되는구나. 왠지 모를 만족감에 황자의 미소가 더욱 짙어졌다.

"피 안 섞인 아우는 하나도 없으니 괜찮다."

"그런데 그분은 순순히 의형제를 맺으셨습니까?"

"처음에는 싫다고 질색을 하더라. 그래도 겨우 사정해서 내가 형이 되었네."

"흠, 흠."

만족스럽게 웃는 황자를 바라보며 은천은 낮은 헛기침으로 겨우 터지는 웃음을 삼켰다. 왠지 그 상황이 그려졌다. 모처럼 재미있는 일을 황자마마 혼자 경험하셨구나.

"그냥 그렇게 믿으셔도 되겠습니까?"

"왜? 위험한 자더냐? 아니, 아니. 말하지 말거라. 난 믿겠다 생각하고 있으니."

"흥미롭기는 하지만, 위험한 분은 아니십니다."

서둘러 고개를 흔드는 황자의 말에 은천이 조그만 정보를

던져 주었다. 뭐가 어쨌거나 이제 형제가 된 처지이니 황자가
알아서 할 일이었다.

"그래, 흥미롭지. 그래서 만나면 궁금해지고, 그러다 보면 즐
거워지는 녀석이다."

"그나저나 개국사에는 정말 안 가셔도 되겠습니까?"

"되었다."

방금 미소가 담겨 있던 황자의 표정이 금세 심드렁해지고
있었다. 기루의 기녀들도 다들 들떠서 연등을 들고 거리에 나
설 판이지만 왕소 입장에서는 별반 재미있는 일이 아니었다.
그저 등불 하나 들고 다니는 일이 무엇이 그리 즐겁단 말인가.

부처님의 은혜를 받고 싶다면 백성의 등골을 빼먹는 짓이나
하지 말아야 했다. 부처님의 자비를 전하고 싶다면 노역부터
없애는 게 우선이었다. 연등회 삼 일을 빼고는 전부 어떻게든
자기 사병을 늘리느라 정신없는 황족과 공신들의 짓거리를 부
처께서 아실 터이니 아마도 지금쯤 기가 차실 터이지.

"오늘은 기루도 재미없고 집으로 가자꾸나."

"저기……."

"뭐?"

은천이 말을 흐리자 왕소의 눈썹이 살짝 올라갔다.

"하고 싶은 말이 있으면 해."

"황보마마님은 그자와 함께 가셨습니다."

은천이 말하는 그자가 누구인지는 알고 있었다. 국혼이 있

기 전부터 시작된 두 사람의 인연 또한 알고 있었다. 둘이 도망이라도 간다면 그 또한 보내 주려 했었다. 하지만 그들은 함께 도망가지 않았고, 국혼은 계획대로 진행되었다. 서로가 선택한 운명이었다. 그렇다면 감당할 수밖에.

생각해 보면 차라리 납치까지 하면서 자신의 운명을 바꾼 그 개봉의 여인이 가장 용감했는지도 몰랐다.

"그래서 가려고 하는 것이다. 아마 경화궁도 개국사에 갔을 터이니 모처럼 집이 조용할걸."

황자의 대답에 은천이 쓴웃음을 지었다. 가족이 나가야 비로소 집이란 곳에 들어갈 수 있는 황자라니. 참으로 외로운 양반이었다.

개국사에는 황제뿐만 아니라 황실의 사람들이 다들 모여 제국과 황실을 위해 축원을 하고 있었다. 서로 눈치 보기에 바쁜 황족과 종친들이었지만 연등회 때만큼은 서로의 발톱을 감추고 연등을 들고 잠깐의 여유를 즐기곤 하였다.

모두들 대법당 안에서 연회를 즐길 무렵, 황보부인은 홀로 연등을 들고 사찰의 뒤편에 있는 작은 석탑을 천천히 돌고 있었다.

둥근 보름달과 연등의 불빛에 비친 황보부인의 미모는 선녀가 하강하였다고 해도 믿을 만큼 고왔다. 황보부인의 뒤를 커다란 키의 사내가 연등도 없이 조용히 걸어가고 있었다.

법당에서 나온 왕욱은 두 사람을 바라보면서 잠시 미간을 찌푸렸다. 진작부터 저 둘의 관계를 모르는 것은 아니었다. 다만 지금껏 모른 척할 뿐이었다. 황보부인이 말을 하지 않아도 그를 비롯한 황주 가문에서는 황보부인과 왕소에게 후사 소식이 없는 이유를 알고 있었다. 황궁이 아니더라도 이미 그들은 사방에 눈이 있고 귀가 있는 세상에서 살고 있었다.

그런데 문득 달빛 속에서 아무런 대화도 없이 그림자를 밟아 가며 걸어가는 두 사람의 모습을 어쩌면 넷째 형님도 눈치챘을지 모른다는 생각이 들었다. 이렇게 거리가 있음에도 저렇게 서로의 절절함을 느낄 수 있으니 누구라도 알아챌 수 있을 것이다.

왕욱은 저도 모르게 잠시 고개를 저어야 했다.

왕욱은 천천히 달빛 속의 누이를 향해 걸어갔다. 보는 눈이 더 있을지 모를 일이었다.

부러 인기척을 내며 움직이자 세원과 황보부인의 시선이 그제야 서로를 비켜 간다. 세원이 허리를 숙여 왕욱에게 조용히 인사하며 황보부인에게서 한 걸음 떨어졌다.

"숙부님에게서 연락이 온 것이냐?"

"곧 개경으로 오신답니다. 직접 오셔서 중요한 말씀을 하신다 하십니다."

290

세원이 나직한 목소리로 왕식렴으로부터의 전언을 전하자 왕욱은 고개를 끄덕였다. 아마도 중요한 말씀이라 함은 앞으로 있을 거사에 대한 준비를 말함이리라.

"되었다. 이제 가 보거라. 네가 이곳에 있는 것을 알게 되면 서로에게 좋지 않아."

숙부와 황주 가문이 손을 잡았다는 사실도, 황보부인과 세원이 함께 있는 모습도 밝혀지면 누구에게나 좋은 일은 아니었다.

세원은 왕욱의 말을 알아들었다. 잠깐이라도 그녀와 함께 있을 수 있었으니 그것으로 충분하였다.

왕욱은 세원을 대신하여 황보부인과 탑을 돌고 있었다. 방금 전까지 은은하던 달빛은 어느새 하늘 꼭대기로 올라가 있었다. 어느새 공기는 더더욱 차가워지고, 숨을 쉴 때마다 입김이 서걱거리고 있었다.

"서경에서는 준비를 끝낸 모양이네."

"기회를 봐야겠지요."

"아직도 다녕이를 기억하는가?"

지금은 세원이 전해 오는 서경의 소식보다 왕욱이 더 큰일이었다.

왕욱이 상단의 여인에게 빠져 있다는 이야기는 아무래도 믿을 수가 없었다. 처음에는 그저 상단의 재물 때문이라 생각하고 그녀 역시 반겼었지만 상단의 여인에게 진심으로 마음을 주는 모양은 전혀 예상 밖의 일이었다. 내 아우가 그렇게 모자란 녀석이었던가. 발해의 여인은 결코 가까이해서는 안 될 일이었다. 제아무리 재물이 많다 해도 다음 황제의 자리가 눈앞에 있는데 그런 성급한 짓을 해서는 아니 될 것이다.

"하긴 령화를 쫓아내지 않은 걸 보면 아직도 마음에 담고 있는 것이겠지."

황보부인은 걸음을 멈춘 채 아무 말도 하지 않고 있는 아우를 바라보며 덩달아 걸음을 멈추었다.

령화는 누이가 보낸 여인이었다. 다녕과 닮은 여인이라 누이가 고르고 골라 보낸 여인이었지만 단 한 번도 그녀가 그의 마음을 움직인 적은 없었다. 특히나 신율을 만난 후부터는 령화의 존재가 부담스러워지고 있었다.

"무엇이 궁금하십니까? 령화입니까, 아니면 다녕이입니까?"

"난 네가 다녕이를 잊지 않았으면 좋겠다. 힘이 없다는 것은 그런 것이라는 것을. 내 사람을 지키지 못하는 일이 다시 일어나서는 안 될 것이야."

황보부인은 엄숙한 얼굴로 제 동생에게 충고했다.

그녀 역시 가슴속에 남편이 아닌 다른 남자를 담아 두고 있었다. 하지만 그들은 황실에서 태어난 사람이었고, 더욱이 그의 동생은 황주 가문을 책임질 의무가 있었다.

도움이 되지 않을 여인을 탐내어서는 안 될 것이다. 그가 탐내야 할 것은 따로 있었다. 바로 황제의 자리였다.

황보부인의 단호한 표정을 바라보던 왕욱이 천천히 고개를 끄덕였다.

"제가 알아서 할 일입니다."

"그렇겠지. 하지만 잊지 말거라. 넌 황제가 될 사람이다. 그러기 위해서는 사소한 감정 따위는 잊어야 해."

경고하듯 황보부인이 나직하게 중얼거렸다. 그녀 역시 그렇지 않았는가. 마음에 담은 정인을 두고 황명에 따라 왕소와 혼인을 하였다.

잠깐이지만 황보부인의 눈빛도 어쩔 수 없는 아픔에 슬픔으로 가득 찼다. 그리고 금방 서늘해졌다. 가문을 위하여, 황제의 자리를 위하여 많은 사람이 왕욱을 위해 희생하고 있었다. 아우는 그 책임의 무게를 잊어서는 안 될 것이다.

이제 연등회의 첫날밤에 되지 않았는데 개경의 사람들은 다 쏟아져 나온 듯했다. 사람들이 발길에 치이기 시작하자 왕소의 얼굴에 귀찮은 기색이 역력했다. 어찌 된 것이 재미있는 일도, 재미있는 사람도 이렇게 없단 말인가.

"다시 월향루로 가야겠구나. 집에 가기 전에 날이 새겠어."

"네. 도로 가서도 될 것 같습니다. 저자는 그래도 기루는 질색하는 거 같으니."

"또 그자냐?"

이제는 웃음이 섞인 왕소의 질문에 은천이 고개를 끄덕였다. 황자가 집으로 가는 길. 저만치서 부리나케 신성이 쫓아오고 있었다. 고개를 돌려 신성을 확인하는 황자의 눈빛이 갑자기 반짝인다.

"참으로 부지런한 자입니다. 간자만 아니었으면 제가 데리고 다니고 싶습니다."

"그래? 그럼 지금부터 놓치지 말고 데리고 다니거라. 난 아우와 함께할 터이니."

"네? 누구요?"

황자의 눈빛이 똑바로 향하고 있는 곳으로 은천의 시선이 움직였지만, 연등을 든 사람들 속에서 그가 말하는 아우를 발견할 수는 없었다. 아니, 도대체 저 많은 사람들 속에서 아는 얼굴을 발견할 수 있다는 것 자체가 희한한 일이 아닐 수 없었다. 하지만 왕소는 은천을 그대로 두고 성큼성큼 사람들을 헤치고 걸어가고 있었다.

"저 혹 붙이고 따라오거라. 너도 할 일이 있다."

신율을 향해 걸어가는 왕소의 입가에 미소가 짙어지고 있었다. 저만치서 신율이 그 시커먼 녀석과 함께 그 흔한 연등도 없이 걸어가고 있었다.

"여기서 만났구나."

"어? 황자마마?"

"형님!"

앞을 가로막는 그의 등장에 신율이 놀랍다는 듯 중얼거리자 왕소가 얼른 호칭을 정정해 주었다. 아우도 많은 양반이 형님 소리는 참 좋아라 한다.

"네, 형님. 여기는 어쩐 일이십니까?"

"너와 같은 이유지. 가자."

짧은 대답을 마친 왕소는 신율이 어쩔 틈도 없이 그녀의 손목을 잡아끌고 사람들 사이를 헤치고 지나가기 시작했다.

경이 쫓아가려 했지만 어느새 신성을 잡아끌고 온 은천이 그의 앞을 가로막았다.

순식간에 황자를 시야에서 놓친 신성의 눈이 낭패감에 꿈뻑거리고 있었다. 하지만 자신을 제압하고 있는 은천의 무공을 이겨 낼 재주가 처음부터 그에게는 없었으니 그저 황자의 뒷모습만 바라볼 뿐이었다. 경 또한 은천을 제치지 못하고 인상을 썼다.

"황자마마는 위험한 사람이 아닐세."

"제 눈에는 그렇지 않습니다."

어지간해서는 입을 열지 않는 경조차도 인상을 쓰며 나직하게 대꾸하지 않을 수 없었다. 저 황자마마라는 분에게 벌써 몇 번째 자신의 주인을 강탈당했다. 그 또한 본능적으로 느낄수 있었다. 황자라는 이에게서 뿜어 나오는 내공은 쉬이 물리칠 수 있는 실력이 아니었다. 지금 눈앞에서 자신을 보며 웃고있는 이 사람처럼 말이다.

"제법 보는 눈은 있구나. 그래도 저분을 쫓아갈 수는 없다.너도, 나도."

은천이 부드러운 미소를 지으며 경의 움직임을 딱 잘라 마지막까지 봉쇄하였다. 어느새 두 사람의 모습이 시야에서 사라지고 있었다.

"사내 셋이 달구경은 그렇고, 어디 가서 술이라도 한잔할까?"

제 뜻대로, 아니 황자의 명을 제대로 수행한 은천이 만족한표정으로 신성과 경을 바라보았다. 두 사람의 대답은 예상과같았지만, 뭐 상관없었다.

"되었습니다."

"싫습니다."

"그래? 그래도 할 수 없네. 어차피 각자 기다릴 사람이 있지않나?"

은천의 질문에 신성과 경의 얼굴이 다시금 곤란해졌다. 은천에게서 호탕한 웃음소리가 터져 나왔다. 모처럼 우리 황자마마도 나처럼 즐거웠으면 좋겠구나. 아마도 분명 그럴 것이다.

숨이 턱 끝까지 차오르는 신율은 아랑곳하지 않은 채 황자는 성큼성큼 뛰다시피 그녀를 몰아댔다. 끈질긴 간자나 충성심 깊은 호위 무사나, 혹은 서경에서 보낸 누구든 귀찮은 사람들을 멀리 피할 필요가 있었다.

쫓고 쫓기는 일이 일상이 되기도 하였지만 오늘만큼은 그 또한 다른 이들처럼 고운 달빛을 좋은 사람과 오롯이 함께하고 싶은 욕심이 있었다.

"흠, 이만큼 왔으면 아무도 못 쫓아올 것 같다."

"도대체 황자마마, 왜 이러시는 건데요?"

"형님! 머리가 나쁘구나."

황자마마라는 호칭에 왕소가 또 한 번 호칭을 정정하고 나섰다.

머리가 나쁜 게 아니라 별반 형님이라 부르고 싶지 않을 거라는 생각은 못 하는 것일까? 이 와중에 형님은 무슨 형님이란 말인가.

그래도 그의 험악한 눈빛을 보아하니 이번에도 형님이라고 불러야 할 것 같았다. 그까짓 형님, 뭐 불러 주지. 이렇게 꽉 잡은 손만 놓아준다면 뭘 못 하겠는가. 얼마나 뛰었는지 신율의 심장이 제멋대로 벌렁거리고 있었다.

"도대체 형님께서는 평소에 무슨 짓을 하고 다니시는 겁니까? 황자가 밤이슬을 맞아야 할 정도로 황실의 곳간이 텅 비어 있기라도 한 것입니까?"

"뭐?"

"아니, 그것이 아니라면 왜 만날 때마다 이렇게 종종거리고 쫓아다녀야 하는 건데요?"

신율이 하고자 하는 말을 알아들은 황자가 어깨를 으쓱였다. 하긴 지난번에도 이런 일이 있었지.

"뭘 몇 번이나 그랬다고?"

"남들은 한 번도 안 하는 경험이거든요."

"날 좋아하는 사람이 너무 많아서 그렇다. 난 그게 귀찮고."

"아닌 거 같은데요."

말도 안 되는 변명에 신율이 코웃음을 쳤다. 좋아하는 사람들이 어째 다 죽이려고 달려든단 말인가.

"뭐, 어쨌거나 좋잖느냐. 이렇게 둘이 연등놀이라도 할 수 있는 게."

"해괴한 거죠. 사내 복장을 한 두 사람이 이렇게 딱 붙어서 돌아다니는 건."

그녀가 불퉁하게 중얼거리며 아직도 꼭 쥐고 있는 황자의 손에 잡혀 있는 자신의 손을 바라보았다. 손끝에서 피어나는 열기가 자꾸 온몸으로 전해져 오는 것 같았다. 그제야 그때까지 자신이 신율의 손을 잡고 있었다는 걸 눈치챘는지 왕소도 얼른 손을 떼어 냈다.

"손이 차다."

"네. 좀 춥습니다."

신율이 몸을 웅크리며 중얼거렸다. 사실 마음은 정신없이 뜨거워지고 있는 중이었다.

"아무튼. 사내 녀석이 참 연약도 하다."

입으로는 타박을 하면서도 왕소는 할 수 없다는 듯 자신의 장포를 벗어 신율의 어깨에 둘러 주었다. 그의 장포를 빌려 입는 일이 제법 많아지고 있었다. 지난번 그때처럼 그의 체온이 남아 있어 따뜻한 온기가 전해졌다.

커다란 옷을 여며 주느라 얼핏 스치는 신율의 체취에 황자는 잠시 멈칫거렸다.

미쳤구나. 사내에게 이리 가슴이 흔들리다니.

지금껏 황보부인이 여인으로 다가오지 않은 이유가 그저 그녀에게 다른 사람이 있어서라 생각했는데, 그것이 아니었나 보다.

미치겠군. 내가 사내를 좋아했었나?

나의 취향이 이런 거였나? 내가 이랬었나?

"저한테는 너무 크고 깁니다."

"추운 것보다는 나을 텐데?"

"그야 이를 말씀입니까. 훨씬 따뜻해요. 그러니 도로 달라 하지 마세요."

속마음을 감춘 왕소의 퉁명한 대답에 신율이 얼른 고개를 끄덕였다.

그래도 장포의 자락 끝이 바닥을 쓸고 다니는 것이 영 마음에 걸렸는지 신율은 마치 여인들이 치마를 들 듯 양손으로 옷의 끝자락을 들고 조심스럽게 걸어가고 있었다.

"하여튼 손이 가게 하는구나."

그리고 마음도 말이다. 끌끌거리며 혀를 찬 황자는 장포의 양쪽 끝을 들어 신율의 앞에서 묶어 주었다. 커다란 장포에 돌돌 말린 느낌이었지만 그래도 춥지 않았고 걷기에 불편하지도 않았다. 겨우 만족한 신율이 왕소를 향해 활짝 웃어 보였다.

"생각보다 머리가 좋으십니다."

"생각보다?"

황자의 눈썹이 삐딱하게 치켜 올라갔지만 신율은 아랑곳하지 않고 다시 환히 웃어 보였다. 달보다 더 고운 모습이었다.

사내 녀석이 어찌 저리 웃음이 흔한 것인지.

덜컹, 가슴이 두근거리고 있었다.

第12章

지금만큼은
기적이 일어나길

두 사람은 노란 연등으로 빛나는 탑 주변을 천천히 돌아 나갔다. 저 멀리에서 소고와 비파 소리가 무질서하게 울려 퍼지고 있었다. 달이 깊어 갈수록 거리에는 사람들이 점점 가득해지고 있었다.

"사람이 너무 많습니다."

"원래 이런 날은 사람 보는 것도 재미다."

방금 전까지 자신도 사람에 치이는 것을 질색했던 사실은 까맣게 잊어버린 황자였다.

"네. 엄청 재미있네요."

"퉁명스럽기는. 달이 저렇게 고운데 심통 맞은 얼굴은 어울리지 않는다."

"그건 또 그러네요. 달이 저렇게 크고 밝은데."

고개를 젖히고 하늘을 바라보던 신율이 황자를 향해 싱긋 웃어 보였다. 덕분에 가느다란 목이 드러나고 노란 연등 아래 하얀 얼굴이 달보다 더 곱게 빛나자 주변의 시선들이 쏟아졌다.

사내가 계집처럼 고우니 어쩔 수 없는 노릇이지만 왠지 그 시선이 마음에 들지 않았다. 황자는 신율의 머리 위로 무서운 눈길을 쏘아 보냈다. 소유욕이 가득한 그의 시선에 주위 사람들이 움찔하고 흩어졌다.

다른 쪽에서 탑돌이를 끝낸 이들이 우르르 몰려들자 사람들 사이에 잠시 왕소가 사라졌다 싶었다. 얼결에 모르는 사람들의 무리에 휩쓸렸다 싶을 때 누군가 손목을 부드럽게 낚아채 손을 덮어 왔다.

검을 들어 못이 박힌 커다란 손이 하얗고 작은 손을 부여잡았다. 왠지 모를 안도감에 신율이 작게 미소 지었다.

"손이 곱다."

"칼을 쥘 수 있는 몸이 아니니까요. 경이처럼 내 몸 정도는 내가 지킬 수 있었으면 좋았을 텐데……."

조금 아쉬운 듯한 중얼거림에 신율의 손을 잡고 있던 왕소의 손에 힘이 들어갔다.

"걱정 안 해도 된다. 넌 내가 지켜 줄 테니."

"걱정 안 합니다. 저는 나쁜 짓을 별로 안 해서 누구처럼 쫓아다니는 사람이 없거든요."

기대했던 대로 지지 않고 대꾸하는 신율 때문에 황자의 입꼬리가 또 위로 올라가고 있었다.

연등 행렬을 피하자 하늘에 걸린 달이 더 환히 비추고 공기는 더 서늘해졌다. 그리고 그들은 더 가까워졌다. 밤이 깊어 가고 있었고, 심장은 미친 듯이 두근거리고 있었다.

주변의 상인들에게 제값보다 훨씬 비싸게 구한 연등을 들고 탑을 도는 동안 황자는 별반 말이 없었다. 그저 달빛과 바람을 즐기듯 느릿느릿한 걸음으로 그녀의 옆을 지키며 걸어갔다.

깊은 밤, 사람들이 겨우 집으로 향하고 이제야 조금은 한적한 시간이 되어 차가운 공기와 그림자만이 그들을 천천히 따라오고 있었다.

두어 번 탑을 돌던 그녀가 문득 멈춰 서서 합장을 한 채 무언가를 중얼거렸다.

왕소는 덩달아 멈춰 서서 그 모습을 바라보았다. 달빛과 연등의 불빛 속에서 신율의 하얀 볼이 더 예쁘게 빛났다.

예쁘다니, 달빛에 홀렸나 보다.

"소원을 빌었는가?"

"네."

"무슨 소원인데?"

"그냥 기적이 일어나길 빌었습니다."

신율의 소원에 황자가 고개를 갸웃거렸지만 그녀는 그냥 웃기만 했다.

기적. 사람의 힘으로 이루어질 수 없는 일. 하지만 누군가에게 그 기적은 참으로 사소한 것일 수도 있다.

사소하지만, 이룰 수 없는 일. 그래서 더 힘들고 아픈 것들. 원하는 사람을 만날 수 있고, 좋아하는 사람을 바라볼 수 있는 일. 아프지 않고, 상처를 받지 않으며 살아가는 일.

"기적? 소원이 이상하구나. 차라리 재물을 더 벌겠다 하는 게 현실적인데."

"현실적인 건 제가 알아서 할 수 있어요. 소원은 제 힘으로 이룰 수 없는 걸 빌어야죠."

"하긴 그건 또 그렇다."

신율의 설명에 황자가 고개를 끄덕였다. 그러고 보면 자신의 소원 또한 이루어질 수 없는 것이었다.

"마마는 무엇을 비셨습니까?"

"비밀이다."

"그런 게 어디 있어요. 난 말했는데."

신율이 발끈해서 흘겨보자 황자는 '풋' 하고 웃음을 터뜨렸다. 누가 장사치 아니랄까 봐 손해 보는 짓은 절대 하지 않는다.

"좋은 사람과 편안하길 빌었다."

"좋은 사람이 누군데요?"

"글쎄다. 앞으로 생기겠지?"

왕소는 희미하게 미소 지으며 말했다. 네 소원대로 기적이 일어나면 말이다.

하얀 달빛 아래에서 몇 명, 아직도 미련을 가진 연인들이 두 손을 꼭 잡은 채 서로의 귓가에 달콤한 말을 속삭이며 떨어지지 못하고 있었다. 그들의 표정에서 넘쳐나는 애정에 보는 이들의 입가에도 저절로 미소가 그려지고 있었다.

"저들은 행복해 보이는구나."

"마마는 행복하지 않으십니까?"

"지금은. 지금만큼은 행복하다."

진심으로 그랬다. 이런 여유를 언제 또 느껴 봤을까. 이 어린 벗과 함께하는 이 시간이 황자를 묘하게 들뜨게 하고 있었다.

'너도 나처럼 좋으냐.'라고 묻고 싶었지만 어쩐지 사내답지 않은 질문 같아서 왕소는 애써 하고 싶은 말을 참았다.

왜 자꾸 이 조그만 녀석 앞에서 호들갑스러워지는지, 왜 자꾸 가슴이 떨리는지 스스로도 이상했다. 연등회가 이런 것이었나? 이리 사람의 마음을 설레게 하는 것이었나?

어느덧 객잔 앞에 도착한 신율은 걸음을 멈추었다.

"조심해서 들어가세요. 형님 덕에 달구경을 다 했습니다."

"잘 들어가거라. 오늘 밤 너 때문에 즐거웠다."

서로에게 그렇게 인사는 하였지만 두 사람은 아직도 환한 달빛 아래에서 마주 보며 선 채로 발길을 돌리지 못하고 있었다.

"아, 이 장포는 가져가셔야죠."

"되었다. 추워서 떨지 말고 언제든지 입고 다녀라."

신율이 장포를 벗으려 하자 황자가 고개를 흔들며 제지하였다. 그러다 얼핏 손길이 스치는 듯하자 두 사람은 얼른 서로의 손을 거두어야 했다.

이게 도대체 무슨 일이란 말인가.

이 조그만 녀석에게 가슴이 떨리다니.

심장이 두근거리긴 신율 또한 마찬가지였다.

붉어진 볼을 가리느라 신율은 애꿎은 흙바닥에만 시선을 주었고, 황자는 그저 달 밝은 하늘만 바라볼 뿐이었다.

좋은 밤이었고, 그래서 아쉬운 밤이었다.

신율을 객잔까지 안전하게 들여보낸 황자는 집이 아닌 월향루로 다시 향했다.

미친 것인가. 왜 그 조그만 녀석만 만나면 마음이 움직인단 말인가. 만날 때마다 그 정도가 점점 심해지고 있었다. 여인도 아닌 사내에게 마음을 빼앗기다니. 지금껏 단 한 번도 사내에게 눈이 간 적이 없었다. 설마 내가 계집보다 사내를 더 좋아했단 말인가. 아니다. 그럴 리가 없다.

생각해 보면 여인을 안은 지가 너무 오래되었다. 월향루에서 머무르기는 하였지만 그는 정 없이 여인을 쉬이 품는 사내는 아니었다. 왕소가 월향루에 들어서자마자 기녀들이 후다닥 달려들어 황자를 반겼다. 와락 하고 안기는 여인의 살 내음과 고운 분 내음이 코끝에 와 닿는다. 바로 이것이었다. 그래, 그래. 그저 몸이 필요한 것이다. 그래서 그런 것이야.

음악 소리, 여인의 웃음소리, 몸에 와 닿는 보드라운 여체까지…… 모든 것이 완벽했다. 그런데 왜 머릿속에는 내내 그 녀석만 떠오르는 것일까. 신율이 부처님을 모시면서 정신을 똑바로 차리라 하더니 정말 미쳐 가나 보다. 그나저나 그 녀석의 안색이 좋지 않았는데 지금은 괜찮은지 궁금했다.

생각해 보면 꽤나 몸이 약한 녀석이었다. 또, 또 그 아이 생각이었다. 오늘 밤 여인을 안는 것은 가능한 일이 아니구나.

연등회가 끝나고 상단의 사람들도 바쁜 시간을 보내고 있었다. 하지만 며칠째 그들의 주인은 꽤나 심각한 표정이었다.

"우리 신율이가 또 무슨 공부를 하는 모양이구나."

"그만큼 하셨으면 충분하실 텐데, 이번에는 또 뭐가 궁금하신 걸까."

"그러게 말이다. 공부 따위가 뭐가 재미있다고."

양규달이 도무지 이해할 수 없는 표정으로 머리를 저으며 혀를 찼지만 백묘와 강명의 표정에는 웃음이 가득했다.

저 버릇이 또 시작이구나. 뭔가 새로운 것이나 흥미로운 분야가 생기면 그들의 주인은 완전히 열중하여 호기심을 만족시킬 때까지 심취하는 습관이 있었다. 관상이나 병법에 괜히 능통한 것이 아니었다.

"율아, 또 뭐가 궁금한 것이냐? 말을 해 보거라. 또 아니? 내가 그 답을 알고 있을지?"

규달의 이야기에 다들 말도 안 된다는 표정이었지만 신율은 제법 진지한 얼굴로 자신의 오라비를 바라보았다.

사실 신율은 요 며칠 꼬박 잠을 설쳐야 했다. 몸은 곤하기 이를 데 없었는데 희한하게도 캄캄한 세상에 황자의 얼굴만 선명하게 떠올라 잠을 방해하고 있었다.

아니 왜 그 순간에, 그 밤중에 그 황자가 생각난단 말인가. 아니 왜 생각하는 것만으로 그리도 가슴이 두근거린단 말인가.

생각해 보면 이상하게 황자만 옆에 있으면 심장이 빨리 뛰곤 했다. 시원찮던 심장이 이제 멈출 때가 되어 아예 제멋대로 움직이는 것이란 말인가. 그런데 왜 하필 그 사람이 있을 때만 심장이 고장을 일으키는 것일까. 모처럼 생긴 호기심과 더불어 중간중간 집요하게 끼어드는 황자 때문에 신율은 눈 뜬 채로 아침을 맞이하곤 했다.

"뭔데? 응? 말을 해 봐."

"이건 말이 필요한 게 아니라서……."

신율이 그렇게 중얼거리더니 갑자기 와락 규달의 가슴에 안겨 들었다. 뜻밖의 행동에 사람들의 눈이 커졌지만 신율의 얼굴은 사뭇 비장하기까지 하였다.

"어, 어. 율아, 왜 그러냐? 어디 아프냐?"

"아니요. 아닌 거 같아요."

오라비에게서 몸을 떨어뜨린 신율이 머리를 갸웃거렸다.

이상하네. 멀쩡하네. 아니, 멀쩡한 게 정상인 것이지.

그렇다면 그때는 왜 그런 것일까?

"경아, 이리 와 보거라."

다들 어리둥절하였지만 경은 주인의 부름에 얼른 한걸음 다가갔다.

자신의 앞에 선 경을 빤히 바라보며 신율의 눈빛이 진지하게 반짝였다. 무언가 생각에 잠긴 그 모습에 경 또한 진지해질 수밖에 없었다. 하지만 그것도 잠시, 경의 눈이 휘둥그레지고 몸이 굳어졌다. 자신의 주인이 떡하니 허리에 팔을 두르고 몸을 안아 왔기 때문이었다. 다른 상단 사람들도 화들짝 놀란 얼굴로 다시 서로를 마주 보았다.

"흠, 이상하네."

잠시 경을 안고 있던 신율은 몸을 떨어뜨리고 자신의 가슴에 손을 얹어 보았다. 아무리 동생 같은 경이라 할지라도 어쨌거나 사내인데도 그를 안고도 언제나처럼 심장은 느긋하게 움직인다. 심장이 두근거리지도, 오그라들 정도로 설레지도 않았다.

신율의 얼굴이 심각해지고 있었다.

"아저씨, 아저씨도 한번 안아 봐야겠어요."

강명이 뭐라 고개를 흔들기도 전에 신율이 선뜻 그의 몸에 팔을 둘렀다. 이번에도 심장은 여전히 제 속도로 뛰고 얼굴에 열도 오르지 않았다. 신율은 고개를 갸웃거렸다.

"왜 그러십니까?"

"어, 아니. 내가 몸이 좀 이상한 거 같아서 확인해 본 것뿐이야."

궁금증을 참지 못한 강명의 질문에 신율이 여전히 진지한 표정으로 흐릿하게 중얼거렸다.

정말 내 몸이 이상한 것일까? 아니면 그 사람한테 문제가 있는 것일까?

"몸이 이상하시다니요. 어디가 아프신데요?"

"아니, 아니. 걱정할 건 아니야. 괜찮은 것 같으니까, 아무 문제없어."

금세 걱정이 담긴 눈으로 그녀를 훑어 내리는 백묘에게 신율이 웃어 보였다. 하지만 아직 호기심을 해결하지 못한 검은 눈빛에는 생각이 가득했다.

"저기, 여섯째 황자마마가 오셨습니다."

아직도 풀지 못한 숙제로 신율의 얼굴이 심각해지고 있을 때 춘아가 얼굴을 빼꼼히 내밀며 조심스럽게 아뢰었다.

왕욱은 신율과 함께 십자로의 골목길을 걸으며 조금씩 위로 휘어지는 입술 끝을 겨우겨우 다물었다. 곁에 있는 그녀가 보면 조금 모자란다 할지도 모르니 아무리 가슴이 설레어도 실실거리고 웃고만 있을 수는 없지 않은가.

"연등회 때 함께하지 못해서 서운했습니다. 하지만 꽃이 피면 꽃놀이는 같이 다닐 수 있을 것입니다."

"할 수 없지요. 연등회는 황실의 행사 아닙니까."

"황실의 행사라 못 온 것이 아니라 행여나 아가씨에게 피해가 갈까 걱정스러워 안 간 것입니다."

황자의 말에 신율이 고개를 끄덕여 감사함을 표했다. 참으로 섬세하고 배려심 깊은 황자였다.

"다시는 사람을 보면서 설렐 거라는 생각을 해 본 적이 없는데……."

"언제 설레셨는데요?"

"다녕이를 보면 항상 가슴이 설레었지요."

왕욱은 가슴속에 감춰 둔 오래전 일을 기억해 내며 희미하게 웃어 보였다. 눈앞의 여인 때문인지 그녀를 생각해도 이제는 가슴이 덜 아픈 듯했다.

"가슴이 설레요? 왜요?"

"왜라니요."

왕욱은 질문이 의외라는 듯 잠시 신율을 바라보았다. 동그란 눈이 정말 궁금한 것처럼 빛이 나고 있었다.

"처음으로 마음을 준 여인이었습니다. 아무리 무뚝뚝한 사내라도 좋아하는 여인을 만나면 가슴이 떨리게 마련입니다."

"심장도 두근거리구요?"

"그렇지요."

"말도 안 돼. 믿을 수 없어."

신율이 절레절레 고개를 흔들자 왕욱의 입술이 웃음기로 살짝 올라갔지만 그녀는 아니었다.

　좋아하는 사람을 만나게 되면 가슴이 떨리고 심장이 두근거린다니. 그렇다면 그녀가 형님이라는 그 양반을 좋아하기라도 한단 말인가. 그것은 말도 안 되는 이야기여야 했다.

　"믿어 보세요. 경험자의 말이니. 그리고…… 전 지금도 가슴이 두근거립니다."

　"그러지 마세요. 믿고 싶지 않습니다."

　질색을 하는 신율의 대답을 잘못 이해한 왕욱의 눈빛이 어두워졌으나, 항상 영특하기만 하던 그녀 또한 자신의 복잡한 감정에 남을 챙길 여유가 없었다.

　아니, 이 잘생기고 점잖은 황자 앞에서는 멀쩡한 심장이 왜 그의 앞에서만 대책 없이 두근거린단 말인가. 그것이 마음을 주어 그렇다니. 그건 있어서는 안 되는 일이었다. 분명 여섯째 황자마마가 뭘 잘못 알고 있는 것이다.

第13章

묻는다

너도 내가 좋은가?

　고려에는 황제나 황자보다 더 강력한 권력과 더 대단한 힘을 가진 자가 있었다. 그는 다름 아닌 집정 왕식렴이었다. 가히 날아가는 새도 떨어뜨릴 정도의 권력을 가지고 있는, 황실의 가장 어른이자 군권의 실세인 서경의 집정 왕식렴이 개경으로 입성하였다.

　왕식렴. 태조마마의 동생이자 현 황제의 숙부. 그가 움직이자 황실뿐만 아니라 황제의 자리를 마음에 담은 모든 황자들, 더불어 그들의 지지 세력인 지방의 호족들까지 그야말로 다들 난리가 났다. 어찌하면 왕 집정에게 조금이라도 잘 보일까 안달을 하는 중이었다. 온 궁궐이 그를 맞이하기 위해 부산을 떨었고, 황제 역시 편전에서 숙부를 기다리고 있었다.

　황제에게 숙부는 처음에는 고마운 은인이었고, 지금은 더할 나위 없이 무서운 적이었다. 선황이신 형님 폐하를 숙부의 힘으로 몰아내고 황제의 자리에 올랐다. 하지만 이제 황제는 같은 방법으로 아우들에게 압박받고 있었다. 그리고 그 배후에는 언제나처럼 숙부가 있었다.

숙부가 그의 부하들을 거느린 채 기세도 당당하게 편전으로 들어섰다. 황제 앞임에도 불구하고 왕식렴은 꽤나 당당하였고 그것은 당연한 것처럼 여겨졌다. 허리에 걸친 커다란 장검조차도 자연스럽게 여겨질 정도였다. 그리고 왕식렴의 뒤를 따르고 있는 두 명의 부하 역시 조금도 위축됨이 없어 보였다. 그들 또한 무장을 풀지 않은 모습이었다.

주변의 신하들은 숨을 멈춘 채 그들을 좌시하고 있었다. 무엄하게 감히 편전에서 검이라니. 그것은 황실의 법도상 도저히 있을 수 없는 일이었다. 하지만 아무도 그것을 제지할 수 없었다. 편전 안은 조용하다 못해 누군가의 급한 숨소리조차 들릴 정도였다.

그때였다. 황제 옆에 허리를 굽히고 서 있던 왕소가 성큼성큼 걸어 나갔다. 그리고 누가 뭐라 할 틈도 없이 왕식렴의 뒤에 서 있는 무장한 장수의 턱을 그대로 후려쳤다. 단 한 번의 주먹질이었지만 장수는 순식간에 그대로 바닥에 널브러졌다. 미처 준비도 하지 못하였지만 설사 알았다 해도 내공이 실린 어마어마한 힘을 견디지는 못하였을 것이다.

"이것이 무슨……."

"너는 네 웃전을 이리 모시는 것이더냐. 먼 여정을 오시느라 정신없어 숙부께서 잠시 잊으셨다 해도 너희들은 챙겼어야지.

황제 폐하 앞에 검을 들고 오게 하다니 너희들이 정녕 죽고 싶으냐? 감히 황제 폐하를 능멸할 셈이냐? 아니면 황제 폐하와 숙부님을 이간질할 생각이더냐?"

나직하지만 칼날보다 더 서늘한 추궁에 왕식렴의 부하들은 저도 모르게 무릎을 꿇고 죄를 청하였다. 그들의 주인이 누구이건 간에 이 상황에서는 꼼짝없이 대역죄로 몰릴 판이었다. 왕식렴은 쓴웃음을 감춰야 했다.

당했다. 한 치도 틀림이 없는 말임에도 불구하고 저 어린놈한테 두 눈 시퍼렇게 뜨고 당했다는 느낌이었다.

"뭣들 하느냐. 당장 이것들을 끌어내어 참형에 처하거라."

"되었소, 아우. 일부러 그런 것이 아니라…… 미처 챙기지 못한 것 아니겠소. 안 그렇습니까, 숙부님?"

"폐하, 제가 오늘 아주 커다란 실수를 한 듯하옵니다. 허허허. 황제 폐하께서 너그러이 용서하여 주시오."

왕식렴은 자신의 허리에 찬 검을 내어놓으며 마지못해 허리를 굽혀 용서를 구하였다.

왕식렴의 부하들이 끌려 나가고 편전은 겨우 안정을 찾아가고 있었다. 공신들과 대신들은 남모르게 안도의 한숨을 내쉬었다. 까딱 잘못했다간 오늘 이곳에서 피바람이 불 뻔하였다.

"오시느라 고생하셨습니다. 숙부, 건강은 괜찮으십니까?"

"황제 폐하의 은혜 덕분에 이 노구는 아직은 버틸 만합니다."

왕식렴이 이를 악물고 중얼거렸다. 그리고 서늘한 눈빛으로 황제 옆에서 여전히 불편한 표정으로 미간을 모으고 있는 왕소를 쏘아보았다.

저 녀석이 문제였다. 나약한 황제를 지탱하는 숨은 세력. 그것이 바로 저놈이리라. 차라리 저놈이 황좌에 욕심을 품었다면 쉬웠을 텐데 왕소는 그럴 틈도 보여 주지 않았다.

왕식렴은 머리를 조아리기는 했지만 황제와 왕소를 번갈아 바라보는 눈빛만큼은 서늘했다.

"각별히 몸을 아끼세요. 숙부가 서경을 단단히 지키고 있음으로 제가 황좌에 마음 놓고 앉아 있습니다."

"황송하옵니다."

황송하다 말하는 왕식렴은 지나치게 당당했다. 왕식렴의 뻣뻣한 태도에 왕소와 충주 가문의 가신들은 자기도 모르게 얼굴을 굳혔지만 어쩔 수 없는 일이었다.

왕식렴에게는 지금의 황제를 자리에서 내려오게 할 만한 군사력이 있었다. 지금처럼 눈이 벌게서 황좌를 노리고 있는 황자들을 두고 숙부의 심기를 건드리는 일은 무모한 짓이었다.

"황제 폐하, 제가 이곳까지 온 것은 이유가 있어서입니다."

"말씀하세요. 조카가 듣고 있습니다."

사실 숙부가 무엇을 원하는지 알고 있었다. 하지만 황제는 숙부의 앞에서 그렇게 말할 수밖에 없었다.

왕식렴이 원하는 것은 역시나 재물과 사람이었다. 다시 사람들을 서경으로 보내게 되면 폭동이 일어날지도 모를 일이었지만 모든 권력을 장악하고 있는 숙부 앞에서 황제는 고개를 흔들지 못하였다.

"그리고 또 한 가지 부탁이 있소."

"말씀하세요. 듣고 있습니다."

"서경에 제대로 된 감독관을 보내 주었으면 하오. 넷째 조카였으면 좋겠는데, 어찌 생각하시는지요?"

왕식렴이 왕소를 똑바로 주시하며 말했다. 왕소 또한 그 시선을 피하지 않았다. 그런 두 사람을 바라보며 황제는 내심 한숨을 쉬었다. 왕소를 내어 달라. 그것은 곧 황제가 가지고 있는 마지막 권력까지도 참아 주지 않겠다는 의미였다.

"황제 폐하?"

"고려해 보겠습니다. 왕소는 제게도 의지가 되는 아우입니다. 게다가, 모후께서 건강이 좋지 않으시니 쉬이 결정을 할 수는 없는 일입니다."

희미하게 미소 지으며 용케 곤란한 상황을 빠져나가는 황제의 대답에 왕식렴의 눈이 가늘어졌다. 황제는 이번만큼은 순순히 고개를 끄덕일 생각이 없어 보였다.

"제가 숙부님을 위해 조촐한 연회를 베풀고 싶습니다만."

"아, 이 숙부를 그렇게까지 생각하시니 기쁘기 한량이 없습니다. 하지만……."

하지만? 황제는 자신의 초대에 느릿하게 말을 끊은 숙부의 의중을 읽으려 노력했다. 도대체 이 늙은 노인네가 그에게 원하는 것은 무엇인가.

　황제는 그가 무엇을 원하든 주어야 한다는 것을 알고 있었다. 그 사실이 못내 불편했지만 어쩔 수가 없었다. 권력이 없는 황제는 그저 참을 수밖에 없었다.

第14章

숨은 진실

바보로구나, 넌

    황제가 그의 숙부 왕식렴을 위해 베푸는 연회는 그야말로 호화로웠다. 무엄하게도 황제인 자신에게서 연회장의 상석을 양보 받은 숙부를 바라보며 황제는 쓴웃음을 지었다.

    숙부가 굳이 황궁에서 연회를 베풀어 달라 청한 진짜 이유를 진작부터 알고 있었다. 자신의 세를 황제와 다른 황자들에게 보여 주고 싶었던 것이다. 실제로 그의 기세는 대단해 보였다. 여러 황자들이 황제가 아닌 숙부의 아래에 몸을 숙였고 머리를 조아렸다. 차려입은 조복만 아니었다면 황제가 누구인지 헷갈릴 지경이었다.

    황제는 숙부에게 술잔을 건네고는 조용히 몸을 일으켰다. 더 이상 이곳에 있을 이유가 없었다. 황제의 퇴장에도 막는 이들은 없었다.

    왕원은 고개를 돌려 주변을 살펴보았다. 황자들은 겉으로는 미소를 짓고 있었지만 내심 숙부의 눈에 들기 위해 최선의 노력을 다하고 있었다.

흥. 부질없는 짓들이다. 다음 황제는 누가 뭐래도 자신이 될 것이다. 그는 그렇게 마음속으로 다짐했다.

그나저나 숙부의 배짱은 대단했다. 감히 황제 폐하가 있는 궁으로 황자들을 다 모이라 하다니. 벌써 몇 단지째 술이 돌아갔지만 숙부의 눈빛은 예리하기만 했다.

왕원의 소망과는 상관없이 술잔을 내려놓은 왕식렴은 주욱 왕욱에게로 시선을 돌렸다.

왕욱.

왕식렴은 왕욱을 차기 황제로 삼기로 진작에 낙점하였다. 왕욱은 든든한 집안, 재능, 그리고 황제의 면면을 찾기에도 나무람이 없었다. 조금 유약한 성격이 문제인 듯도 하지만 그 유약함이 그를 황제로 만들 것이다. 제멋대로 강단이 있어서는 안 될 것이다. 다음 황제는 결코 지금의 황제처럼 배은망덕하게 그의 뜻을 모른 척하지 않을 것이다.

"왕욱 조카님은 어째 날이 갈수록 돌아가신 선황 폐하를 닮아 가십니다."

"송구하옵니다. 아바마마의 외양뿐만 아니라 천하를 통일한 호탕하신 기개도 닮아야 할 텐데 조카가 아직 많이 부족하옵니다."

"배우면서 성장하는 것이지요. 형님 마마도 처음부터 황제는 아니었습니다."

왕욱의 은근한 대답과 왕 집정의 도발적인 덕담에 와자지껄 술을 마시던 궁의 분위기는 한순간 조용해졌다.

천하를 통일한 호탕한 기개를 이야기한 왕욱은 자신의 뜻을 드러낸 것이고, 형님 마마도 처음부터 황제는 아니었다는 집정의 대꾸는 황제의 자리에는 주인이 따로 없음을 은연중에 내비친 것이었다. 그것은 곧 역모를 의미함이었고, 아무리 그곳에 모인 황자들의 뜻이 같을지라도 쉽게 고개를 끄덕여 찬동할 수 없는 상황이기도 했다.

"이런, 이런. 왜들 이렇게 긴장들을 하시나. 숙부는 그저 조카님들에게 내 형님의 옛이야기를 함께 나눈 것뿐이네. 뭣들 하시나. 술을 안 들고."

잔뜩 긴장한 채 자신을 바라보는 황자들을 쳐다보며 왕식렴을 가볍게 미소 짓고는 자신의 앞에 놓여 있는 술잔을 단숨에 비워 냈다.

연약한 것들. 저리 간이 작아서야 무슨 큰일을 도모하겠는가. 황제의 자리는 운 좋게 황실에서 태어나 그저 욕심만으로 되는 것이 아니다. 그런 면에서 오히려 왕욱의 대답은 괜찮았다. 그 야심이 마음에 들었다. 유약하기만 한 줄 알았는데 그래도 배짱은 있구나.

그래. 황제가 되려면 최소한 그 정도 기개는 있어야겠지. 역시나 그가 제대로 고른 듯하였다.

"왕소 황자가 보이지 않는구나."

왕식렴의 눈썰미는 대단했다. 그 많은 황자들 중에서 입궐하지 않은 단 한 명의 황자, 왕소를 기억해 낸 것이다.

어찌 기억하지 못하겠는가. 조의선인들을 뒤쫓을 때마다 항상 왕소가 있었다. 그 연관 관계를 찾지 못하여 어찌하지 못하고 있지만 왕식렴의 의심은 쉽사리 사라지지 않고 있었다.

한 가지 확신하는 것은 왕소가 위험한 인물이라는 것이다. 왕소가 서경을 경계하듯 그 또한 조카를 경계한 지 벌써 오랜 시간이 흘렀다.

"원래 넷째 형님은 황실의 모임에 참여를 하지 않습니다."

"황족이 그래서는 아니 될 것이다. 황족으로서의 의무를 소홀히 하다니 있을 수 없는 일이야."

왕식렴이 못마땅하다는 듯이 중얼거리자 여기저기서 숙부의 뜻에 동조하고 나섰다. 그런 황자들을 바라보는 왕식렴의 눈빛이 만족스럽게 빛났다.

하나같이 부족한 녀석들이었다. 왕소가 지금 이 자리에 참석하지 않은 것은 그가 보기에는 어쩌면 가장 당연한 선택이었다.

황제의 동복 동생인 그가 자신에게 잘 보여 황제가 될 수 있을지는 몰라도 재위 기간 내내 패륜의 무게를 지고 가야 할 것이다. 그러므로 이런 자리에 참석하는 것 자체가 오히려 멍청한 짓일 수도 있었다.

황제가 등극한 이후로 이렇게 황실이 조용했던 날도 없었던 듯하다. 왕식렴과 함께하는 황자들의 연회는 밤이 깊을수록 더 무르익어 갔고, 편전에 홀로 앉은 황제의 얼굴에는 고뇌의 그림자가 더욱 짙어져 갔다.

방금 전까지 함께 있던 지몽이 그에게 속삭인 전언들이 가슴속에서 계속 윙윙대고 있었다. 게다가 하루를 일 년처럼 신경을 쓰다 보니 머리가 깨질 듯 아팠다. 이유가 뭔지는 모르지만 요 며칠 황제의 두통은 점점 더 심해지고 있었다. 아마도 숙부 때문일 것이다.

황제는 쓴 미소를 어렵게 삼켜 냈다. 탁자 위의 찻물을 한 모금 삼키고 지친 심신을 달래 보려 했지만 여전히 머리도 마음도 제대로 진정되지 않았다. 용상 위의 황제의 얼굴에는 고단한 기색이 역력했다.

"오늘은 이만 쉬어야겠소."

"안색이 안 좋으십니다. 어의를 부르겠습니다."

황위에 오른 후 강건하던 황제의 용안은 점점 창백해지고 여위어 가고 있었다.

"그 정도는 아니오."

어의를 부르겠다는 나인의 말에 황제가 팔을 휘휘 내젓고 몸을 일으켰다. 잠시 세상이 핑 돌았다. 휘청거리는 몸을 단단히 부여잡고 황제는 신중하게 발걸음을 옮겼다.

혹시라도 곳곳에 있는 간자에게 그의 약한 모습을 조금이라도 보여 주어서는 아니 되었다. 어떤 빈틈도 내어 주어서는 아니 될 것이다.

황제는 천천히 침전인 신덕전으로 발걸음을 옮겼다. 사방은 캄캄했고 내관이 든 초롱불만이 길을 밝히고 있었다. 그 순간 갑작스럽게 불어 대는 요란한 바람 소리에 인기척조차 감춰지고 있었다.

꽤 오랜 시간이 지났다. 달빛이 완전히 구름 속에 갇혀 버린 시간, 깊은 어둠 속에서 황제를 노린 자객이 무엄하게도 신덕전에 들이닥쳤다. 그들은 황제를 지키는 내관과 호위 무사를 순식간에 제거한 후 일곱 개의 방문을 열어젖혔다.

오늘 밤 황제를 암살해야 한다. 그것이 그들에게 주어진 명이었다. 하지만 비단 금침만 덩그러니 깔려 있는 텅 빈 황제의 침소에 잠시 당황해야 했다.

황제가 없다.

"지몽의 짓이로다."

우두머리인 듯한 사내의 입에서 나직한 신음이 새어 나왔다. 그들은 들어올 때와 마찬가지로 신속하게 움직여 궁을 빠져나갔다.

제거해야 할 목표물이 없는 이상 시간을 끌 필요가 없는 것
이다. 하지만 첫 번째 황궁의 문을 통과하기도 전에 그들은
온몸을 긴장시켜야 했다. 분명하게 느껴지는 살기와 어마어마
한 내공의 힘에 그들은 숨을 멈추었다.

황제를 죽이기 위해 몰래 스며든 자객들의 앞을 검은 옷을
입은 새로운 무리들이 가로막았다. 이들이 언제 어디서 나왔
는지 흔적조차 느끼지 못했을 정도로 순식간이었다.

"누, 누구냐."

"알 거 없다. 나도 네놈들이 별반 궁금치 않으니."

자객의 앞을 가로막은 또 다른 무리들 중 수장인 듯한 자가
느긋한 목소리로 중얼거렸다.

"죽여라. 어차피 배후가 누구인지 토해 내지 않을 터이니 사
정을 봐주지 말아라."

흠칫 놀란 이들은 검을 뺏어 들었지만 눈앞의 상대는 그들
보다 훨씬 강했다. 그들을 압도하는 검기와 무공은 숨을 쉴
수 없을 정도였다.

누구…… 누구란 말인가. 이렇게 강한 이들은.

그들이 휘두르는 긴 장검에서 흔들리는 검은 천을 바라보며
자객의 무리들은 숨을 삼켰다.

아, 조의선인!

검은 휘장을 두른 왕소는 자객의 무리들을 완벽하게 제압했

다. 그러다 잠시 공격을 멈출 수밖에 없었다. 궁궐 한쪽 구석에 낯익은 자가 있었기 때문이었다.

유신성, 저자가 왜 이곳에 있단 말인가.

은천과 눈을 마주친 황자는 자신도 모르게 미간을 모았다. 그는 황제 폐하의 사람이었다. 결단코 이번 일과는 관계가 없을 것이다. 참으로 쓸데없이 열심히 간자 노릇을 하는구나.

그 밤, 부랴사랴 위기를 넘긴 황제는 미친 듯 웃음을 터뜨렸다. 껄껄대며 웃고는 있었지만 황제의 눈에는 두려움과 공포가 가득하였다. 살아도 산 것이 아니었다.

"괜찮으십니까?"

"이것이 황제라는 자리요?"

죽음은 피하였다. 하지만 이것은 시작일 뿐이었다. 누구보다 황제인 그가 잘 알고 있었다.

숙부는 전쟁에 익숙한 사람이다. 흔들고, 다시 흔들고, 쓰러질 때까지 흔들어서 최후에는 가슴에 비수를 꽂고 성을 함락시키는 일이 이제 시작된 것이다.

형님이신 황제 폐하를 그가 그렇게 몰아내지 않았는가. 겉으로는 왕규가 난을 일으켰다 하였지만 그 속내에는 숙부가 있었다. 처음에 형님이 쉬고 계신 신덕전에 자객을 보낸 것도, 다시 침소로 자객을 보낸 이도 숙부였다. 그리고 그는 그것을 모른 척하였다. 그 후, 숙부 덕에 그는 황제가 되었다.

새로운 황제가 즉위할 때까지 이번에도 그들은 멈추지 않을 것이다. 그리고 이번에도 그가 왕규에게 죄를 뒤집어씌운 것처럼 어쩌면 또 다른 누군가가 역모의 죄를 감당해야 할 것이다.

나의 핏줄. 왕소. 오싹한 두려움에 황제는 질끈 눈을 감았다. 그 녀석은 살려 두어야 했다. 왕소가 역모를 일으켰다고 세상이 믿는 순간 그는 결코 이 자리를 지킬 수 없으리라.

"왕소야, 어찌해야 할까? 숙부를 역모 죄로 잡아들여야 할까."

황제가 잔뜩 긴장한 얼굴로 왕소에게 물었다. 그리고 곧이어 말을 이었다.

"아니지. 잡아들이기 전에 내가 먼저 죽겠지."

"이번 일은 조용히 넘어가야 할 것입니다."

차마 입을 열지 못하는 왕소를 대신해 지몽이 대답했다. 왕소의 생각도 마찬가지였다.

황제가 머무는 궁에 자객이라니. 입에도 담을 수 없을 만큼 황망한 일이었다. 당장이라도 사람을 모아 숙부에게 역모의 죄를 묻는 것이 옳은 일일 것이다. 하지만 지금 황실은 힘이 없었다. 황제에게도, 그리고 조의선인의 수장인 그에게도.

"어째서 말입니까? 이런 일을 그냥 두어서는 절대 안 됩니다. 당장 색출해서 요절을 내야……."

함께 자리를 피했던 황후의 목소리가 날카로워졌다. 창백하던 하얀 얼굴이 노기로 붉게 물들어 있었다.

"황후, 내 자리를 탐내는 사람이 날 황제로 만들어 주었소. 그러니 날 끌어내릴 수도 있을 게요."

"그럼 설마 숙부님이……."

차마 말을 못 잇는 황후를 바라보며 황제는 쓴웃음을 지어 보였다. 죄인을 알고 있으면서 그 죄를 물을 수 없는 상황.

황실에 자객이 들었다고 하면 왕식렴은 아마도 역모를 진압한다는 핑계로 군사를 이끌고 이 개경으로 입성할 것이다. 그때는 숙부를 맞을 자, 이 고려에 아무도 없을 것이다. 아직은…… 아직은 말이다.

황제는 마음속으로 그렇게 중얼거리며 참담함에 입술을 굳게 깨물고 있는 자신의 아우를 바라보았다.

왕소라면…… 숙부를 막을 수 있을 것인가?

"너는 어서 가 보거라. 여기 더 있다간 또 의심을 받게 될 것이다."

"그러시지요. 황궁의 병사들이 지키고 있으니 너무 심려치 마시고 퇴궁하시는 것이 나을 듯합니다."

황제의 명에 지몽도 서둘러 왕소에게 퇴궁을 재촉했다. 그들은 조의선인의 수장이라는 조그마한 증거만 나와도 왕소의 목숨을 거두어 갈 것이다.

황제는 깊은 한숨을 내쉬었다. 황좌의 무게는 그의 머리를 짓누르고, 이곳의 공기는 그의 장을 갉아 먹고 있었다.

이것을 언제까지, 어찌 견딜 수 있을지 모르겠구나. 황제는 피곤한 듯 눈을 감았다. 얼마나 버틸 수 있을까. 이곳에서.

황실에서 어떤 일이 벌어지든 상관없이 월향루는 여전히 음악 소리와 분내로 가득했다. 신성을 구해 낸 황자는 아무 말 없이 은천과 술잔을 나누고 있었다. 안 그래도 기루가 불편한 신성은 짐짝처럼 던져진 채 땀만 삘삘 흘리고 있었다. 오늘 밤, 신성은 자신이 보아서는 안 될 것을, 그리고 간자로서 꼭 알아야 할 것을 알아 버렸다. 그런데 황자는 왜 위험을 무릅쓰면서까지 그를 구했을까. 조의선인의 수장이라는 어마어마한 비밀을 왜 그의 가벼운 목숨과 맞바꾼 것일까.

"마마, 소인의 목숨을 구해 주신 은혜, 잊지 않겠습니다."

"잊어도 된다. 아니, 잊는 게 네게도, 나에게도 좋을 것이야."

"중요한 것은 잊을 것입니다. 하지만 하잘것없는 소인의 목숨을 구해 주신 은혜만큼은 산처럼 지고 갈 것입니다."

무뚝뚝한 황자의 중얼거림을 이해한 신성은 다시 허리를 조아리고 진심을 다해 말했다. 그 진지한 고백에 황자가 미간을 모으고 '탁' 하고 술잔을 내려놨다.

"뭐가 중요하다는 것이지?"

"그거야……."

신성이 주변의 기녀를 바라보며 말을 흐렸다. 그리고 어찌할 바를 몰라 하며 은천을 바라보았다. 무엇이 황자의 심기를 불편하게 하였는지 알 길 없는 신성이었다.

"세상에서 제일 중요한 것은 말이다, 네가 살아 있다는 것이다. 사람의 목숨만큼 귀한 것은 세상에 없다. 하잘것없는 목숨 따위는 없으니 그걸 잊지 말아라."

"도대체 유 공은 그곳까지 어찌 온 것입니까? 정말 황자마마를 쫓아오신 것입니까?"

"아닙니다. 충주에서 황제 폐하께 급히 아뢰라는 말씀이 있어서……."

"그 밤에 말이오?"

신성의 대답에 은천이 끌끌거리며 혀를 찼다. 충주가 아닌 왕식렴의 계략일 것이다. 그리고 아마도 황자가 구해 내지 않았다면 신성은 그날의 목격자가 되어 꼼짝없이 죄를 뒤집어쓰게 되었을 것이다. 또한 신성을 압박하다 보면 왕소의 행적도 어떻게든 털어놓았을지 모를 일이었다.

"마마, 지금까지의 모든 일에 죄를 청합니다."

"그것이 죄를 청할 일인가? 그게 자네의 일이었네."

"황자마마."

"그만. 난 너의 황자마마가 아니다."

바닥에 머리를 대고 사죄하는 신성에게 황자가 날카롭게 지적했다. 신성이 주인으로 모시는 사람은 그가 아니지 않은가.

"마마, 지금 제가 모시고, 앞으로도 모시겠다 생각한 주인은 마마뿐입니다."

"네 주인이 나다? 난 단 한 번도 그리 생각한 적이 없다."

황자의 냉소에 신성은 고개를 흔들며 변명했다.

"마마, 지금껏 마마의 뒤를 쫓았으나 마마의 뜻을 거스른 적은 없습니다. 그것을 아직 눈치채지 못하셨습니까?"

"뭐든 상관없네. 자네가 옆에 있든 뒤에 있든…… 아니면 앞에 있든."

"마마, 제 정체를 알고 계셨을 것입니다. 하오면 제 진심도 알아주셨으면 합니다. 마마, 전 진작부터 마마의 사람이었습니다."

진심이라. 황자가 물끄러미 그를 바라보았다.

"신성, 자네는 내가 좋은가?"

"네? 그게 무슨……."

다소 뜬금없는 황자의 질문에 신성이 잠시 바닥에서 고개를 들어 왕소를 마주했다. 그를 똑바로 바라보는 황자의 얼굴에서 한 조각의 웃음기도 찾아볼 수 없었다.

"날 보면 안절부절못하는 거 같아서. 이 고운 여인들을 두고 날 보면 가슴이 두근거리는 건가?"

"마마가 말씀하시는 그런 의미로는 아닙니다."

황자의 질문에 기녀들이 웃음을 터뜨렸고, 놀림을 받았다고 느낀 신성의 얼굴이 벌게졌다.

"성내지 말게. 난 진심으로 물어보는 거니까."

"마마를 존경하고 마마를 따릅니다. 마마를 아끼고, 마마를……."

"계속해라."

신성의 이어지는 고백에 기녀들이 숨을 죽였고 그를 무시한 황자가 가차 없이 재촉했다.

"마마를, 마마를 믿습니다. 마마의 말에 복종할 것입니다."

신성의 대답에 황자가 '탁' 하고 술잔을 내려놨다.

"오늘 그 말, 잊지 말거라. 언젠가 오늘 너의 대답에 대한 책임을 지게 될 것이다."

"잊지 않겠습니다. 그리고 마마가 구해 주신 제 귀한 목숨을 걸겠습니다. 저는 마마의 사람입니다."

황자의 시선을 가감 없이 받아 낸 신성의 대답에 왕소는 고개를 끄덕였다.

"가 보거라. 난 아무래도 이 밤 여기서 묵어야 할 듯하니."

"마마."

"생각할 것이 있어서 그러니 쓸데없는 걱정은 접어. 오늘 밤부터는 쉬이 다른 곳에는 묵을 수 없을 거 같으니 이해해라."

"네, 마마."

황자의 명에 기녀들의 얼굴에는 발그레 홍조가 가득했고 신성과 은천은 조용히 방을 비웠다. 그 모습을 바라보던 황자의 얼굴에 얼핏 서늘한 미소가 지나갔다.

신율. 그 녀석도 나를 믿고 나를 따를 수 있으려나.

아니, 내가 신성에게 대하듯 냉정한 목소리로 목숨을 걸라고 얘기할 수 있으려나.

아니, 내가 왜 지금 그 녀석을 생각해야 하느냐 말이다.

그보다 위험하고 급한 일이 산처럼 쌓였는데 머릿속에는 자꾸 사심이 들고 있었다.

신율은 요 며칠 왕욱의 대답이 머릿속을 떠나지 않았다.

─처음으로 마음을 준 여인이었습니다. 아무리 무뚝뚝한 사내라도 좋아하는 여인을 만나면 가슴이 떨리게 마련입니다.

마음을 준 사람이라 가슴이 떨린다? 좋아하는 사람을 만나면 그렇게 된다고? 그 무슨 말도 안 되는 이론이란 말인가. 여섯째 황자의 말대로라면 그녀가 왕소 황자에게 마음을 주었다는 이야기이고, 그것도 모자라 그녀가 그를 좋아한다는 이야기였다.

아무리 생각해도 이해가 되지 않는 말이었다. 그런데 왜 여섯째 황자는 자신을 믿어도 된다고 자신만만하게 대꾸한 것일까. 살면서 처음으로 부딪힌, 도무지 답이 안 나오는 문제였다. 그리고 그 답을 해결하지 않으면 아무것도 할 수 없을 것

같았다. 무엇보다 그녀가 그를 좋아한다는 게 말이나 되는 이
야기란 말인가. 신율은 질끈 입술을 깨물고 몸을 일으켰다. 뭐
가 되었건 알아야 할 것 같았다.

월향루는 여전히 다른 세상 같았다. 황자를 찾아 다시 기루
에 들렀지만 왕소의 모습은 흔적도 찾을 수 없었다. 낮이고 밤
이고 기루에 가면 만날 수 있다고 소문이 난 황자였는데 반드
시 그렇지도 않은 모양이었다.

그와 딱 마주하지 않은 게 다행인지 불행인지 모르겠다. 또
가슴이 두근거리면 그야말로 큰일이었지만 왜 그런지 이유를
알지 못한다면 그 또한 답답한 일이 아닐 수 없었다.

차라리 몸이 아픈 것이 나은지, 여섯째 황자 말대로 상사(相
思)로 인한 증상인 것이 나은지 그녀는 답을 찾을 수가 없었
다. 잔뜩 고민스러운 얼굴로 뒤돌아서는 신율의 팔을 누군가
확 하고 낚아챘다. 이건 또 뭔가 싶은데, 바라보니 황자였다.

"네가 여기 웬일이지?"

"기루에 왜 왔겠습니까?"

잡힌 손목에 또 한 번 가슴이 쿵쿵거린다. 이건 예상치 못
한 일이라 놀라서 그런 것뿐이리라.

본의 아니게 퉁명스러운 신율의 대답에 왕소는 피식 미소를
지어 보였다.

"어린 녀석이 이런 데를 너무 좋아하면 안 된다."

"그런 소리는 형님한테 들을 이야기가 아닙니다. 형님은 아주 여기 사신다면서요."

지지 않고 대꾸하는 신율을 바라보며 황자는 다시 웃음을 터뜨렸다.

"하여튼 눈치는 빨라서. 그래, 잘 왔다. 안 그래도 널 보고 싶었다."

기녀들이 활짝 웃으며 신율을 반겼다.

황자마마만 있어도 기루가 번쩍거리는 마당에 이리 고운 사내까지 함께 있으니 기녀들의 가슴이 두근거릴 만도 했지만 신율은 이번만큼은 단호하게 그녀들을 사양했다.

"황자마마와 긴히 할 말이 있으니 자리를 잠시 비켜 주었으면 한다."

나직하지만 다부진 신율의 명령에 기녀들이 서둘러 방을 빠져나갔다.

그 모습에 황자는 다시 한 번 고개를 끄덕였다.

어리고 곱다 하여도 사내는 사내이고, 주인은 주인이구나. 괜히 상단에서 높은 자리를 차지하고 있는 것이 아니구나.

기녀들을 모두 쫓아낸 신율이 제법 비장한 눈으로 왕소를 바라보자 그의 얼굴도 심각해졌다. 그 역시 진작부터 요 조그만 아우를 찾고 싶었으나, 행여나 숙부인 왕식렴의 눈에 띄기라도 할까 봐 자중하던 중이었다.

"무슨 일이 있는 것이냐?"

있지요. 아주 중요한, 꽤 심각한 문제가 생겼습니다.

신율은 마음속으로 그렇게 중얼거리고는 황자 앞으로 한 걸음 더 다가갔다.

"어이, 왜? 무슨 일인데?"

왕소가 걱정스러운 눈빛으로 입을 열기 전에 신율은 결심한 듯 침을 꼴깍하고 삼켰다. 그러곤 왕소가 뭐라 어쩔 틈도 없이 커다란 황자의 몸에 팔을 둘렀다.

두근. 두근. 두근. 쿵. 쿵. 쿵.

심장이 미친 듯 두근거리고 있었다. 온몸의 박동이 소리 나게 뛰고 있었다.

"너, 너…… 이것이 무슨 짓이냐."

"역시나."

"역시나는 또 뭐고?"

"아닙니다. 잠시 시험을 해 본 것입니다."

다시 혼인을 하는 것도 아니었고, 나란히 한방에 누워 잠을 자는 것도, 입술이 닿을 뻔한 것도 아닌데 남장을 하고 그를 만날 때마다 심장은 항상 똑같이 반응하고 있었다.

"무슨 시험?"

"그런 게 있습니다. 말씀드려도 이해 못 하실 것입니다."

신율은 그의 질문에는 하나도 대답하지 않고 절망한 얼굴로 털썩 주저앉았다. 그러곤 탁자 위에 있는 술을 벌컥거리며 들이켰다. 진심으로 목이 탔다.

"정말 아무 일 없는 것이냐?"

"무슨 일이 있긴 한데 제가 알아서 할 수 있는 일입니다."

정말 알아서 할 수 있을지는 몰라도 일단 대답은 그렇게 해야만 했다.

"말해 봐라. 도와줄 수도 있다."

"아니요. 도와주실 수 있는 일이 아닙니다."

황자의 말에 신율이 단호하게 머리를 흔들었다. 그가 도와준다고 해결될 일이 아니었다. 아니, 도와준다고 옆에 있으면 그게 더 큰일이었다. 심장은 아마 더 두근댈 터이고, 가슴은 더 미친 듯 뛸 터이니.

자신과 혼인했던 사내이니 보고 싶다고 생각했었다. 그런데 아니었나 보다. 이렇게 가슴이 설레는 사람이라 보고 싶었던 모양이었다. 시간이, 기억이 그녀도 모르게 그리움을 쌓아 두었나 보다.

"그때도 그랬었나?"

"언제 말이냐?"

"아닙니다. 혼잣말이었습니다."

황자의 물음에 신율이 화들짝 놀라 고개를 흔들었다. 이제는 마음속 이야기도 이렇게 대놓고 하는구나. 어서 정신을 차려야 했다. 그렇지 않으면 오늘 속내를 다 드러낼지도 모른다. 신율은 애써 자신을 다잡으려 노력했다.

"싱거운 녀석 같으니."

"그런데…… 황자마마는 여기 계시면 큰일 나는 거 아닙니까?"

"그럼 어디 있어야 하는데?"

"몰라 물으십니까? 황실에 중요한 손님이 오셨다면서요."

왕식렴의 존재와 그가 가지고 있는 힘을 상단에서도 진작에 인지하고 몸을 숙이고 있는 중이었다. 고려 최고의 권력과 권세를 가진 왕식렴에게 그 누가 쉬이 대할 수 있겠는가.

"나와는 관계없는 사람이거든."

"정말 황제 자리에 욕심이 없나 봐요."

"너 정말 그러다 죽는다."

담백한 그녀의 중얼거림에 왕소는 혀를 차야 했다. 어째 이렇게 겁이 없을까. 아무리 듣는 자가 없다 해도 사방이 뚫린 이곳에서 감히 황제의 자리를 논하다니, 이 녀석은 뭘 믿고 이렇게 간이 큰지 모르겠다.

"그건 저보다 황자마마가 더 걱정할 일이에요."

"내가 왜?"

"내가 왜는…… 형님이 무슨 짓을 하고 있는지 제가 모를 거라 생각하십니까?"

황자가 잠시 긴장한 채 인상을 썼다. 설마 이 녀석이 뭘 알고 있는 것일까. 뭘 알기에 그를 걱정하는 것일까.

"무슨 짓? 너 혹시 알고 있는 것이 있느냐?"

"당연하죠. 황제보다 더 무서운 사람이 서경의 왕 집정이라

344

는 건 저도 압니다. 그런데 그 양반을 무시하면 살 수 있겠습니까?"

세상 눈치 없는 그가 답답하다는 듯 타박하는 신율을 바라보며 황자는 안도의 숨을 내쉬었다.

그렇지. 이 녀석은 바보가 아니었지. 장사치이니 세상 돌아가는 일에 더 밝을 것이다. 하지만 딱 이만큼만 알아야 했다.

그래야 그에게 무슨 일이 생겼을 때 이 아이만이라도 무사할 수 있을 터이니.

"지금쯤 다른 황자마마들은 천하를 도모하고 있을 텐데 형님은 여기서 이렇게 태평하게 술만 드시면 어쩝니까?"

"상관없다. 천하의 주인은 오직 황제 폐하 한 분뿐이신데 도대체 왜 모두들 황제의 자리를 탐내는지 이해를 못하겠구나. 그러니 너도 천하는 잊거라."

"물론입니다. 전 황제가 될 생각은 없으니까요. 그저 재물을 탐할 뿐이죠. 장사치에게는 그것이 최고니까요. 하지만 황자마마들에게는……."

"황제의 자리가 최고라고? 웃기는 이야기로구나."

신율이 말을 끝내기도 전에 뒷말을 가로챈 황자가 나직하게 비웃었다.

"잘못 아셨어요. 황자들에게 가장 좋은 일은 강한 황제를 모시는 일입니다."

"강한 황제?"

"네. 감히 어느 누구도 황제의 자리를 넘볼 수 없을 만큼 굳건한 황제가 있다면 황자들은 사병을 기를 것이 아니라 양민을 키우기 위해 노력할 테니까요. 강한 황제 밑에서는 서로를 죽이는 일보다 스스로를 지키는 일에 더 힘쓸 것입니다."

잠시 황자의 눈빛이 짙어졌다. 그리고 아무 대꾸 없이 술잔을 비워 냈다. 그 모습을 물끄러미 바라보던 신율이 황자에게 물었다.

"기녀보고 들라 할까요?"

"아니, 괜찮다. 너 하나면 충분하구나. 안 그래도 나도 내 아우랑 술이라도 한잔하고 싶었다."

"뭐, 그렇다면 사양하지 않겠습니다."

술 이야기에 신율의 눈빛이 반짝거리자 왕소는 헛웃음을 지었다. 깜빡이는 새까만 눈동자에 또다시 홀릴 것만 같았다.

여인이 가득한 기루에 있어도, 숨이 막힐 것 같은 황궁 안에서도 이 눈빛이 내내 그를 괴롭혔었다.

내가 정말 이 아이에게 끌리는구나.

사내이거나 아니거나 상관없이 눈앞의 상대에게 마음을 빼앗겼다는 것을 황자는 그제야 깨달았다.

"제 얼굴에 뭐가 묻었습니까? 아니 뭘 그렇게 물끄러미 보십니까?"

마시자던 술은 모른 척하고 자신만을 바라보고 있는 왕소의 집요한 시선에 잠시 얼굴을 붉히며 신율이 부러 퉁명스럽게 말을 이었다. 이 밤에 이 황자가 왜 이렇게 빤히 바라보는 것인가. 그의 눈빛에 안 그래도 덜컹거리는 가슴이 갑자기 툭 툭 소리를 내는 것 같았다.

아, 괜히 술을 마신다 하였나 보다.

"제가 아무리 좋아도 그렇게 바라보시면 저도 좀 낯간지럽 거든요."

"너도 내가 좋은가?"

"네? 그게 무슨."

신율이 황자의 뜻하지 않은 질문을 한 번에 이해하지 못하 고 눈을 깜박였다.

좋다니, 누가, 누구를.

아, 그러고 보니 내가 아무리 좋아도 그리 보지 말라 했지. 그렇다면 내가 당신을 좋아하느냐고 묻는 것인가? 세상에. 이 런 질문을 하다니. 황자가 미쳤나 보다. 아니면 내 속을 읽을 줄 아는 건가?

"그렇다 아니다, 둘 중에 하나만 말해라."

"음…… 아마 좋은 듯합니다."

잠시 망설이던 신율이 용기를 내어 대답하자 황자의 얼굴이 조금 풀어졌다. '아마'라는 말이 마음에 걸리기는 했지만 아주 나쁘지는 않았다.

"날 보면 가슴이 두근거리는 건가?"

신율의 눈이 커졌다.

뭐야, 들킨 건가? 아니면 이 사람이야말로 점쟁이인가? 설마 내 심장 뛰는 소리가 이 사람한테까지 들리는 것인가?

"무, 무슨 말씀이십니까?"

"그렇다 아니다, 둘 중에 하나다."

황자는 가차 없었다.

이 사람이 왜 이럴까. 무엇이 궁금해서 이러는 것일까.

"그, 그것이…… 서로 하나씩 주고받아야 하지 않습니까? 왜 마마만 물어보십니까?"

"응?"

"형님도 제가 좋습니까?"

"그래. 네가 좋다. 네가 생각하는 것 이상으로."

이번에도 가차 없는 대답. 갑자기 심장이 툭 하고 떨어진다.

미쳤나? 황자가 미친 것일까, 아니면 이 대답에 정신없이 뛰는 심장을 가진 그녀가 미친 것일까.

"자, 이제 대답해라. 너도 날 보면 가슴이 두근거리냐?"

"그게……"

"그렇다 아니다, 둘 중에 하나다."

황자가 그녀의 시선을 똑바로 마주한 채 대답을 기다리고 있었다.

밤은 깊어지고, 달빛은 더 서늘해지고 있었다. 하지만 입을 여는 사람도, 듣는 사람도 가슴속에는 자꾸 때 아닌 열기가 모인다. 서로의 숨 쉬는 소리만 들리는 것처럼 온 세상이 조용해지고 있었다.

조의선인이 개경에 나타났다. 그것도 황실에 한밤중에 소리 없는 그림자처럼 스며들어 신덕전을 범한 자객들을 뒤쫓았다. 갑자기 나타난 조의선인들에게 당황한 자객들이 대항하기는 하였으나 상대는 조의선인이었다. 몇몇은 죽었고 또 몇몇은 생 포되었으나 자객들이 곧 자결하는 바람에 그들의 배후를 알 아낼 수는 없었다.

그날 사람들을 놀라게 한 것은 황제를 죽이려고 한 자객들 이 아니라 황궁에 나타난 조의선인이었다. 조의선인이 황제를 지키기 위해 개경에, 황궁에 나타났다니. 그들의 정체와 관련 하여 황실은 다시 술렁이기 시작했다.

왕식렴이 묵는 궁에는 무거운 침묵이 내려앉고 있었다. 단 출한 몇 명만이 자리를 차지하고 있었다. 그리고 그곳에는 꽤 나 귀찮은 표정으로 자리를 차지하고 있는 왕소가 있었다. 왕 식렴의 가차 없는 소환이었다.

왕식렴은 성격이 급한 자였다. 아니, 급하다기보다는 추진력 이 있다고 하는 것이 옳을 것이다. 그는 전쟁을 겪은 몇 안 되 는 황실의 종친 중 하나였다. 그래서 그의 행동은 빨랐고 결 단력이 있었다. 왕식렴의 날카로운 눈빛이 왕소를 스치고 지나갔다.

"조카는 이 고려의 주인이 누구라 생각하오?"

"당연이 황제 폐하이시나 숙부께서 원하는 답은 아닐 듯하옵니다."

왕식렴의 뜻이 담긴 질문에 왕소가 나직하게 웃으며 대꾸했다. 알 듯 모를 듯 애매한 그의 대답에 왕 집정 역시 웃음을 터뜨렸다.

"허허, 역시 조카는 머리가 좋아. 자고로 황자는 입적(入嫡), 입장(入長), 아니면 입현(入賢)이라 했다."

숙부의 나직한 발언에 왕소의 얼굴에 희미하지만 서늘한 미소가 스치고 지나갔다.

입장. 지금의 황제만 사라지면 다음 장자는 분명 왕소였다. 하지만 황제를 배신할 그도 아니었고, 눈엣가시 같은 왕소를 황제로 받아들일 숙부도 아니었다. 그저 숙부는 지금 황제의 자리를 빌미로 그에게 칼날이 시퍼런 검 대신에 독이 든 술잔을 권하고 있는 것뿐이었다.

"어떠냐? 너는 나와 뜻을 같이하겠느냐?"

"숙부님의 그 계획에서 저는 빼 주시면 감사하겠습니다."

메마른 그의 대답에 숙부의 얼굴에서는 이제 서늘한 냉기가 뚝뚝 떨어지고 있었다. 당장이라도 검을 빼 들어 죽일 것 같은 기세였지만 왕소는 눈 하나 깜빡하지 않고 있었다.

"네가 오늘 정녕 죽고 싶은 것이냐?"

"제가 드리고 싶은 말씀입니다. 숙부님, 황제 폐하께서 엄연히 계신데 할 말씀은 아닌 듯합니다."

명백한 위협에도 왕소는 단호하게 대답했다. 왕식렴을 똑바로 마주 보는 눈빛에서 한 치도 비켜나지 않고 있었다.

"조의선인은 황제를 능멸하는 일이야. 그것은 결코 존속해서는 안 되는 군사이다."

"황제를 능멸한다…… 그것을 왜 제게 말씀하십니까?"

여전히 왕식렴의 시선을 피하지 않은 채 왕소가 비웃듯 중얼거렸다. 황제를 능멸하고 있는 이는 다름 아닌 당신이라는 표정이었다. 왕식렴의 하얀 눈썹이 무섭게 치켜 올라갔지만 살기와 적의가 담긴 차가운 시선을 왕소는 조금의 흔들림도 없이 덤덤하게 받아 내고 있었다.

왕소 또한 숙부의 질문을 못 알아차릴 만큼 바보가 아니었다. 지금 숙부는 조의선인의 배후로 그를 지목한 것이다.

"그럼 계속하여 조의선인의 수장 노릇을 할 생각이란 말인가?"

"제가 수장이라는 증거가 있는 것입니까?"

"지난밤 너는 연회에 오지 않았다."

"저는 황제의 자리에 욕심이 없습니다."

느긋하게 들리는 왕소의 대답은 왕식렴이 어젯밤 한 일이 곧 역모라고 돌려 말하고 있었다. 새까맣게 어린 조카의 도발에 왕식렴은 이를 악물었다. 그의 말대로 연회에 참석하지 않았다는 것이 곧 조의선인의 수장이라는 증거는 되지 않는다.

"조심하거라. 내 너를 지켜볼 것이다."

"숙부님께서도 항상 조심하십시오. 숙부님을 바라보는 백성들의 눈이 어디 한둘입니까?"

똑같은 경고를 날린 왕소의 표정은 더할 나위 없이 진지했다. 그리고 살기 가득한 시선을 기꺼이 받아 내며 그는 당당하게 방을 나섰다.

무거운 침묵이 내려앉은 실내에서 갑자기 왕식렴은 호탕하게 웃음을 터뜨렸다. 그야말로 탐날 만큼 놀라운 기개와 두둑한 배짱이었다.

"호랑이 자식은 호랑이라더니. 저놈이었구나, 형님의 진짜 후계자가."

왕식렴의 눈빛이 무섭게 빛나고 있었다. 원래 영웅은 또 다른 영웅을 알아보는 법이었다. 그렇기에 다른 사람은 몰라도 왕소만큼은 반드시 없애야만 했다.

황궁에서 월향루까지 가려면 사람이 많이 붐비는 십자로를 거쳐 가야만 했다. 황궁에서 나오자마자 빠른 걸음으로 길을 걷는 황자의 옆에 따라 붙은 은천이 왕소의 얼굴을 살피고 있었다. 오늘 왕식렴의 부름은 분명 조의선인에 대한 경고였을 것이다.

"왕 집정이 뭐라 하셨습니까?"

"뭐라 하는 건 상관없네. 그들이 개경으로 진군하는 게 문제지. 잘 주시하고 있게."

왕소가 나직하게 중얼거렸다.

그가 조의선인이라는 증거가 나타나지 않는 이상, 아무리 숙부라 할지라도 태조마마의 황자이자 황제의 아우를 쉽게 죽이지는 못할 것이다. 대신 그들이 개경으로 군사를 움직이게 되면 그때는 또 다른 전쟁이 되리라.

"거란의 움직임이 심상치 않습니다."

"중원의 주인이 그렇게 끊임없이 바뀌니 그들에게도 기회이겠지."

은천의 보고가 계속되고 있었지만 오늘따라 황자는 제대로 집중하지 못하는 기색이 역력했다.

곰곰이 생각에 잠겨 있는 그의 머리를 어지럽히는 존재는 숙부도 아니었고, 거란도 아니었다. 당돌한 아우, 신율이 복잡한 황자의 머릿속을 온통 잠식해 가고 있었다.

어젯밤, 그 질문에 대한 답을 우겨서라도 들었어야 했다.

그 녀석의 그날 밤 대답은 무슨 의미였을까. 아니, 그보다 그는 왜 그런 질문을 한 것일까. 신성에게서처럼 충성 맹세라도 받고 싶었던 것일까.

"자, 이제 대답해라. 너도 날 보면 가슴이 두근거리나?"

"그게……."

"그렇다 아니다, 둘 중에 하나다."

"뭐, 가끔씩은요."

황자의 집요한 압박에 잠시 망설이던 신율이 할 수 없다는 듯 고개를 끄덕이고는 홱 하고 돌아섰다.

'가끔씩'이라는 단어에 만족하지 못한 황자가 뭐라 답변을 추궁할 틈도 없이 신율은 완고하게 입을 다물고 몸을 일으켰다. 마치 어림없다는 듯. 그리고 이제 헤어져야 할 시간이 되었다는 듯. 빠른 걸음으로 기루를 떠나던 신율이 좁은 복도를 지나가는 취객을 피하려다 비틀거리자, 왕소가 얼른 끌어당겨 신율을 품에 안았다.

젠장, 심장이 또 뛰고 있다.

"이럴 때 말입니다, 마마."

그의 품에 안긴 신율이 나직하게 중얼거렸다.

헷갈리는 대답이었다. '이럴 때'라 함은 놀랐을 때를 의미하는 것인가, 아니면 그의 품에 있을 때를 말하는 것일까.

무엇보다 그 아이는 사내였다. 여인에게 줄 마음도 없었지만 사내에게는 더더욱 아니 되는 일이었다. 하지만 머릿속에서는 내내 신율만을 생각하고 있었다.

어찌한다. 어찌해야 하는 것일까. 그냥 모른 척하고 이대로 옆에 두어야 할 것인가, 아니면 다시 보지 말아야 할 것인가.

황자는 신율을 두고 이런저런 생각을 하고 있었지만 자신의 마음은 이미 알고 있었다. 다시는 안 본다…… 그 생각만으로도 가슴 한구석이 허전해지고 있었다.

아, 난 이것이 두려웠구나. 그 아이를 다시 보지 못하는 것.

이것 참 큰일이구나. 사내에게 이렇게 마음이 흔들리다니.

신율이 알게 되면 아마도 꽤나 곤혹스러워 할 것이 분명했다. 입장 바꿔서 어떤 사내가 자신을 그와 같은 마음으로 본다면 얼마나 질색할 일이겠는가.

내 마음을 들키지 않고 계속해서 그의 형님으로 남을 것인가.

질색을 하거나 말거나 그저 내 욕심대로 품에 안을 것인가.

황자의 정신이 무언가 다른 데 있다는 것을 눈치챈 은천이 작게 헛기침을 했다. 겨우 황자의 눈빛이 은천에게로 모아졌다.

은천은 마음속으로 혀를 찼다. 지금 황자의 머릿속을 어지럽히는 존재를 그 또한 짐작하고 있었다.

하지만 이래서는 안 되었다. 지금처럼 사방의 눈초리가 매서운 상황에서 조금만 방심해도 그들의 정체가 들통 나기 십상이었고, 약간이라도 틈을 주게 되면 목숨을 잃게 될지도 몰랐다.

은천은 어쩌면 제국을 바꿀지도 모를 그의 주인에게 조금이라도 문제가 생기는 것을 원치 않았다. 이제 그가 알고 있는 것을 그의 주인도 알아야 할 때가 온 듯하였다.

"마마, 청해 상단에는 책사가 따로 있다 합니다. 한번 만나보는 것이 어떻습니까?"

"책사?"

"단주의 누이라는 자이온데 여섯째 마마의 발길이 요즘 들어 다시 잦아지고 있습니다."

은천의 질문에 황자의 눈이 가늘어졌다. 은천이 말하는 자가 누구인지 그 또한 궁금했다. 그가 만났던 상단의 단주는 분명 실세가 아니었다. 지난번 황제 앞에 서 있던 그녀가 아마도 상단의 책사이리라.

"약속은 정하였느냐?"

"굳이 약속을 정할 필요 없이 준비 없이 그냥 만나는 게 더 나을 듯합니다."

"그것도 나쁘지는 않지. 언제가 좋지?"

그녀는 열흘에 두 번 남대가의 거리에 있는 시전의 상점을 방문했다. 오늘이 그날이라 하니 지금 움직이면 만날 수 있을 것이라는 설명이었다.

"그 여인에 대해서 더 자세히 알아봐라. 상단의 단주는 그저 장식일 뿐이니."

"마마도 이미 알고 계신 분입니다."

황자의 명에 은천이 나직한 목소리로 중얼거렸지만 왕소는 듣고 있지 않았다. 저만치 한 상점에서 나온 여인의 뒤에 서 있는 자가 그의 시선을 끌었기 때문이다.

새까만 검은색으로 차려입은 호위 무사. 분명 신율과 함께 있던 자였다. 경이라고 했던가?

하기는 신율이 상단 사람이니 그럴 수도 있을 것이라고 생각하고 걸음을 옮길 때, 마침 상점을 나오던 여인이 그녀를 향해 뛰어오는 아이와 살짝 부딪혔다.

허리를 굽혀 아이의 머리를 쓰다듬으며 달래던 여인의 손길에 아이가 까르르 웃음을 터뜨리자 여인도 살짝 고개를 젖히고 함께 웃음을 터뜨렸다.

살짝 고개를 젖히고 웃는 여인의 모습이 무언가 그를 다시금 멈춰 서게 하였다.

긴 치마가 불편한 듯, 한 손으로 자락을 들어 올린 그녀의 모습은 분명 낯이 익었다. 언젠가 한 번 하얗고 작은 손이 긴 옷자락을 어쩔 줄 몰라 하며 웃음을 터뜨렸었다.

그날이 언제였을까. 그 여인이 누구였을까.

연등회의 밤. 커다란 장포가 땅에 끌릴까 어찌할 바를 모르던 그의 아우. 그 아우도 상단의 사람이었지. 그리고 저 시꺼먼 녀석과 언제나 함께였었고.

"나무야, 조심해야지. 그러다 넘어진다."

"네, 아가씨."

여인의 목소리가 맑게 들려온다. 역시나 익숙한 목소리. 햇살에 반짝거리는 하얀 얼굴에 다시 미소가 가득하다. 눈은 반달이 되고 한쪽 볼에 엷게 보조개가 파인다.

이런, 이런. 어떻게 이런 일이 일어날 수 있을까.

신율이 쌍둥이가 아닌 이상, 지금 눈앞의 여인은 분명 그가 알고 있는 이였다.

멈춰 선 황자의 얼굴에 낭패한 기색이 역력했다. 그리고 마침내 결론에 다다른 왕소는 피식 하고 허튼 웃음을 삼켜야 했다.

자신이 바보가 된 느낌이었다. 아니, 정말 바보로구나, 넌.

황자를 바라보는 은천 또한 작게 웃음을 삼켰다.

앞으로 황자가 마음이 흐트러지는 모습을 볼 일은 없겠구나. 아니, 좀 더 심해질 것인가?

신율은 못마땅한 표정으로 객잔에 자리를 잡고 앉아 있는 황자와 마주하였다. 느닷없이 찾아 대는 황자 덕에 부랴사랴 남색을 해야 했다.

객잔의 시종들이 자신들의 주인을 알아보고 빙긋 미소를 지으며 알아서 따뜻한 대추차를 내왔다. 신율은 찻물을 별반 좋아라 하지 않는지라 언제나 몸을 따뜻하게 하는 대추차를 찾았다.

"여기까지 무슨 일이십니까?"

"일은 무슨. 내 좋은 곳을 발견해서 아우랑 함께할까 싶어 들렀다."

"좋은 곳이요? 거기가 어딘데요?"

"가 보면 안다. 너도 좋아할 것이야."

수상하게 바라보는 신율의 눈빛에 황자가 빙긋 미소 지었다.

"저 바쁜데요?"

"설마 네가 나보다 더 바쁘랴?"

"말이라구요. 기루에서 흥청거리는 황자마마보다는 제가 훨씬 더 바쁠걸요."

신율이 입을 비죽이며 중얼거렸다. 황자를 찾으려면 황실이나 집보다는 기루가 빠르다는 것을 신율도 알고 있었다.

"아니, 집에는 안 가십니까? 부인이 한 분도 아니고 둘씩이나 있는 양반이 이러고 있으니 원. 사내란 인간들은 참⋯⋯."

"뭐라 했지?"

하여간 옳은 말을 하면 그건 또 듣기 싫은 모양이었다. 황자의 눈빛이 삐딱해지자 얼른 입을 다문 신율이 찻잔을 손에 들고 홀짝였다.

"아닙니다. 아니요. 전 좋은 사람 만날 거라구요."

"아 참, 넌 혼인을 하였느냐?"

분명 지난번에 삼족을 멸할 가족이 없다 했으니 혼인 따위는 하지 않았을 것이다. 하지만 또 진짜였는지는 모르겠지만 한 번은 했었다고도 했다. 그때는 그 헷갈리는 대답이 중요하지 않았으나 지금 대답을 기다리는 왕소의 가슴은 잔뜩 긴장하고 있었다.

"그게⋯⋯ 일단 아니라고 해야죠?"

잠시 대답을 머뭇거리던 신율이 말했다.

눈앞의 사내와 가짜 혼약을 하였지만 그것은 어차피 잊어야 할 일이었다. 평상시에는 잘 잊고 있었는데 함께 혼인한 그가 그리 물으니 딱 잘라 고개를 흔들려 할 때 멈칫거릴 수밖에 없었다.

"일단 아니라고 하는 건 혼약한 정인이 있다는 것인가?"

신율의 속내를 모르는 왕소의 눈썹이 치켜 올라갔다.

설마, 정인이라도 있는 것일까? 그렇다면 어떻게 해야 하지?

머릿속에서 치열한 질문들이 오고 갔지만, 그는 대답을 알고 있었다.

아마도 그자에게서 저 아이를 빼앗아 오리라.

"그건 정말 아니구요. 일단 그렇다는 것입니다. 지금은 돈 벌기도 바빠요."

"잘됐구나."

"불공평도 하지. 혼인을 두 번씩이나 한 양반이 잘됐다고 할 얘기가 아니거든요."

"언젠가 네가 말했듯이 원래 세상은 불공평한 것이니라. 뭐, 그래도 너무 억울해하지 말거라. 혼인을 아무리 많이 해도 여전히 혼자인 사람도 있으니."

이해할 수 없는 말을 중얼거린 황자가 빙긋이 미소를 짓더니 의자 위에서 몸을 일으켰다. 그러고는 신율에게 커다란 손을 내밀었다.

"무엇입니까?"

"같이 나가자."

"그러시던가요."

할 수 없다는 듯 일어선 신율이 그가 내민 손을 슬쩍 무시한 채 성큼성큼 객잔을 나섰다. 그 모습에 황자가 피식 하고 웃음을 삼켰다.

객잔에서 나온 황자는 떡하니 신율을 말에 태우고는 그 뒤에 올라탔다. 말 위에 오른 황자는 그녀를 그의 품 안으로 바짝 끌어당겼다.

아니 이 황자 양반이 왜 이렇게 가까이 붙어 앉는단 말인가. 등 뒤에서 그의 체온이 고스란히 느껴지고 있었다.

또, 또 이런다. 심장이 마구 뛰고 있었다. 터질 듯한 심장 때문에 조금이라도 그와 거리를 두고 싶었지만 좁은 말안장 위에서 그게 어디 쉬운 일인가.

신율의 속을 아는지 모르는지 그녀를 옭아매는 그의 팔 힘은 더욱 강건해졌다.

"춥지 않느냐."

"춥습니다."

작은 목소리로 중얼거리는 신율의 대답을 기다렸다는 듯 황자가 더 가까이 그녀를 끌어안았다.

미치겠구나. 차라리 춥지 않다고 이야기할 것을.

온몸의 열기가 얼굴로 올라오고 심장이 제멋대로 두근거리고 있었다. 제 심장 소리가 그에게 들릴까 숨도 크게 쉴 수 없을 지경이었다.

　황자마마, 형님, 왜 이러시는 건데요.

　두 사람을 태운 말은 천천히 도성을 벗어나 가벼운 발걸음
으로 산길로 접어들고 있었다. 겨우내 삭막하던 나뭇가지들은
이제 싱싱하니 물을 머금기 시작했고 연한 초록빛이 물들기
시작하는 산길은 바람조차 고요했다. 웬일로 고약하지 않은
봄날이었다.

　신율을 단단히 끌어당겨 자신의 품 안에 꼼짝없이 가둬 둔
황자의 입꼬리가 자꾸만 느슨해졌다. 왕소는 천천히 느긋하게
말을 몰고 있었다. 이제는 급할 것이 없지 않은가.

　더할 나위 없이 편안한 황자와는 상관없이 신율은 잔뜩 긴
장을 할 수밖에 없었다. 서늘한 공기는 청명하고 봄이 오는 세
상은 곱게 빛나고 있었지만 귓가에서 뛰고 있는 그의 심장 소
리 때문에, 그의 온기 때문에 그녀는 정말이지 아무것도 느낄
수 없을 지경이었다.

　"걱정 마라. 조금 있으면 따뜻해질 터이니."

　조급한 그녀와는 달리 황자가 더없이 느긋하게 중얼거렸다.

　지금 추운 것이 문제가 아니었다. 추위 따위는 잊은 지 오래
였다.

　"어디 가는 것입니까?"

　"좋은 곳이다."

그러게. 그 좋은 곳이 어디냐구요.

품 안에 느껴지는 가냘픈 몸이 불편하다는 듯 바르작거렸지만 황자는 무시하였다.

이제 겨우 품 안에 두었다. 이제 겨우 심장이 제대로 뛰고 있었다. 이제 숨을 쉴 수 있을 것 같았다. 굳어 버린 표정의 신율과는 달리 황자의 얼굴에는 진한 미소가 가득했다.

그가 데려간 장소에 도착하자 신율의 눈이 동그래졌다. 지난번에 형제의 맹세를 맺기 전에 가자고 했던 그 온천이었다.

이 벌건 대낮에 황자와 온천을 하자고? 동그래진 신율의 눈빛과 상관없이 황자는 거리낌 없이 겉옷을 벗어 버린 채 온천에 몸을 담갔다.

"따뜻하다. 어서 들어오너라."

"절대 못 들어가요."

신율의 작은 머리통이 잘래잘래, 하지만 단호하게 흔들렸다. 황자의 건장한 날가슴을 보는 것만으로도 심장이 멈출 지경이었다. 그런데 나도 같이 저 물에 몸을 담그라니, 그것은 결코 할 수 없는 일이었다.

"사내 녀석이 내외라도 하는 것이냐."

"내외……합니다. 해요. 그래서 못 들어가요. 절대 못 해요."

"따뜻하다니까."

황자가 굳이 말하지 않아도, 몸을 담그지 않아도 뜨거운 김이 모락모락 피어나고 있는 온천은 따뜻할 것 같았다. 하지만 그렇다고 사내와 함께 온천을 즐길 수는 없는 노릇 아닌가. 특히나 저 위험한 황자 형님과는 더더욱 아니었다.

"싫습니다. 갈아입을 옷도 준비해 오지 않았습니다."

"까탈스럽기는. 걱정 마라. 진작에 내가 준비했으니."

"뭐라도 싫거든요."

'아니 왜 그런 걸 황자마마가 준비합니까?' 라고 쏘아붙이고 싶었지만 일단 여기서 피하는 것이 먼저였다.

한 발짝 떨어지는 신율을 바라보며 황자가 몸을 일으키자 신율은 그의 젖은 몸을 차마 바라보지 못하고 얼른 눈과 몸을 돌렸다. 하지만 그 잠깐의 방심이 실수인 듯하였다. 어느새 다가온 황자는 저만치 몸을 빼는 그녀를 순식간에 낚아채고 비틀거리는 몸을 안아 그대로 물 안으로 끌어들였다.

"……이게 무슨 짓입니까?"

물속 깊숙이 머리를 담그고 있던 신율이 한참이 지난 후에 빼꼼히 얼굴을 내밀고 인상을 썼다. 행여나 들킬세라 저만치 떨어져서 물속에 더 깊이 잠겨 드는 신율이었다.

아아, 정말 미치겠구나. 어떻게 해야 하지? 뭘 어찌해야 이 자리를 아무 일 없이 모면할 수 있을까.

열심히 머리를 굴려 봐도 뾰족한 방법이 떠오르지 않아 더 난감했다. 누가 너보고 머리 좋다고 했는가. 아니, 지금 이 상황은 머리가 좋다고 해결할 수 있는 문제가 아니었다.

"좋지 않느냐?"

팔자 좋게 나직한 돌에 머리를 기댄 채 눈을 감은 황자의 목소리가 나른하게 들려온다. 물이 뜨거워서인지 상황이 당혹스러워서인지 신율의 얼굴은 이미 발갛게 익어 가고 있었다.

"저는 싫거든요."

"그래?"

"네!"

불만스럽게 대답을 토해 내는 신율의 목소리가 꽤나 마음에 안 들었는지 황자가 번쩍 눈을 떴다. 알 수 없는 열기로 새까매진 눈빛이 신율을 똑바로 바라보고 있었다.

"그런데 어쩌냐. 너는 더 싫은 것도 참아야 할 거 같은데?"

'또 뭘요?'라고 묻기도 전에 어느새 물속에서 성큼 다가온 황자가 신율을 빤히 바라보고 있었다. 그리고 이번에는 정말 뭐라 물을 틈도 없었다. 황자가 커다란 두 손으로 조그만 머리를 감싸 안은 채 그대로 입을 맞추었다.

신율은 꼼짝도 하지 못한 채 그대로 입술을 내어 주었다. 따뜻하고 고운 입술을 빼앗아 버린 황자 때문에 그녀는 숨도 쉬지 못할 지경이었다. 조금씩 그녀를 차지한 그의 입술이 신율을 재촉하고 있었다. 온전히 널 내어 달라 당당하게 요구하고 있었다. 두 팔로 신율을 단단히 가둔 황자는 조금도 물러섬이 없었다.

이 사람이 어떻게…….

아니, 이것이 도대체 어찌 된 일이란 말인가.

하지만 더는 아무 생각도 나지 않았다. 아니, 생각이란 것을 할 여유가 없었다. 말도 할 수 없었고, 눈도 뜰 수 없었다.

황자는 조금의 틈도 주지 않았다.

여린 입술을 삼킨 그가 열린 입술 사이로 부드러운 혀를 밀어 넣어 그녀를 샅샅이 탐하였다. 겨우 그의 입술이 떨어졌다 싶었지만 아주 가까이에서 그의 숨결이 느껴졌다.

가까이. 그것도 너무 가까이.

마치 지난번 상선에서 얼굴을 맞대었던 그날만큼이나 가까이에 그가 있었다. 커다래진 눈동자와 색색거리는 신율의 숨소리에 황자의 얼굴에는 만족한 표정이 가득했다.

"마마……."

"형님."

신율의 입술 위에서 황자가 나직하게 속삭였다. 이 와중에도 그놈의 형님 타령은 멈출 생각이 없는 듯했다.

"형님, 도대체 왜……."

"아니. 형님도 마음에 들지 않는구나."

어느새 새까매진 눈빛으로 황자가 다시 그의 입술로 그녀의 입술을 덮어 버렸다. 확고한 의지를 담은 그의 입술은 아까보다 더 맹렬하게 그녀를 요구하고 있었다. 숨결이 점점 거칠어지고 더 많이 탐욕스러워지고 있었다.

그의 팔 안에서, 그의 입술 아래에서, 그의 눈길 안에서 그녀는 조금도 움직일 수 없었다. 그리고 그는 조금도 멈출 생각이 없어 보였다.

　할 수 없구나.

　그녀는 그대로 눈을 감았다.

　화르륵 불어오는 봄바람에 분홍빛이 도는 벚꽃이 초록색 물가를 곱게 장식하고 있었다.

《빛나거나 미치거나》 2권으로 이어집니다.

빛나거나 미치거나 1

초판 1쇄 발행 2014년 7월 26일
신판 3쇄 발행 2015년 2월 25일

지은이 현고운 │ 펴낸이 강성욱 │ 책임 기획 전주예 │ 기획 디자인 이선영 │ 기획 편집 송진아
마케팅 손주영 │ 로고 김미현 │ 교정 서진영, 안진숙, 류혜선
펴낸곳 테라스북 │ 등록 제25100-2013-000012호
주소 (134-826) 서울특별시 강동구 동남로 65길 13 2층
전화 070-4794-5826 │ 팩스 0505-911-5826
블로그 http://terracebook.blog.me │ 전자우편 terracebook@naver.com
ISBN 978-89-94300-31-3 (04810)
ISBN 978-89-94300-30-6 (전2권)

이 도서의 국립중앙도서관 출판시도서목록(CIP)은 e-CIP 홈페이지(http://www.nl.go.kr/ecip)에서
이용하실 수 있습니다. (CIP제어번호: CIP2014016676)